La poisse

Du même auteur
aux Éditions J'ai lu

MON PREMIER MEURTRE
N° 9547

UN CŒUR DE CUIVRE
N° 9629

LEENA

LEHTOLAINEN

La poisse

Traduit du finnois
par Anne Colin du Terrail

J'AI LU

Titre original :
HARMIN PAIKKA

Published by arrangement with Tammi Publishers, Finland

À Mari

Out of the ash
I rise with my red hair
*And I eat men like air**.

Sylvia Plath

* Je renais de mes cendres / Avec mes cheveux roux / Et je dévore les hommes comme l'air.

1

Des serpents dans le paradis

En ouvrant les paupières, j'ai d'abord vu les merisiers. Le printemps avait été doux et ils fleurissaient en lourdes grappes parfumées. Antti tenait à dormir rideaux ouverts afin de voir leurs branches noueuses se dessiner sur le ciel nocturne. Petit à petit, je m'y étais moi aussi habituée.

Antti dormait encore, tandis qu'Einstein s'étirait en ronronnant dans la tache de soleil chauffant le pied du lit. Il était déjà près de huit heures et je devais songer à partir au travail.

Je me suis glissée sur la pointe des pieds dans la cuisine et j'ai mis la cafetière électrique en marche. Je ne suis bonne à rien, le matin, tant que je n'ai pas bu mon café. Je me suis aspergé le visage d'eau glacée et je suis allée chercher le journal dans la boîte aux lettres au bout du jardin. J'ai laissé l'herbe chatouiller mes pieds nus, respiré profondément le parfum des merisiers et senti la chaleur qui pointait déjà dans l'air. Seul le vacarme du chantier de la radiale Ouest troublait la douceur du moment.

J'ai tranquillement savouré mon petit-déjeuner en lisant le journal avant de laisser sortir le chat pour son habituelle promenade matinale sur la plage. J'ai enfilé mon bermuda de ville et un T-shirt propre, agrémenté mon visage d'une touche de mascara et d'un soupçon de rouge à lèvres et sauté sur ma bicyclette. Antti dormait apparemment encore. Il avait de nouveau travaillé tard sur sa thèse, l'aube commençait à poindre quand il était venu me rejoindre sous la couette.

Nous cohabitions depuis maintenant un bon mois. Pour l'instant, nous n'avions connu aucune crise ou dispute grave, mais j'avais malgré tout, et encore plus qu'Antti, les nerfs à fleur de peau. Un nouveau domicile, un nouveau travail, le quotidien de la vie à deux, le sentiment de vide que m'avait laissé l'obtention de mon diplôme… Il y en avait là plus qu'assez pour me stresser.

Je connaissais Antti depuis longtemps, il avait été, quelques années plus tôt, l'ami du copain d'une de mes colocataires. Déjà à l'époque, il ne m'avait pas laissée indifférente. Nous nous étions de nouveau rencontrés l'été dernier, quand le copain en question avait été assassiné. Le meurtre élucidé, nous nous étions intéressés l'un à l'autre. Aucun de nous n'était préparé à une idylle : j'employais toute mon énergie à terminer ma maîtrise, Antti, de son côté, rédigeait sa thèse et donnait des cours de maths à la fac. Nos déjeuners à la cafétéria du bâtiment principal de l'université s'étaient peu à peu prolongés, et nous nous retrouvions parfois ensuite dans le bureau d'Antti, à faire rapidement l'amour sur le canapé.

J'avais malgré tout réussi à passer ma maîtrise et entrepris de chercher du travail. C'était encore plus difficile que je ne l'aurais cru et j'avais même, à un moment, envisagé de rempiler dans la police, quitte à ravaler ma fierté pour quémander un remplacement.

Mais plusieurs choses s'étaient ensuite produites simultanément : Antti avait obtenu une bourse dont le montant lui permettait de se consacrer à plein temps pendant un an à sa thèse, j'avais trouvé un emploi dans un petit cabinet d'avocats à l'ambiance décontractée situé à Tapiola, dans le centre d'Espoo, et les cohéritiers de feue ma grand-tante avaient décidé de vendre son ancien appartement, que j'occupais sans le moindre bail depuis quatre ans.

Aucun d'entre nous n'avait à ce moment-là suggéré que nous nous installions ensemble. Le deux-pièces d'Antti aurait été beaucoup trop petit, surtout maintenant qu'il ne travaillait plus qu'à la maison. Je m'étais donc mise en quête d'un nouveau logement, jusqu'à ce qu'Antti m'annonce que son immeuble allait faire l'objet d'un ravalement complet.

« Je ne vois pas comment je pourrais me concentrer avec ce cirque, m'avait-il expliqué au téléphone. Mes parents ont de toute façon l'intention de passer tout l'été dans leur villa d'Inkoo et je pensais donc aller m'installer pendant ce temps dans leur maison à Tapiola. Quand est-ce que tu dois quitter ton appart ?

— Au plus tard début juin. Pourquoi ?

— Je me disais juste… tu pourrais venir passer l'été avec moi à Tapiola. On verrait ce que ça donne.

— On ne peut pas décider ça au téléphone », avais-je répondu paniquée. Cohabiter me paraissait une solution bien trop définitive et redoutable.

Nous en avions parlé pendant des heures, ce soir-là, et j'avais finalement accepté. Les parents d'Antti avaient l'intention de partir à Inkoo début mai et d'y rester jusqu'à la fin septembre, peut-être même plus. Le père d'Antti avait pris sa retraite au printemps et le couple envisageait sans doute de s'installer à demeure à la campagne. Je n'avais pas encore réfléchi à ce qu'il adviendrait une fois l'été passé. On trouvait aujourd'hui facilement à se loger et, avec le salaire que m'avait accordé le cabinet d'avocats Henttonen, je pouvais même me permettre de payer un loyer relativement élevé.

J'ai longé la mer, puis les champs, jusqu'à la partie nord de Tapiola. En face du centre commercial, j'ai aperçu une silhouette blonde que je connaissais. Mon copain Make était occupé à empiler des cartons dans une poubelle.

« Salut ! Tu as perdu quelque chose ? » J'ai arrêté un instant ma bicyclette devant son magasin de sport.

« Je déstocke un peu pour les soldes d'été. Tu n'as pas besoin d'un maillot de bain ? J'en ai de très jolis pour pas cher.

— Je n'en porte pas, à moins de ne vraiment pas pouvoir faire autrement. On se voit ce soir chez les Hänninen ?

— Oui. N'empêche que je ne comprends toujours pas pourquoi ils m'ont invité », a-t-il dit en haussant les épaules, et il a brusquement laissé retomber le couvercle de la poubelle. J'ai poursuivi mon chemin jusqu'au bureau, à cinq cents mètres de là, tout en songeant à ma première rencontre avec Make.

Quelques jours après mes débuts à mon nouveau poste, j'étais allée acheter des sacoches de vélo que j'avais vues en promotion dans sa boutique. J'étais pratiquement la seule cliente et Make m'avait aimablement présenté en détail tous ses nouveaux modèles.

Le soir suivant, nous nous étions retrouvés par hasard en même temps à la salle de musculation locale. Tandis que je m'acharnais sur la machine à pectoraux, il était venu s'installer à la presse à épaules voisine. Nous avions continué à parler cyclisme chaque fois que nous nous trouvions à proximité l'un de l'autre. En quittant le vestiaire des femmes, détendue par un sauna, j'étais de nouveau tombée sur Make, qui sortait du côté des hommes.

« Je boirais bien une bière, après ça, avait-il déclaré. Pas toi ? »

Il avait insisté pour m'offrir une chope à la terrasse de la Cascade. Je l'avais observé pendant qu'il se dirigeait vers le comptoir. Sous son jean délavé et son T-shirt violet, son corps mince était étonnamment musclé. Ses cheveux raides, blonds comme les blés, étaient joliment coupés au carré, avec une longue frange qui lui était tombée sur les yeux quand il était revenu vers moi. Il avait un sourire gamin, malgré son âge proche du mien, mais il y avait aussi dans ses yeux bruns autre chose que de l'espièglerie.

« C'est tout moi, ça, avais-je déclaré. D'abord du sport, puis une boisson reconstituante. Je m'appelle Maria Kallio, au fait.

— À vrai dire je le savais, j'ai vu ton reçu de carte bancaire. Markku Ruosteenoja, Make pour les intimes. J'habite à Hakalehto. Tu es du coin ?

— Je travaille ici depuis le mois dernier, dans un cabinet d'avocats.

— Chez Eki Henttonen ? Il m'a dit qu'il avait embauché une jeune juriste à poigne. C'était donc toi. J'ai eu besoin de ses conseils pour une affaire, l'année dernière », a expliqué Make.

Il était déjà neuf heures du soir, mais je sentais encore sur mon visage le soleil qui rasait la façade de l'immeuble de la Cascade. Un golden retriever plein d'entrain avait sauté dans le bassin, faisant s'envoler les canards qui y pataugeaient. La bière était trop bonne, le niveau de ma chope avait déjà baissé de moitié.

Make avait porté la sienne à ses lèvres. C'était le genre de beau gosse sportif, propre sur lui, auquel je n'aurais sans doute guère accordé d'attention en le croisant dans la rue si je n'avais pas vu la fêlure au fond de ses yeux.

« Juriste, culturiste, cycliste, et quoi d'autre ? m'avait-il demandé d'un ton moqueur.

— Ex-policière et éternellement punk dans l'âme, avais-je annoncé. Et toi ?

— Eh bien pas grand-chose. Vendeur dans un magasin de sport. Tu habites Espoo ?

— Je n'en sais trop rien. Je passe l'été à Itäranta, dans la maison de mes quasi-beaux-parents, mais en septembre je ne sais pas où j'irai.

— Quasi-beaux-parents ? avait relevé Make d'un air sombre. Alors tu es casée. Évidemment. » Il avait vidé sa chope et, l'espace d'un instant, je m'étais dit qu'il allait me planter là. Mais il était resté assis et je m'étais sentie obligée de poursuivre.

« C'est déprimant, énoncé comme ça. Disons plutôt que je sors depuis presque un an avec le même homme. C'est un bel exploit, de ma part. »

Mon commentaire avait arraché un sourire involontaire à Make, qui n'imaginait sans doute pas à quel point j'étais sérieuse.

« Et ton mec ne trouve rien à redire à ce que tu traînes au bistrot avec d'autres types ?

— Je ne supporterais pas de sortir avec quelqu'un qui m'obligerait à rester tout le temps à la maison. Et même si j'étais mariée et que j'avais cinq enfants, je ne vois pas pourquoi je n'aurais pas le droit d'aller boire une bière avec qui je veux.

— Tu en prends une deuxième, alors ? » Make s'était levé avec sa chope vide pour aller en chercher une autre.

« Apporte-moi une bouteille, mais c'est mon tour de payer. »

Il avait déjà disparu et, en revenant, il avait refusé mon argent. Un peu mal à l'aise, nous avions repris notre conversation sur le vélo et la muscu, jusqu'à ce qu'il me demande tout d'un coup :

« C'était une blague, quand tu as dit que tu avais été flic ?

— Non. J'ai fait l'école de police et j'ai travaillé dans le métier pendant deux ans avant d'intégrer la fac de droit. J'ai continué en même temps à faire des remplacements dans la police, jusqu'à l'été dernier.

— Tu n'as pas trop la tête d'un flic, mais d'un avocat non plus, à vrai dire. » Make regardait mon vieux jogging et ma tignasse rousse en bataille. Mon nez en trompette constellé de taches de rousseur ne me donnait pas non plus particulièrement l'air d'un austère défenseur de la loi.

« Mais c'est bien connu qu'il ne faut pas juger les gens sur la mine, avait-il poursuivi. Regarde-moi, il y a un peu plus d'un an, je buvais encore comme un trou, maintenant je m'en tiens à deux chopes par soirée. »

Il semblait sur le point de commencer à me raconter sa vie. Et pourquoi pas, j'avais l'habitude d'écouter les gens s'épancher. Mais il s'était tu, buvant sa bière à petites gorgées, les yeux perdus dans le lointain.

Kimmo Hänninen était passé à bicyclette devant la terrasse, agitant la main et criant au passage :

« Tiens, vous êtes potes ! » Puis il avait tourné le coin de la rue et disparu dans le passage souterrain.

« Tu connais Kimmo ? avait demandé Make en tripotant sa chope de bière.

— Ma foi oui, et doublement, même. Il a vécu deux ans dans la petite ville où j'habitais, quand nous étions encore à l'école. Je ne l'avais pas tellement remarqué à l'époque, il doit avoir près de quatre ans de moins que moi, mais je traînais quelquefois avec sa sœur, Sanna, celle qui est morte l'autre hiver... Le frère de Kimmo, de son côté, est marié avec la sœur de mon mec, Antti. »

Make m'avait regardée comme s'il s'était attendu à ce que je le frappe.

« J'étais le petit copain de Sanna. Celui qui dormait ivre mort sur la plage quand elle s'est noyée. »

Je n'avais rien trouvé à répondre. On m'avait déjà plusieurs fois raconté l'histoire. Sanna avait péri le jour de ses trente ans, en mars, dans l'eau glacée de la mer. On avait trouvé dans son organisme beaucoup d'alcool et une faible dose de tranquillisants. Son petit ami avait été découvert complètement soûl et à demi mort de froid sur la plage, incapable de rien se rappeler. D'après les conclusions officielles, Sanna, groggy, avait voulu se baigner et s'était noyée. Antti, comme beaucoup d'autres, la soupçonnait de l'avoir fait exprès.

« Ton Antti est donc Antti Sarkela, avait dit Make comme pour meubler la conversation.

— C'est ça. » J'avais vidé ma bière et, soudain, j'avais eu le sentiment d'en avoir besoin d'une de plus.

« Dans ce cas, nous pouvons tout à fait légitimement boire un coup ensemble. J'étais sacrément jaloux, par moments, d'entendre Sanna parler avec autant d'admiration de l'intelligence d'Antti. » Make avait esquissé un sourire forcé et j'avais moi aussi décidé de faire coûte que coûte bonne figure.

Il s'était écoulé près de trois semaines depuis cette rencontre. Dans l'intervalle, j'avais eu l'occasion de dire une ou deux fois bonjour à Make dans son magasin de sport et de bavarder avec lui à la salle de musculation. Nous n'avions pas reparlé de Sanna, ni d'aucun autre sujet sérieux, d'ailleurs, mais il perçait toujours sous ses plaisanteries une certaine gravité. Je m'étais aperçue que je l'aimais bien, même s'il y avait aussi en lui quelque chose d'effrayant.

La vitesse à laquelle j'avais fait la connaissance d'une foule de gens, depuis mon arrivée à Tapiola, avait quelque chose de comique. Tout le monde semblait connaître tout le monde, mon patron, Eki, était un ami de la famille Sarkela, et ainsi de suite. Je m'étais même demandé si je ne devais pas mon embauche providentielle au père d'Antti. Mais avec le prêt étudiant qu'il me restait à rembourser, je n'avais pas les moyens de faire la fine bouche.

La journée avait été chaude. Après le travail, pouvoir plonger dans la mer presque directement du jardin était un plaisir divin. Malgré les doutes que m'inspirait la propreté de l'eau de la baie, j'ai pris le risque et barboté un quart d'heure avant d'aller déranger Antti.

Il était assis à la table de la cuisine à grignoter des tartines.

« Tu as été te baigner ? Je devrais peut-être y aller moi aussi. Quand est-ce qu'on doit être chez Risto et Marita ?

— Sept heures. Ça nous laisse encore deux plombes. Tu as l'intention de te remettre à bosser ?

— À moins que tu aies d'autres suggestions... », a dit Antti plein d'espoir en effleurant mon corps voilé d'un simple drap de bain. J'ai laissé tomber ma serviette. Nous avions tout notre temps.

Vers six heures, nous nous sommes enfin décidés à nous habiller. Antti a puisé dans la cave à liqueurs bien garnie de ses parents et nous a mixé des cocktails pendant que j'essayais de me rafraîchir en prenant une douche froide et en me saupoudrant de talc parfumé à la rose. L'idée d'assister à la fête que donnait pour ses quarante ans le beau-frère d'Antti, Risto Hänninen, me rendait nerveuse.

Je ne me mettais généralement guère en frais pour ma toilette. Jean, tennis et T-shirt ample constituaient ma tenue préférée. Cette fois, pourtant, j'avais acheté une nouvelle robe. Dans le miroir de l'entrée, sa couleur vert vif avait l'air trop voyante, sa longueur insuffisante et son décolleté inutilement plongeant. Ses manches courtes dévoilaient mes biceps bodybuildés, me donnant l'allure d'une drag-queen.

« Ouah ! » Antti m'a lancé un regard appréciateur. À ses yeux, ma robe n'était visiblement pas trop déshabillée. Lui-même avait revêtu pour la circonstance une chemise à fleurs et un nœud papillon en cuir violet, ainsi que son plus chic jean noir. Pour autant que je sache, le seul costume sombre qu'il possédait, vieux de quinze ans, datait de sa confirmation. Je ne lui avais encore jamais vu des chaussures en daim violettes.

« Je les ai eues pour trois livres, à Londres. Sans doute une paire d'invendus », a-t-il déclaré en réponse à mon regard surpris.

Rien d'étonnant à ça. Le 46 n'était sans doute pas une taille très demandée.

J'ai glissé mon 37 dans des escarpins noirs à talons aiguilles de sept centimètres, dans lesquels je me sentais comme un veau nouveau-né. Ce n'était pourtant pas très haut, la plupart des professeurs de mannequinat considéraient qu'une femme d'un mètre soixante devait porter des talons d'au moins dix centimètres, mais impossible avec ça de foncer à mon allure habituelle.

Comme nous commencions à être en retard, nous avons décidé de prendre nos bicyclettes. Mais avec ma robe, ce n'était pas si simple.

Mon vélo à dérailleur acheté à une vente aux enchères de la police était un modèle d'homme, avec une barre, et n'était pas conçu pour être utilisé avec une jupe étroite et des talons hauts. Mes nerfs ont définitivement craqué quand ma troisième tentative ratée pour enfourcher ma bécane s'est soldée par un bruit d'ourlet malmené.

« Viens sur mon porte-bagages, a suggéré Antti.

— Et pourquoi pas sur une selle d'amazone ! Jamais de la vie ! » Je suis rentrée d'un pas furieux dans la maison pour chausser mes tennis et enfiler mon short cycliste, en remontant sur mes hanches le bas moulant mais élastique de ma robe. J'espérais qu'elle ne se froisserait pas de façon trop catastrophique. J'ai embarqué mes escarpins, résolue à me refaire une beauté juste avant d'arriver.

« Tu es nerveuse ? m'a demandé Antti alors que je chaussais mes talons aiguilles dans la rue menant chez les Hänninen.

— J'ai horreur de ce genre d'exhibitions officielles. »

J'avais déjà rencontré par petits paquets tous les membres de sa proche famille, mais cette revue générale où l'on ne manquerait pas d'échanger sur moi toutes sortes de commentaires m'irritait.

« Je me vengerai, oncle Pena fête ses soixante ans à l'automne », ai-je grogné à Antti au moment où nous franchissions la grille.

La résidence des Hänninen était construite dans le style prétentiard du milieu des années quatre-vingt. L'influence des voyages dans le Sud se lisait dans les briques crépies de blanc, les colonnades et les balcons. La maîtresse de maison, qui était prof de maths, passait ses vacances à entretenir son jardin soigneusement dessiné. Une foule d'invités élégamment vêtus se pressait entre les parterres de fleurs. J'ai regretté de ne pas avoir bu avant de partir un cocktail plus tassé.

Le héros du jour se tenait devant le buffet, un verre de champagne à la main et une rose à la boutonnière. Son costume d'été, d'une discrète couleur rouille, était à coup sûr en soie, et la teinte saumon de la rose s'accordait aussi bien avec son tissu qu'avec la cravate de soie qui l'accompagnait. Ma robe dénichée aux puces m'a soudain paru plus que défraîchie. Marita, souriante aux côtés de son mari, portait une création fleurie de Laura Ashley qui adoucissait les angles de son corps maigre. J'avais entendu dire que le bureau d'études de Risto traversait une mauvaise passe, comme tout le secteur en ces temps de crise, mais pour l'instant, en tout cas, cela ne semblait pas affecter le train de vie des Hänninen.

Nous avons présenté notre cadeau, un ouvrage sur les armes de chasse du XIXe siècle trouvé chez un bouquiniste, qu'Antti avait payé une fortune. Un beau livre, dont chaque gravure était un petit chef-d'œuvre. J'avais horreur de la chasse, mais j'avais feuilleté les pages consacrées aux armes par pure curiosité professionnelle – en tant qu'ex-policière, s'entend.

Nous espérions pouvoir nous échapper après avoir levé nos verres à la santé de Risto, mais il a tenu à nous présenter aux autres invités. « À la crème de Tapiola », a-t-il très précisément dit, avec à peine un brin d'ironie. J'ai ainsi pu saluer, parmi eux, deux ou trois conseillers municipaux, un important banquier, un célèbre chef de chœurs, mon propre patron et un gynécologue local, qui a évalué mes hanches d'un œil professionnel et réussi à me donner l'impression que ma robe n'était pas seulement de seconde main, mais aussi trop serrée.

« Antti et Maria, salut ! » a crié Kimmo, plus loin sur la pelouse. Son costume trois-pièces beige aurait convenu à un homme plus âgé, ses boucles de chérubin étaient aussi rebelles que d'habitude et sa peau constellée d'acné lui donnait un air émouvant. Il avait quinze ans de moins que Risto. Le père de celui-ci, Henrik Hänninen, s'était rapidement remarié après la mort de sa première femme ; sa seconde épouse lui avait donné deux enfants, d'abord Sanna puis, quelques années plus tard, Kimmo.

« Maria, voici ma fiancée, Armi », a-t-il annoncé avec empressement quand nous l'avons rejoint. Sa compagne avait à peu près ma taille, des hanches larges et un avenant visage rond encadré de cheveux fins que le coiffeur avait permanentés trop serré. Sa robe à fleurs sortait tout droit d'un catalogue de vente par correspondance.

« Armi Mäenpää », a-t-elle précisé avec un charmant sourire. Ses yeux clairs étaient d'un bleu si vif que je me suis demandé si elle ne portait pas des lentilles teintées.

Nous avons échangé quelques nouvelles, parlé de la canicule, puis salué les parents d'Antti, venus d'Inkoo pour l'occasion. J'avais déjà réussi à vider ma première coupe de champagne – de l'authentique, à en croire l'étiquette des bouteilles du buffet – et je guettais, pleine d'espoir, l'occasion de continuer à étancher ma soif. Antti bombardait Kimmo de questions techniques sur le contenu de son mémoire de fin d'études, ne me laissant pas d'autre choix que bavarder avec Armi.

Je n'avais guère besoin de parler, à vrai dire, elle faisait toute la conversation.

« Il paraît que tu travailles pour le cabinet d'avocats d'Eki Henttonen. Je suis infirmière. J'ai un bon poste d'assistante dans le privé auprès d'un gynécologue, le docteur Hellström. J'aurais aussi aimé me spécialiser en obstétrique, mais avec mon diplôme d'infirmière, j'ai eu mon compte d'études pour un bout de temps. Marita m'a dit que tu avais deux cursus à ton actif, d'abord l'école de police puis la fac de droit. Le métier d'enquêtrice ne te convenait pas ?

— Eh bien c'était un peu... ai-je eu le temps de commencer avant qu'Armi poursuive.

— Ça doit être plutôt dangereux... Et je suppose que s'occuper d'affaires juridiques est aussi mieux payé, et puis c'est plus féminin. Je n'avais jamais rencontré de femme policier. J'aurais d'ailleurs pas mal de questions à te poser. »

Les parents d'Antti nous ont rejoints, accompagnés de deux gamins surexcités. Matti et Mikko, les jumeaux des Hänninen, uniques petits-enfants et chouchous des Sarkela, étaient l'une des grandes terreurs d'Einstein. Quand il les voyait arriver, le pauvre chat grimpait en général aussi haut que possible dans la bibliothèque. Antti racontait qu'il avait d'abord essayé de se cacher sous le lit, mais avait constaté à son grand dam qu'il s'y trouvait cerné de toute part.

« Tonton Antti ! Tonton Kimmo ! ont hurlé les garçons. Venez voir, on a des Nintendo dans notre cabane !

— Maria, tu n'as pas encore vu leur refuge dans l'arbre ! Kimmo et moi l'avons construit l'été dernier. On vient, on vient », a dit Antti en riant tandis que l'un des gosses hurlant s'agrippait à lui, et l'autre à Kimmo, pour les traîner vers la cabane qui se dressait dans toute sa splendeur derrière la maison, dans un grand pin tordu.

J'ai dégluti. Quand j'étais petite, je rêvais exactement de ce genre de perchoir. Il y en avait dans tous les livres qui me plaisaient. Mais pour en construire un, j'aurais eu besoin de l'aide d'un adulte, et mon père trouvait que les filles n'avaient pas besoin de cabanes dans les arbres.

« On peut grimper voir ? » ai-je demandé enthousiasmée. Les jumeaux ont eu l'air embarrassés.

« Entrée interdite aux filles, a expliqué Kimmo. Mais Maria est un ancien policier. Ça devrait lui donner le droit de visiter la cabane.

— Tu veux dire que tu es flic ? a demandé Matti en jaugeant avec au moins autant d'attention que le docteur Hellström ma peu convaincante apparence. Les policières ne portent pas de robes.

— À la télé, on en voit dans toutes sortes de tenues, a déclaré Mikko pour ma défense. Tu as un flingue ? Un revolver ? Papa n'a que des fusils, mais ils sont sous clef.

— J'en avais un quand j'étais dans la police, mais plus maintenant. »

Malgré ma réponse, j'ai obtenu l'autorisation de grimper avec Antti voir les premiers jeux vidéo du monde installés dans un arbre. Quand je lui ai demandé si le refuge supporterait notre poids conjugué, il s'est presque vexé.

« C'est du bon travail, figure-toi, avec Kimmo, on a déjà construit pas mal de cabanes, dans notre vie. »

Je pouvais les imaginer à l'œuvre, tout aussi enthousiastes que Matti et Mikko, avec Armi au pied de l'arbre, en train de prodiguer des mises en garde et des gobelets de jus de fruit. Peut-être était-il temps que quelqu'un explique aux jumeaux que les femmes aussi pouvaient aimer les cabanes dans les arbres. J'ai abandonné mes chaussures dans l'herbe et, malgré ma jupe serrée, réussi à grimper à l'échelle.

Le perchoir n'était qu'à quelques mètres de hauteur, mais les gens massés sur la pelouse avaient l'air très loin. Sous cet angle, on distinguait clairement le degré de calvitie des hommes. Même les boucles de Kimmo commençaient à s'éclaircir au sommet de son crâne, tandis que les cheveux bruns de Risto étaient habilement peignés pour cacher sa tonsure. Armi, en bas, a éclaté de rire, Make avait dû faire une plaisanterie.

« C'est la Poisse, disait toujours Sanna à propos d'Armi. Elle l'appelait la Poisse, a expliqué Mikko en surgissant à mes côtés.

— C'est à cause de ses lunettes, parce qu'Armi dit tout le temps que c'est la poisse de ne rien voir, a complété Matti. Tu connaissais Sanna, Maria ?

— Nous avons été à l'école ensemble.

— Sanna a bu trop d'alcool et elle est morte, a poursuivi Matti. Elle jouait super bien aux Nintendo. »

Les jumeaux ont entrepris de me faire la démonstration détaillée de leurs jeux vidéo et je suis restée tranquillement à l'abri dans leur cabane jusqu'à ce que j'en sois chassée par la nécessité d'aller faire un tour aux toilettes.

J'étais déjà venue deux fois chez les Hänninen et j'ai donc facilement trouvé le chemin des W.-C. Je n'étais cependant pas la seule à vouloir en profiter et Armi attendait déjà dans le couloir.

« Tu as une bien jolie robe, m'a-t-elle dit d'un ton aimable.

— J'ai la désagréable impression qu'elle est trop courte, me suis-je plainte.

— Pas du tout, la mini est à la mode en ce moment. Et avec tes jambes fuselées, ça te va bien. »

Tout en essayant de ne pas rougir de remarques aussi personnelles, j'ai continué à parler chiffons.

« En fait, je me suis acheté la semaine dernière aux puces une jupe en cuir presque aussi courte. Il faudrait juste que je la reprenne un peu à la taille, mais je n'ai pas de machine à coudre.

— J'en ai une ! s'est exclamée Armi. Avec une excellente aiguille pour le cuir. Tu peux venir t'en servir dès demain si tu veux. J'habite à Jousenkaari. Vers deux heures, si ça te va, on pourra en profiter pour bavarder ! »

À cet instant, la porte des W.-C. s'est ouverte et Make en est sorti. Tandis qu'Armi se glissait à l'intérieur, il m'a murmuré avec un sourire :

« Armi a apparemment décidé de devenir copine avec toi. Et quand la Poisse se met quelque chose en tête, inutile d'essayer de résister. »

À mon retour des toilettes, je n'ai trouvé ni Antti ni Kimmo. J'ai fait le tour du jardin pour revenir devant la maison. Une poignée d'hommes d'âge mûr étaient assis à bavarder à l'ombre d'un bosquet : Risto, le père d'Antti, mon patron, le gynécologue et le directeur de l'école de Marita. Lorsque je me suis rendu compte qu'ils parlaient de moi, je me suis arrêtée à l'abri des buissons.

« Tu en as, de la chance, Eki, d'avoir pu remplacer Parviainen par une jolie fille comme ça, a dit le docteur Hellström. Je parie que tu préfères être assis au bureau qu'à la maison avec ta bonne femme. »

J'ai eu un haut-le-cœur en voyant mon patron sourire d'un air mielleux.

« Ce n'est jamais désagréable de pouvoir se rincer l'œil, a-t-il déclaré. Mais toi tu as Armi, c'est un beau brin de fille, elle aussi.

— Oh, moi, j'ai déjà toute la journée des femmes à peloter, rien que pour le travail, a dit Hellström avec un petit rire.

— Je ne crois pas que Maria soit du genre à se laisser peloter, a sèchement asséné le père d'Antti. Elle a plutôt l'air d'une féministe de choc, non ?

— Elle en a les mollets, en tout cas, musclés comme un homme, a répliqué Hellström. J'aurais tendance à préférer les jambes plus fines, plus féminines.

— Vous n'imaginez même pas à quel point mes mollets auraient l'air virils si je ne m'étais pas rasé les poils des jambes avant-hier, ai-je lancé en sortant de mon buisson. Et les commentaires sur mon physique peuvent m'être adressés directement, merci. » Ma mine furieuse a fait taire ces messieurs. « Et toi, Eki, je suppose que tu m'as surtout engagée pour mes compétences en droit pénal. Si c'était juste pour te rincer l'œil, tu aurais pu trouver moins cher. »

Je ne connaissais pas encore très bien mon patron et j'ignorais comment il réagirait à mon offensive. Pendant une seconde, j'ai eu le temps de me préparer à être virée. Mais à mon grand soulagement, il a éclaté de rire et confié au père d'Antti :

« Je crois que nous n'avons pas fini d'en voir avec elle, Antti et moi. Je me fiche de tes diplômes, Maria, et encore plus de tes courbes, tu as eu ce poste parce que tu n'es pas du genre à tergiverser. Je déteste les indécis. »

J'ai haussé les épaules et pris la direction du buffet, où du cognac de la meilleure provenance avait fait son apparition. La crise économique ne semblait décidément pas peser sur la famille Hänninen. J'étais en train de me verser une généreuse rasade d'alcool quand Antti m'a rejointe.

« Tu as tant besoin d'un remontant ? »

Je lui ai rapporté la conversation que j'avais surprise, mais il n'a fait qu'en rire.

« Erik Hellström a la mauvaise habitude de se vanter un peu trop de tout savoir sur la population féminine de Tapiola. C'est même à cause de ça que maman a changé de gynécologue. Mais il a la réputation d'être un excellent médecin ; sans lui, la sœur d'Armi, Mallu, ne serait plus de ce monde. Alors va savoir.

— Qu'est-ce qui lui est arrivé ?

— Une histoire de fausse couche, demande à Armi. Mais pas maintenant, la voilà justement avec Mallu. »

Armi pilotait vers nous une réplique d'elle-même, en plus maigre et plus brune. J'ai avalé le reste de mon cognac et serempli mon verre. J'en avais plus qu'assez de toutes ces nouvelles têtes et du sourire mondain qu'il me fallait afficher. J'ai échangé avec Armi et Mallu des banalités polies auxquelles cette dernière n'a pas eu l'air de s'intéresser plus que moi. Armi dirigeait la conversation, Kimmo et Antti plaçaient ici ou là un commentaire, quelqu'un m'a resservi du cognac. Je commençais à avoir trop bu. On entendait jouer dans le salon un trio de jazz présenté par Kimmo comme la cellule de base du big band local.

« Tu danses ? » Make, surgi de nulle part, s'est incliné devant moi d'un air un peu narquois et m'a entraînée dans la maison. Le swing lent de l'orchestre invitait à chalouper, les muscles des épaules de Make étaient durs sous sa chemise blanche, sa main légèrement moite. Il dégageait une trop forte odeur d'after-shave. Mais il avait la taille idéale pour être mon cavalier. J'avais plus de problèmes avec Antti, qui me dépassait de trente centimètres. D'autres couples évoluaient dans le salon : Kimmo et Armi, mon patron et sa femme, Antti et sa mère. Le cognac me faisait tourner la tête et les jambes, le trio est passé du swing au tango et Make m'a basculée dans un renversé impeccable.

En dansant, nous sommes passés devant la cheminée. Entre les chandeliers d'argent trônait une grande photo de Sanna, au lendemain de son baccalauréat, souriant d'un air blasé. J'étais en seconde quand elle avait obtenu son diplôme et, le soir de la fête de clôture de l'année scolaire, la moitié du lycée s'était retrouvée pour se soûler dans l'unique jardin public de ma ville natale. Sanna était complètement ivre et certains murmuraient qu'elle n'avait pas consommé que de l'alcool. Je me souvenais encore de la bouteille de vin de sorbes qui avait glissé de ses lèvres, éclaboussant de rouge son élégante veste en dentelle blanche. Elle l'avait ôtée, dévoilant son débardeur blanc et ses bras couverts de brûlures de cigarette et d'entailles de rasoir. J'avais déjà entendu parler de ses cicatrices, mais je les voyais pour la première fois dans toute leur horreur.

Make aussi avait remarqué la photo.

« Je me demande bien pourquoi ils m'ont invité, m'a-t-il murmuré à l'oreille. Je suppose qu'ils veulent montrer qu'ils m'ont pardonné.

— Parce que la mort de Sanna serait de ta faute ? ai-je chuchoté en retour.

— Si je n'avais pas été si soûl, j'aurais pu l'empêcher d'aller se baigner, a poursuivi Make à voix basse.

— Si tu n'avais pas été soûl, Sanna ne l'aurait pas été non plus. Écoute, Make, j'ai appris au moins une chose dans ma vie, c'est qu'il ne sert à rien de retourner le couteau dans la plaie. »

J'aurais dû m'en souvenir moi-même le lendemain.

Le reste de la soirée a été plutôt agréable. Peut-être grâce au cognac, ou au talent du trio de musiciens. Nous sommes partis vers une heure et demie, en même temps que Kimmo et Armi. Nous étions déjà loin quand celle-ci m'a encore crié, de la grille des Hänninen :

« Rendez-vous demain à deux heures, alors, pour coudre et bavarder ! J'ai des tas de questions à te poser ! »

2
Un cadavre dans le jardin

Le lendemain, il faisait une chaleur étouffante. En me réveillant vers midi, j'avais la bouche pâteuse et, malgré l'effet revigorant du café et d'une longue douche froide, des élancements dans les tempes. J'ai avalé un cachet d'ibuprofène avant de prendre mon vélo pour aller chez Armi. Antti, après avoir décrété qu'il s'accordait un jour de congé, s'est installé dans le jardin avec un recueil de poésie française. J'aurais voulu rester allongée près de lui, à faire paresseusement l'amour sous les merisiers en fleur.

« Si je ne suis pas là à ton retour, c'est que je serai parti me baigner à la jetée.

— Attends-moi, on ira ensemble. Je n'en ai pas pour plus d'une heure.

— Bavarde comme elle est, Armi va te garder une éternité », a protesté Antti.

Sur le chemin de Jousenkaari, je me suis fait la réflexion qu'échanger avec Armi des potins entre filles ne m'intéressait que modérément. Appuyer sur les pédales m'avait mise en nage et, en arrivant, j'avais une soif terrible. Le deux-pièces avec jardin qu'Armi louait à une vague connaissance faisait partie d'un ensemble de maisons en bande. Je me rappelais que Kimmo m'avait expliqué la veille, en regardant amoureusement sa fiancée avec des yeux voilés par une légère ivresse, qu'il se partageait entre deux domiciles : ce logement et la résidence de ses parents à Haukilahti. J'espérais qu'il serait là lui aussi.

Malgré mes trois coups de sonnette, personne n'est venu ouvrir. Bizarre. Peut-être Armi était-elle sous la douche ? Elle ne m'avait pourtant pas paru être du genre à barboter dans sa salle de bains au milieu de la journée. J'ai vérifié ma montre. Deux heures, c'était bien ce que nous avions convenu, et Armi, la veille, ne m'avait pas semblé avoir bu au point de pouvoir oublier notre rendez-vous. Peut-être était-elle dehors derrière la maison et n'avait-elle pas entendu sonner.

Le jardin d'Armi s'étendait jusqu'à la lisière d'une forêt. Des plantes grimpantes décoraient le portail, bouchant totalement la vue. Les jardins voisins étaient cachés par de hautes palissades, elles aussi couvertes de végétation. J'ai timidement poussé la grille.

« Armi ? »

Pas de réponse. J'ai traversé le rideau de plantes grimpantes. Après l'ombre du bois, le plein soleil m'a vrillé les tempes et les fleurs rouge feu des plates-bandes m'ont paru trop éclatantes. Parmi des arbustes à fleurs jaunes se dressait une table de jardin entourée de quelques chaises, sur laquelle étaient posés une alléchante carafe de jus de fruit et deux verres. J'allais me diriger vers eux quand j'ai aperçu quelque chose d'autre derrière les buissons.

Un pied. De femme, à en croire les ongles vernis de rose des orteils.

Armi était couchée sur le ventre, le visage enfoui dans l'herbe. Je me suis avancée en répétant son nom, mais elle n'a ni bougé ni répondu. Je suis allée jusqu'à elle. Elle était totalement silencieuse et aucune respiration ne soulevait son dos. J'avais suffisamment vu de cadavres quand je travaillais dans la police pour en reconnaître un, mais j'ai quand même tâté le pouls d'Armi avant de lui tourner délicatement la tête.

Son visage était à la fois familier et horriblement étranger, bouffi et violacé, et sa langue enflée pendait hors de sa bouche comme celle d'un enfant jouant au chien. J'aurais voulu pouvoir fermer les yeux qui me fixaient terrifiés, mais je savais qu'il ne le fallait pas.

Je me suis retenue de vomir. La porte de la maison donnant sur le jardin était heureusement ouverte et j'ai trouvé un téléphone dans l'entrée. J'ai appelé la police en protégeant le combiné avec du papier absorbant. Puis j'ai couru dans la salle de bains et, l'essuie-tout toujours à la main, j'ai ouvert le robinet de la douche et fourré ma tête dessous. Après avoir bu un litre d'eau, j'étais prête à retourner dans le jardin et à accueillir la police.

Mon cerveau enregistrait chaque détail. La bergeronnette qui sautillait dans les plates-bandes. Le bourdon voletant d'une fleur rouge à une autre. La mouche stationnée sur le bord de la carafe de jus de fruit. J'aurais préféré éviter de regarder Armi, mais je n'y arrivais pas. Et à quoi bon, puisque mon esprit s'obstinait à me repasser en gros plan l'image de son visage pourpre.

D'ailleurs j'avais pris l'habitude, dans mon ancien métier, d'observer attentivement les scènes de crime. Et c'en était une, Armi avait été étranglée ! D'après les traces laissées sur le sol, elle s'était vigoureusement défendue. Il n'y avait pas à proprement parler d'empreintes de pas sur la pelouse, mais peut-être le laboratoire technique parviendrait-il à tirer quelque chose de ce fouillis.

Les patrouilleurs de la police locale ont fait vite. Leurs yeux brillaient d'enthousiasme, ce meurtre mettait visiblement un peu de piment dans la routine des arrestations d'ivrognes. Le chef s'est présenté sous le nom de Makkonen et a noté les premiers renseignements nécessaires. Les autres ne semblaient pas savoir par où commencer. J'étais furieuse de les voir tourner en rond et j'ai eu le plus grand mal à m'abstenir de leur ordonner de photographier la scène et de relever les empreintes digitales. Mais ce n'étaient que de simples agents de la police administrative et ils ne disposaient même pas de l'équipement nécessaire.

Le légiste et les techniciens du laboratoire de la police judiciaire départementale ont mis plus longtemps à arriver. Le commissaire était un de mes anciens condisciples de l'école de police, Pertti Ström, dit Pertsa, dont nous nous moquions à l'époque à cause de la chanson éponyme d'Eppu Normaali. Lui, moi et Tapsa Helminen, qui travaillait maintenant à la brigade des stups de Helsinki, avions été les mieux notés de notre promotion. Les deux hommes avaient pris du galon, moi changé de métier. Pertsa avait aussi à un moment ou à un autre dû faire du droit, mais à Turku, si mes souvenirs étaient bons.

« Salut, Kallio, a-t-il dit étonné en me voyant. Depuis quand es-tu dans la police d'Espoo ?

— Je n'y suis pas. C'est moi qui ai découvert le corps.

— Tu la connais ?

— Pas très bien. C'est… c'est la fiancée du demi-frère du mari de la sœur de mon petit ami, ai-je expliqué, moi-même désarçonnée par la complexité de mon lien quasi familial avec Armi. Je ne l'ai rencontrée qu'hier et j'étais juste venue lui emprunter sa machine à coudre. »

Pertsa a pris la direction des opérations, la procédure habituelle des enquêtes criminelles s'est mise en route. Le légiste, arrivé à trois heures moins le quart, a déclaré qu'à première vue, Armi était morte depuis une à trois heures. Le meurtrier s'était tenu derrière elle et l'avait étranglée de ses mains. Celles-ci étaient assez grandes, d'après la dimension et l'emplacement des ecchymoses, et il s'agissait donc plus probablement d'un homme que d'une femme. Il y avait quelque chose de bizarre dans les marques qui donnait à penser que l'assassin s'était protégé les mains.

« Peut-être avec des gants en caoutchouc, a suggéré le légiste. Regardez si vous trouvez des gants de ménage dans la maison. »

À ce stade, Pertsa a enfin compris que j'étais une personne extérieure à l'enquête et que je n'avais rien à faire là à écouter ses conclusions. Il m'a demandé de ne parler de la mort d'Armi à personne d'autre qu'Antti pour l'instant. Il n'avait pas besoin d'en dire plus, je connaissais la chanson.

En quittant Jousenkaari, j'ai de nouveau été prise de nausées. J'ai vomi mon déjeuner dans un fossé enfoui sous les boutons d'or. J'avais les jambes si tremblantes que c'est à peine si j'ai réussi à pédaler jusqu'à la maison. La fin du parcours descendait heureusement en pente douce vers le bord de mer. Les passants me jetaient des regards apitoyés.

Dans notre jardin, tout était comme avant. Antti était toujours allongé sur la pelouse, plongé dans son recueil de poèmes. Einstein dormait, le corps à l'ombre et la queue au soleil, et ne m'a prêté aucune attention.

« Tu as fait vite, a dit paresseusement Antti. On va se baigner ? Eh, qu'est-ce qu'il y a ? » Il avait enfin levé les yeux de son livre et vu ma mine.

Je lui ai brièvement expliqué. Son visage s'est tordu bizarrement et, pendant un moment, il est resté muet. La journée m'a soudain semblé froide, et même le chat avait perdu son flegme. Battant furieusement de la queue, il a craché en direction d'une hirondelle qui le narguait en volant au-dessus de lui.

« Tu veux vraiment dire qu'Armi est morte… assassinée ? » a enfin articulé Antti. Sa voix sortait difficilement, comme d'une touche de piano bloquée. « Tu es sûre ?

— Je ne suis pas la seule à avoir constaté son décès. Il y avait la moitié de la police judiciaire du département.

— Kimmo est au courant ?

— J'imagine que des policiers sont allés l'avertir. Ils m'ont interrogée sur les proches d'Armi et je leur ai donné son nom.

— Je vais chez lui. » Antti s'est levé avec une promptitude étonnante.

« Non ! Laisse faire la police. Et ne téléphone pas non plus encore aux autres, aux Hänninen ou...

— Pourquoi ?

— C'est un meurtre. Quelqu'un l'a commis, sûrement une connaissance d'Armi. Quelqu'un à qui elle a offert du jus de fruit.

— Et merde ! Ça ne va pas recommencer ! L'été dernier mes copains, maintenant ma famille ! Fichez-moi la paix avec vos meurtres ! » Antti s'est précipité à l'intérieur et, par la fenêtre ouverte, je l'ai entendu descendre en courant l'escalier menant à son bureau, au sous-sol. Nous nous étions mis d'accord : je ne devais y pénétrer qu'en cas d'extrême urgence. Il pouvait y rester seul autant qu'il voulait.

Je me sentais abandonnée. Nom d'un chien, c'était moi qui avais besoin d'être réconfortée. J'avais découvert un cadavre. Je n'éprouvais pas vraiment de chagrin pour Armi, je ne l'avais pas connue, mais trouver un corps est toujours traumatisant, même pour quelqu'un qui a travaillé dans la police. Et voilà qu'Antti se comportait comme si j'avais assassiné Armi ! Mon malaise a cédé devant la colère. Furieuse, je suis allée dans le bûcher et je me suis mise à fendre du bois.

Après avoir débité quelques rondins, j'ai commencé à avoir faim et soif. J'avais retrouvé mon calme et je suis allée me débarrasser de ma sueur sous la douche. Je comprenais Antti, en réalité. Son meilleur ami avait été assassiné l'été précédent, par l'une de leurs connaissances communes. L'expérience avait bien sûr été éprouvante, et elle pesait encore sur chacun de nous. Ce n'avait pas non plus été pour moi qu'un travail de routine. Quant à Antti, toute sa vie en avait été chamboulée. Je faisais sans doute partie des bons côtés de l'affaire.

Je me suis préparé un sandwich au salami accompagné d'une bouteille de bière. Antti était quand même un bel idiot. Était-ce ma faute si Armi avait été assassinée ?

Sauf si... sauf si hier soir, par ses derniers mots, elle avait voulu parler d'autre chose que de questions sur mes relations avec Antti et de papotages sur nos projets de mariage respectifs. Si elle n'avait pas eu l'intention, tout compte fait, de bavarder avec une autre femme amoureuse mais avec une juriste et ex-policière. Quelqu'un qui ne voulait pas que nous discutions s'était interposé. Quelqu'un qui était à la fête des Hänninen et nous avait entendues nous donner rendez-vous à deux heures...

Je cherchais à me rappeler qui avait pu se trouver à portée d'oreille quand le téléphone a sonné.

« Ici Kimmo, salut, a dit une voix apeurée.

— Kimmo ! Je suis vraiment désolée. Tu veux venir à la maison ? Ou parler à Antti ?

— Non, c'est à toi que je veux parler. On m'a arrêté pour le meurtre d'Armi. Tu veux bien être mon avocat ?

— Toi, arrêté ? Tu l'as tuée ?

— Non ! » La voix de Kimmo était pleine des larmes. « Mais je... Viens ici, Maria, je t'expliquerai.

— Où es-tu ?

— Au commissariat d'Espoo, à Nihtisilta.

— Est-ce qu'il y a un policier avec toi ? Passe-le moi un instant. Je vais venir aussi vite que possible, d'ici une demi-heure, peut-être. Essaie de tenir le choc jusque-là. Et ne leur dis plus rien. »

L'agent qui surveillait Kimmo était peu loquace. Le détenu était suspecté du meurtre d'Armi Mäenpää, il y avait paraît-il suffisamment de preuves.

« Est-ce que le commissaire Ström est là ?

— Il est au domicile du suspect. »

Je n'ai pas voulu téléphoner tout de suite à Pertsa. Le plus urgent était d'aller tranquilliser Kimmo. Arrêté pour le meurtre d'Armi, suffisamment de preuves... Il était bien sûr logique qu'il soit le meurtrier. Le coupable était en général un proche de la victime. Est-ce qu'ils s'étaient disputés au réveil, après la soirée de fête d'hier ? J'avais pourtant du mal à imaginer Kimmo en étrangleur.

J'ai frappé à la porte avant d'entrer dans le bureau d'Antti. Il était étendu sur le canapé à fixer le plafond, muet.

« Désolée de te déranger, mais Kimmo a téléphoné. Il a été arrêté et a besoin d'un avocat. Je vais au commissariat.

— Kimmo ? Je viens avec toi.

— On ne te laissera de toute façon pas le voir. Reste ici. Tu peux sûrement téléphoner aux Hänninen, maintenant que Kimmo a été arrêté.

— Mais ça n'a aucun sens. Kimmo ! Ils sont complètement idiots, a tempêté Antti.

— Tu peux m'appeler un taxi ? Je dois me changer. »

Je me suis habillée, coiffée et maquillée à une vitesse record. Cinq minutes d'activité fébrile, et une jeune femme efficace me regardait dans le miroir. La sauvageonne nauséeuse avait été repoussée sous la carapace de la juriste. Mon moi le plus vulnérable s'effaçait en général au plus tard quand je soulignais agressivement mes sourcils d'un trait de crayon brun foncé. Un taxi m'attendait devant la maison et, un quart d'heure à peine après le coup de fil de Kimmo, j'étais au commissariat.

Pertsa Ström était arrivé dans l'intervalle. Je lui ai expliqué mon statut, et il m'a toisée comme une ennemie.

« Quand tu auras vu Hänninen et qu'on t'aura raconté ce qu'il était en train de faire quand on a débarqué, a-t-il déclaré d'un air de mauvais augure, tu comprendras toi aussi qu'il est coupable. Il prétend être parti de chez Mäenpää à midi et quart et l'avoir laissée à se vernir les ongles, mais elle était forcément déjà morte à ce moment-là. Et ce pervers se branlait en y pensant ! »

Je n'y comprenais rien. Pourquoi Ström employait-il un tel langage ? Ce n'est que quand il m'a conduite dans la petite salle d'interrogatoire où se trouvait Kimmo que j'ai commencé à saisir ce qu'il entendait par preuves solides et branleur pervers.

Je n'ai d'abord pas bien vu ce que Kimmo portait sur lui. Après l'éclatante clarté du soleil, la sombre salle d'interrogatoire paraissait plongée dans l'obscurité. Le jeune homme s'y dessinait comme une ombre d'un noir brillant à la tête entourée d'une scintillante auréole de cheveux d'or.

Puis je me suis rendu compte qu'il était vêtu d'une combinaison de latex qui ressemblait à une tenue de plongée, mais en plus fin. Je me suis dit qu'il devait avoir froid, pour avoir le visage aussi bleu et chiffonné.

« Qu'est-ce que c'est que ce truc ? ai-je demandé à Kimmo. Et vous, vous n'auriez pas pu lui laisser le temps de s'habiller correctement, au lieu de vous ruer pour l'arrêter ? ai-je craché à Pertsa. Tu as encore du monde chez les Hänninen ? Sinon, envoie un de tes hommes là-bas lui chercher des vêtements. Ou je porte plainte pour traitement inhumain d'un détenu. Kimmo, il y a quelqu'un chez toi ?

— Maman est à Helsinki avec Matti et Mikko et papa est en Équateur…

— Pertsa, je veux un téléphone. »

Antti a décroché à la deuxième sonnerie. Je lui ai demandé d'aller chercher des vêtements pour Kimmo chez les Hänninen. Quand j'ai eu fini, Pertsa m'a regardée d'un air hostile.

« Tu as définitivement changé de camp, alors, a-t-il dit en allumant une cigarette.

— Comment ça changé de camp ? Si je me souviens bien, on nous a appris les mêmes principes fondamentaux concernant le traitement des détenus, à l'école de police. Envoie quelqu'un chez les Hänninen et va fumer ta clope dehors. Cette pièce est trop petite pour être enfumée.

— Tu cherches vraiment à emmerder le monde, ou quoi ? » Pertsa a écrasé sa cigarette dangereusement près de ma chaussure gauche. « Quand on est allé interroger ce type, on l'a trouvé en train de se branler dans sa tenue de latex entouré de revues pornos sadomasos. Je peux te montrer autant de preuves que tu voudras ! Cette combinaison est couverte d'empreintes digitales de la victime, et tu vois cette déchirure au mollet gauche ? On a trouvé le morceau manquant dans le jardin. On dirait bien que les amusements sexuels de ce pervers sont allés un peu trop loin !

— Est-ce qu'Armi a subi des violences sexuelles ?

— Il n'en a sans doute pas eu le temps, il a eu la frousse et il est parti se branler chez lui ! »

Pertsa a claqué la porte derrière lui, laissant l'agent de service nous regarder d'un air étonné. J'étais consciente que mon attitude n'était d'aucune utilité à Kimmo, mais le comportement de mon ex-condisciple me rendait folle de rage. Il n'avait jamais fait preuve de beaucoup de modestie, mais sa rapide ascension dans la hiérarchie lui était apparemment montée à la tête. Pour que Tapsa Helminen accepte de me respecter comme une égale, j'avais presque été obligée de lui casser le bras, tandis que pour Pertsa, je m'étais imposée en le distançant un certain nombre de fois dans des épreuves théoriques. Il s'était consolé en se montrant, et de loin, le meilleur tireur de notre promotion.

« Kimmo ! Je suis terriblement désolée pour Armi, et pour tout ce gâchis. »

Le permanencier n'a pas essayé de m'empêcher de serrer Kimmo dans mes bras, même si c'était sans doute contraire aux consignes. Ce n'aurait pas été la première fois que je violais le règlement. Mes mains ont glissé toutes seules sur le latex, étonnamment chaud et lisse.

« Est-ce que tu as le courage de me raconter ce qui s'est passé ? Quand est-ce que tu as vu Armi pour la dernière fois ? » Je me suis assise à côté de lui et j'ai sorti mon calepin de mon porte-documents.

« Je l'ai vue ce matin... J'ai passé la nuit chez elle. J'avais un peu mal à la tête et je me suis réveillé vers neuf heures. Elle dormait encore. J'ai enfilé cette tenue et je suis allé m'allonger au soleil dans le jardin. J'ai dû me rendormir... Armi m'a réveillé vers dix heures et demie. Elle m'a fait sursauter, et c'est comme ça que j'ai déchiré ma combinaison... Je l'ai enlevée et on a fait du café. Ensuite, on a bavardé un moment, puis je suis rentré chez moi parce qu'Armi a dit qu'elle voulait bavarder tranquillement avec toi. Elle avait aussi un coup de fil à donner...

— Est-ce qu'elle t'a dit de quoi elle voulait parler avec moi ? Et à qui elle devait téléphoner ?

— Non. Elle était un peu... contrariée.

— Vous vous êtes disputés ? À propos de quoi ?

— On ne s'est pas vraiment disputés. C'est juste qu'Armi n'aimait pas ce truc en latex. » Kimmo a rougi. « On était d'accord, j'avais promis de ne pas faire ça avec elle. Mais là, je lui ai demandé de me toucher... » Ses mots avaient du mal à sortir, il avait le nez de plus en plus rouge et, finalement, il a fondu en larmes. J'ai tiré un mouchoir de mon porte-documents et je l'ai laissé pleurer en paix.

« Si j'avais su que je la voyais pour la dernière fois... » Kimmo s'est mouché. « Elle est vraiment morte ? Tu l'as vue ?

— Oui, Armi est morte. Mais elle était vivante quand tu es parti ? De quoi avez-vous parlé ?

— On devait se marier à l'automne, après ma soutenance de diplôme. J'ai même un poste qui m'attend. On a parlé de... Je n'y arrive pas... » Kimmo s'est de nouveau mis à pleurer. Au même moment, la porte s'est ouverte et Pertsa est entré avec un paquet de vêtements.

« Habille-toi, Hänninen. Nous, on garde ce truc de pervers. »

Je suis sortie pendant que Kimmo se changeait. J'avais beau avoir déjà eu l'occasion de le voir nu au sauna, je voulais montrer l'exemple en matière de respect des détenus. Pertsa et le permanencier sont malgré tout restés dans la pièce.

Antti attendait dans le couloir, l'air perdu.

« Qu'est-ce que tu fais encore là ? » J'avais parlé d'un ton plus sec que je ne l'aurais voulu.

« J'aimerais bien savoir pourquoi on me fait courir d'un bout à l'autre d'Espoo pour chercher des vêtements. En plus, Annamari Hänninen était rentrée et les policiers lui ont bien sûr fait une peur bleue. Qu'est-ce que je dois lui dire, et à Risto et Marita ? Est-ce que Kimmo a tué Armi ?

— Je ne crois pas. Dis-le-leur. Mais quelqu'un l'a fait. Ni toi ni moi, mais peut-être un des autres.

— Qu'est-ce qui te fait dire ça ?

— On en parlera à la maison. Tu n'es plus d'aucune utilité ici, ils ne te laisseront de toute façon pas voir Kimmo. Je lui donnerai ton bonjour. » J'ai passé un instant mon bras autour de la taille d'Antti, dans l'espoir d'alléger la tension qui régnait entre nous.

« Annamari est chez Marita et Risto. Je préférerais rester seul, mais je devrais sans doute les y rejoindre, a-t-il dit.

— Je passerai chez les Hänninen quand j'en aurai fini ici, on rentrera ensemble, comme ça. »

S'habiller normalement avait aidé Kimmo à se calmer. Pertsa nous a heureusement laissés, emportant la combinaison de latex qu'il tenait entre ses mains comme un vêtement de pestiféré. Je me suis demandé s'ils avaient prélevé les empreintes digitales d'Armi directement sur Kimmo.

« Antti m'a chargée de te transmettre ses condoléances. Tu te sens en état de continuer ? »

Kimmo a vaguement acquiescé.

« De quoi avez-vous parlé ce matin, Armi et toi ?

— De notre vie sexuelle… J'aime bien porter du latex, je voudrais quelquefois faire l'amour comme ça et tout, mais Armi est contre… On a convenu il y a déjà longtemps que je pouvais faire tout ce que je voulais de mon côté, à condition de ne pas la mêler à ça. Mais là, j'ai insisté pour faire l'amour et elle s'est fâchée parce que c'était contraire à nos conventions. On a parlé de ce qu'on ferait quand on serait mariés, mais on n'a pas réussi à se mettre d'accord. Ensuite on s'est dit qu'il valait mieux que je rentre à la maison. Il devait être midi et quart. »

J'ai jeté un coup d'œil au permanencier, qui écoutait d'un air intéressé. Secret professionnel ou pas, la moitié d'Espoo serait très vite au courant des intéressantes fantaisies érotiques de Kimmo Hänninen. Ce dernier s'était vraiment fourré dans un sale pétrin. Tout ce qu'il racontait ne faisait que l'enfoncer plus sûrement. J'aurais voulu pouvoir parler en tête-à-tête avec lui, car j'allais devoir l'interroger plus en détail sur sa vie sexuelle.

« Vous ne vous êtes donc pas vraiment disputés ?

— Mais non. On a parlé de ça tellement de fois qu'il n'y avait pas de quoi.

— Eh bien non, tu es rentré chez toi ?

— Oui. Maman était sur le point de partir en ville avec les jumeaux. Ensuite, je suis resté seul à la maison et j'ai…

— Tu as remis ta combinaison en latex et tu as lu quelques revues spécialisées ? » Curieusement, je me sentais moi aussi rougir.

« Oui… Et je n'ai rien entendu. Les policiers ont peut-être d'abord sonné à la porte, mais maman l'avait sans doute laissée ouverte et tout d'un coup j'ai vu une meute de mecs débouler dans ma chambre et je…

— Ils t'ont arrêté comme ça, directement ?

— Presque. Ils ne m'ont même pas dit tout de suite pourquoi ils avaient investi la maison. Ils se sont juste mis à feuilleter mes magazines et à fouiller mes placards. Puis quelqu'un a dit qu'Armi était morte. Et c'est là qu'ils m'ont embarqué. Je n'y comprends toujours rien… Une fois ici, ils ont dû me demander si je voulais un avocat et j'ai pensé à toi.

— Beau travail ! Écoute, Kimmo, je ne pense pas qu'on puisse parler de preuves solides. D'après la loi sur les enquêtes préliminaires, ils ne peuvent pas te garder ici plus de quarante-huit heures. Je sais que tu vis un cauchemar, Armi est morte et toi tu te retrouves accusé d'un meurtre que tu n'as pas commis. Mais tu seras bientôt libre. »

Je me rendais moi-même compte de l'inanité de mes paroles. Rien ne serait jamais plus comme avant. Armi était morte, il n'y aurait pas de mariage à l'automne, et les aspects les plus intimes de la vie de Kimmo seraient étalés sur la place publique. Et pour l'instant, je ne pouvais rien faire d'autre que de le laisser retourner en cellule.

Pertsa était encore dans les parages. Il voulait apparemment poursuivre l'interrogatoire de son suspect. En allant lui parler dans son bureau, je me suis efforcée d'arborer un air un peu plus aimable.

« Hänninen m'a raconté sa version des événements. Pourrais-tu me donner la tienne ? Pourquoi est-ce que vous vous êtes rués comme ça chez lui ?

— De quel droit t'imagines-tu pouvoir me demander ça ?

— Pertsa. Nous pouvons nous mettre mutuellement des bâtons dans les roues. Tu peux faire de l'obstruction et je peux porter plainte contre toi. Mais tu ne crois pas que nous avons tous les deux intérêt à arrêter le vrai coupable, et vite ?

— Parce qu'à ton avis ce n'est pas Hänninen ?

— Dis-moi plutôt pourquoi tu penses que c'est lui.

— Primo, il est le dernier à avoir vu Mäenpää vivante. On interroge en ce moment même les voisins, quelqu'un aura peut-être vu Hänninen s'en aller, et ensuite la fille encore en vie. Ce qui n'empêche évidemment pas qu'il ait pu y retourner plus tard. Mais si un voisin a vu quelqu'un d'autre arriver, et qu'il y a contre ce quelqu'un des preuves aussi concluantes que contre Hänninen, on y réfléchira. »

J'ai levé la tête pour fixer Pertsa droit dans les yeux. Son corps lourdement charpenté était tendu, ses larges épaules remontées vers ses oreilles un peu décollées. Ses yeux noisette ont évité mon regard, la sueur s'est mise à couler sur son visage aux pores dilatés.

« Secundo, tu sais aussi bien que moi que les crimes de ce genre sont le plus souvent commis par un proche. Et qui est la personne la plus proche de Mäenpää ? Son petit copain. C'est clair, non ?

— *Each man kills the thing he loves*, ai-je fredonné.

— Hein ?

— Rien. » Je ne pensais pas que Pertsa connaisse Oscar Wilde ou ait vu *Querelle de Brest*. « Mais ce ne sont que des preuves circonstancielles.

— Attends un peu. L'étrangleur de Mäenpää avait apparemment aux mains des gants en caoutchouc. Hänninen en portait quand nous l'avons trouvé. Ils sont en ce moment même au labo. La combinaison est couverte d'empreintes de la victime. Et le morceau de latex arraché était dans l'herbe sous son pied. Elle s'est battue contre son meurtrier, et elle avait les ongles plutôt longs. Elle a peut-être réussi à déchirer ce truc avec.

— Est-ce que la peau de Hänninen porte une marque à cet endroit ?

— Il me semble qu'il a une égratignure.

— Fais-le examiner par un médecin.

— J'attends les résultats du labo pour les gants. Si Mäenpää a été étranglée avec ces gros gants de caoutchouc noir, l'affaire est dans le sac.

— Je croyais que le caoutchouc ne laissait pas de traces, ai-je marmonné.

— Sans compter tout ce qu'on a trouvé dans la chambre de Hänninen. Des vêtements en latex, des chaînes, des cordes. Des menottes. Un fouet. Et regarde ces magazines ! » Pertsa a jeté devant moi une pile de revues anglaises et allemandes, qui portaient des titres tels que *Skin Two, O* ou *Bondage*. Elles contenaient d'artistiques photos de superbes créatures en tenues de latex ou de cuir, entravées ou non, attachées ou prêtes à se faire fouetter. Je me suis sentie gênée de regarder ces images sous les yeux de Pertsa, surtout parce que je les trouvais en majorité plutôt séduisantes.

« Ce type est de toute évidence un pervers. C'est comme dans ces histoires de Sade, où on pend et on étrangle des femmes. C'est vraiment à vomir, il faudrait les fusiller, ces mecs ! Si tu l'avais vu, quand on est entrés chez lui, tu n'aurais aucun doute sur sa culpabilité.

— Pourquoi avez-vous fait irruption comme ça ?

— Réfléchis un peu. On se rend chez le petit ami d'une morte, qui est fortement suspecté de meurtre. Personne ne répond quand on sonne et qu'on frappe, mais la porte est ouverte et il y a du bruit à l'étage. J'ai tout de suite pensé qu'il avait été pris de remords et avait décidé de se pendre.

— D'accord. Et qu'est-ce qu'il était en train de faire quand vous êtes entrés ?

— Il était en latex de la tête aux pieds, on ne voyait que son nez et sa bouche, sous sa cagoule, et il s'était mis des menottes. Il lisait ces journaux et il… se masturbait.

— C'est pratique, un suspect menotté à l'avance », ai-je dit, mais, Dieu sait pourquoi, ça n'a pas fait rire Pertsa. « Tu as donc les objets au labo, la victime chez le légiste et tes gars en train d'interroger les voisins, ai-je poursuivi. Les parents d'Armi ont été prévenus ?

— Tu nous prends pour des imbéciles ? On a même dû appeler un médecin pour calmer la mère. D'un autre côté, il y a pas mal de voisins qui ont eu le temps de filer à la campagne pour le week-end, et il faudra attendre lundi pour les interviewer. Mais on n'a pas besoin que tu nous aies à l'œil pour que ça roule.

— Je n'en doute pas. Tu as encore l'intention d'interroger Hänninen ? Je te rappelle que tu n'as pas le droit de lui parler en dehors de ma présence.

— Dans l'immédiat, je vais manger quelque chose et retourner sur le lieu du crime. Reviens à huit heures, on continuera à ce moment-là. »

Nous avons encore parlé quelques minutes de la durée de la garde à vue, de la loi sur les enquêtes préliminaires et d'autres détails pratiques. Pertsa était convaincu de disposer d'assez de preuves pour garder Kimmo en cellule. Je n'étais pas de cet avis. J'ai décidé de me rendre chez les Hänninen et de téléphoner de là-bas à mon patron, Eki Henttonen.

En descendant l'allée de bouleaux, je me suis demandé pourquoi je ne croyais pas que Kimmo soit l'étrangleur. Ça n'avait rien à voir avec le fait que je l'aimais bien, ce n'aurait pas été la première fois que j'avais un faible pour un meurtrier. Mais quelque chose clochait. J'étais déterminée à découvrir ce que c'était.

3

Soupçons dans les quartiers sud d'Espoo

La maison des Hänninen était étrangement silencieuse. Les traces de la fête avaient été effacées, le ménage semblait avoir été fait de fond en comble par une société de nettoyage. Risto m'a ouvert la porte avec sur le visage une mine de circonstance. La famille était rassemblée dans la grande salle de séjour. Annamari Hänninen buvait un cognac, Marita avait passé son bras autour d'elle. Antti se tenait debout devant la cheminée, à côté de la photo de Sanna, et n'a même pas semblé me voir.

Annamari a levé les yeux de son verre de cognac.

« Mon Dieu, Maria, comment va mon Kimmo ? Quand vont-ils le relâcher ? J'ai essayé de téléphoner à Eki Henttonen, pour qu'il vienne à son aide, mais…

— Eki est parti faire de la voile et son téléphone de bateau ne répond pas. Il sera de retour d'ici demain soir. Kimmo va relativement bien et ils ne peuvent pas le maintenir en garde à vue plus de quarante-huit heures. Où sont les jumeaux ?

— Mes parents les ont emmenés à Inkoo. Ils sont partis il y a une demi-heure, avec Einstein. On a pensé que ça valait mieux, la mort de Sanna avait déjà été un choc terrible pour eux », a expliqué Marita.

Je me suis demandé si elle portait souvent des robes noires à manches longues en plein été ou si elle avait mis ce fourreau en viscose en souvenir d'Armi. Dans cette tenue, Marita se détachait sur le mur bleu pâle du séjour des Hänninen tel un mince trait de pinceau noir un peu tremblé. Comme Antti, elle était osseuse de nature, mais là où lui avait du muscle, elle n'avait que des tendons.

J'ai servi à la famille une version simplifiée de la découverte du corps d'Armi et du récit de Kimmo. J'avais quelque difficulté à parler de la combinaison de latex et des revues sadomasos, qui constituaient pourtant l'essentiel des preuves détenues par la police. Annamari n'était apparemment pas au courant des tendances sexuelles de son fils – depuis quand les parents le seraient-ils – car elle s'est carrément mise à trembler.

« Mon Dieu, c'est affreux, qu'est-ce que je vais dire à Henrik ? Je dois bientôt lui téléphoner en Équateur... Et ce pauvre Kimmo... Qu'est-ce que tu veux dire, au juste... Il n'était pas bien, avec Armi, pour devoir... »

En première année de lycée, j'avais eu Annamari comme professeur de français. Elle était fragile, nerveuse, incapable de faire régner l'ordre en classe même en hurlant comme une sirène d'incendie.

J'avais plusieurs fois crié « vos gueules » à sa place, généralement avec un certain succès. J'avais eu la meilleure note possible en français, mais j'avais été soulagée quand, l'année suivante, elle avait suivi son mari dans une autre ville. Sa remplaçante avait été sèche comme un coup de trique, mais au moins je n'avais pas eu à avoir honte pour elle.

Annamari semblait s'éparpiller en tous sens. Elle ne cessait de bouger, ses cheveux blonds virevoltaient comme de la paille au vent au gré de ses incessants mouvements de tête. Sa voix frêle s'échappait dans les aigus.

« Comment la police peut-elle croire que mon Kimmo ait tué quelqu'un ? Mon fils… J'espère que je peux au moins aller le voir au commissariat, je peux venir avec toi, Maria, n'est-ce pas…

— Écoute, Annamari, il vaudrait peut-être mieux que tu ailles te reposer un peu », a dit Risto d'un ton ferme. Je savais qu'elle n'était que sa belle-mère, mais l'entendre l'appeler par son prénom m'a malgré tout froissé l'oreille. « Viens dans la chambre des garçons, tu pourras t'allonger tranquillement. »

Quand ils sont sortis de la pièce bras dessus, bras dessous, la tête brune aux cheveux clairsemés de Risto s'est penchée presque tendrement sur les boucles d'ange pâlies par le temps d'Annamari.

« J'espère que Risto aura la présence d'esprit de lui donner un calmant, a froidement dit Marita. Je ne sais même pas s'il nous en reste, il faudrait peut-être téléphoner à Hellström pour avoir une ordonnance.

— Il prescrit aussi des tranquillisants ? C'est curieux pour un gynécologue, ai-je glissé.

— Il fait en quelque sorte office de médecin de famille, a expliqué Marita. Tout le monde ne l'apprécie pas, à vrai dire, maman s'est même fâchée avec lui pour je ne sais quelle raison et a changé de médecin. C'est une sacrée pipelette, d'accord, mais il est toujours là quand on a besoin de lui. » Elle a rejeté ses cheveux en arrière d'un geste qui m'a rappelé quelque chose : Antti faisait de même quand il était nerveux. Au passage, j'ai aperçu sur son cou un gros bleu tout récent.

« J'aurais sûrement intérêt à parler avec Hellström, s'il est si bavard. J'ai besoin d'arguments pour faire libérer Kimmo.

— Tu ne crois toujours pas que ce soit lui le coupable ? » C'étaient les premiers mots d'Antti depuis mon arrivée.

« Non. J'avoue que c'est plus fondé sur mon intuition que sur des faits, mais je ne pense pas que ce soit lui. Je vais avoir besoin d'arguments plus solides que ça pour convaincre Pertsa Ström. Commençons par vous deux. Que saviez-vous d'Armi ? Comment était-elle ? »

Aucun d'eux ne semblait disposé à répondre. J'ai récapitulé en moi-même mes propres informations sur Armi : futile et charmante, se mêlant de tout, curieuse, déterminée.

« Armi était un vrai don du ciel pour Kimmo, même si Annamari ne la trouvait pas particulièrement à son goût, a enfin dit Marita. Et c'est vrai qu'elle avait un côté… ordinaire. Mais aux yeux d'Annamari, personne n'est assez bien pour ses enfants. Elle l'a cruellement fait sentir à Make, et à un certain nombre d'autres copains de Sanna avant lui.

— Tu cherches à insinuer qu'Annamari aurait tué Armi ?

— Mon Dieu, non ! C'est juste qu'Armi avait tendance à dire ce qu'elle pensait et que ce n'est pas dans les habitudes des Hänninen. À Noël dernier, elle a demandé pourquoi Annamari ne divorçait pas de Henrik, étant donné qu'il n'avait pratiquement plus aucun contact avec sa famille. On ne pose pas ce genre de questions, en tout cas pas chez les Hänninen. »

J'avais jusque-là considéré Marita comme une sorte de Hänninen elle aussi, une irréprochable prof de maths désespérément attachée à maintenir les apparences, et je trouvais réconfortant de voir qu'il y avait autre chose sous ce vernis. J'avais trouvé éreintant de faire la connaissance de tous les membres de la famille d'Antti et j'avais craint à l'avance, en m'installant à Itäranta, cet inévitable tissu social qui m'enserrait maintenant de plus en plus étroitement.

Mon estomac s'est mis à gargouiller. Je me suis rendu compte qu'il était près de sept heures et que, depuis mon petit-déjeuner vomi dans le fossé, je n'avais avalé que quelques sandwichs.

« Je pourrais avoir quelque chose à manger ? ai-je demandé. Je vais bientôt devoir retourner au commissariat et mon cerveau refuse de fonctionner sans café. Je peux me débrouiller toute seule, si Antti me montre la cuisine. »

Je voulais rester un instant en tête-à-tête avec lui, malgré son humeur peu sociable.

Le chaos de la veille était encore visible dans cette partie de la maison. Le lave-vaisselle était grand ouvert, le réfrigérateur débordait de restes du buffet. J'ai fait sans état d'âme un sort à un reliquat de salade aux crevettes et de pain surprise, et accompagné mon café d'un chou fourré de crème au halva qui avait déjà un goût de frigo.

Le silence d'Antti m'exaspérait. D'accord, il connaissait Armi et Kimmo bien mieux que moi, mais cette tragédie ne le touchait quand même pas personnellement.

« Prends un double cognac, ça aide, ai-je suggéré.

— À quoi veux-tu que ça aide ? Merde, étouffer ses sentiments ne sert à rien. Et il faut vraiment que tu sois tout le temps aussi obstinément professionnelle, c'est comme ça que tu réprimes tes propres sentiments ? Si seulement tu en as.

— Qu'est-ce que tu crois, à la fin ! Que je vois des meurtres tous les jours, que je passe mon temps à me pencher sur des cadavres ! Figure-toi que pour le moment je ne peux pas me permettre d'avoir des sentiments, sinon je ne réussirai jamais à faire libérer Kimmo et à découvrir qui a tué Armi. »

Je savais où notre conversation nous aurait menés si Risto n'était pas entré dans la cuisine.

« Marita a dit qu'il y avait du café, ici. J'ai donné à Annamari le dernier oxazépam de la maison, et ça l'a enfin endormie, a-t-il expliqué en se dirigeant vers la cafetière électrique.

— Dis-moi, ça t'ennuierait beaucoup de me déposer au commissariat ? » ai-je demandé d'un ton prudent, tout en sachant que Risto aimait bien conduire. Je n'ai même pas osé esquisser en partant un geste en direction d'Antti.

« Qu'est-ce que je dois dire à mon père ? a demandé Risto en arrivant au croisement de Merituulentie.

— Où est-il, déjà ? En Équateur ? Vous êtes obligés de le prévenir tout de suite ?

— Annamari y tient absolument. Ils se sont sans doute engagés à se tenir au courant des choses importantes. Et elle veut que mon père revienne pour porter sa part de responsabilité. » Risto parlait d'un ton neutre.

Je n'avais pas vu Henrik Hänninen depuis plus de dix ans. L'hiver où la famille avait vécu dans ma ville natale, mes parents, eux aussi professeurs, avaient un jour invité leur nouvelle collègue et son mari chez nous. Je me trouvais être à la maison parce que je souffrais de terribles douleurs menstruelles.

Autant Annamari était exubérante, autant Henrik était absent. Il donnait l'impression d'être totalement indifférent au monde extérieur. Au fil des ans, son absence s'était faite de plus en plus concrète, il avait accepté les unes à la suite des autres de longues missions professionnelles à l'étranger. Peu après la mort de Sanna, il s'était envolé pour l'Équateur, d'où il ne devait revenir qu'à la fin de l'année. Les parents d'Antti étaient outrés qu'il ne s'occupe de ses petits-enfants, Matti et Mikko, qu'en leur envoyant de coûteux cadeaux.

« Exiger le retour de ton père en Finlande est inutile, que pourrait-il faire de plus ? Il serait plus urgent de réussir à mettre la main sur Eki Henttonen, tu devrais essayer encore le numéro de son bateau. Et tiens Annamari éloignée du commissariat. » Je me suis rendue compte que je distribuais des ordres à quelqu'un que je n'avais aucun droit de commander, mais Risto n'a pas semblé s'en offusquer.

« Dis-moi, je n'étais plus très opérationnelle quand nous sommes partis de chez vous, hier soir, Antti et moi. Est-ce que tu te rappelles qui était encore là ? La plupart des gens s'étaient sans doute déjà éclipsés. »

Sans chercher à savoir pourquoi je lui posais la question, Risto a répondu après avoir réfléchi un instant :

« Je n'étais plus non plus au mieux de ma forme, j'avais bu quelques cognacs de trop avec Eki Henttonen. Lui était encore là, en tout cas, et bien sûr Kimmo, Armi et sa sœur Mallu. Make, aussi, qui bavardait avec Annamari dans la balancelle. Je me souviens avoir trouvé ça curieux, je croyais qu'ils ne s'adressaient plus la parole. Make...

— Oui, je sais. C'est un beau geste de ta part de l'avoir invité.

— J'ai l'impression que c'était plus Sanna qui incitait Make à boire que l'inverse, a dit Risto d'un air sombre en se garant devant le commissariat. Et Sanna cherchait la mort depuis si longtemps qu'il est difficile d'en accuser qui que ce soit d'autre qu'elle-même. »

Je ne connaissais pas très bien Risto, c'était notre première conversation en tête-à-tête, et l'âpreté de sa voix m'a surprise. Je n'avais encore jamais vu se fissurer sa façade d'efficacité tranquille. Quelles relations avait-il entretenu avec sa sœur ? J'aurais aimé poursuivre cette intéressante discussion, mais il était près de huit heures et je devais aller assister Kimmo.

« Si Antti est encore chez vous, dis-lui que je rentrerai peut-être très tard. »

Kimmo semblait avoir rétréci. Je lui ai transmis le bonjour de sa famille, mais mes mots ne paraissaient pas l'atteindre. Il était comme en transe, et l'interrogatoire ne menait à rien.

« Est-ce qu'il ne vaudrait pas mieux appeler un médecin, ai-je finalement dit à Ström, qui s'énervait de plus en plus. Tu vois bien qu'il n'est pas en état d'être entendu.

— C'est du flan. Il a sans doute enfin compris qu'il était dans une sacrée merde. »

Je n'en doutais pas une seconde. Kimmo n'était pas idiot. Et bien sûr, s'il avait vraiment tué Armi...

Pertsa m'a brièvement expliqué que les voisins qui avaient pu être joints n'avaient rien remarqué de particulier de toute la matinée. L'occupant de la maison mitoyenne n'était pas chez lui, celui de la suivante n'avait vu par la fenêtre que mon arrivée. Je me suis demandé pourquoi Pertsa mettait autant d'empressement à me donner ces renseignements. Cherchait-il à me convaincre que tout désignait son suspect comme le meurtrier d'Armi ?

Après avoir eu droit à une tasse de café, Kimmo a suffisamment repris ses esprits pour pouvoir répéter encore une fois sa version des événements de la matinée et affirmer que leurs divergences de vues sur les vêtements en latex n'empêchaient pas Armi de vouloir l'épouser en octobre.

« Pourquoi en octobre ? Si vous étiez décidés, pourquoi ne pas vous marier avant ? a demandé Pertsa.

— On a acheté un appartement à Tapiola et il ne sera livré qu'au début d'octobre.

— D'où sors-tu assez d'argent pour acheter un appartement ? Je te croyais étudiant.

— Armi avait un plan d'épargne logement... Et c'est mon père qui a payé ma part. En plus je travaille, je prépare mon diplôme tout en étant salarié à plein temps. »

J'ai constaté avec plaisir que Kimmo commençait à retrouver sa pugnacité.

« Et qui va hériter de l'appartement, maintenant que ta fiancée est morte ? » a cruellement demandé Ström. Kimmo l'a fixé avec des yeux vitreux, comme s'il ne comprenait de nouveau pas la question.

« Arrête, Pertsa, l'ai-je interrompu. Je ne pense pas qu'il ait eu le temps de réfléchir à ce genre de choses.

— Et s'il avait voulu échapper aux jupes de sa mère sans pour autant se retrouver dans celles d'une épouse, a ironisé Ström. Ou s'il n'avait finalement pas voulu quitter les jupes de sa mère... »

Kimmo a poussé un gémissement et enfoui son visage dans ses mains. J'ai maîtrisé mon envie de remodeler le nez déjà cassé de Pertsa. À quoi bon. Il avait décidé que Kimmo était coupable, et il me faudrait plus que des intuitions pour le convaincre du contraire. Je me suis demandé comment il avait pu, avec autant de préjugés, grimper aussi haut dans la hiérarchie policière.

Nous avons arrêté de passer Kimmo à la question vers neuf heures et demie et convenu de continuer le lendemain matin à dix heures.

« À moins que tu veuilles aller à l'église, Kallio », a lancé Pertsa en guise de conclusion.

Je préférais ne pas penser à la nuit qui attendait Kimmo au commissariat. Combien d'hommes y avait-il par cellule ? Chacun était vite au courant des délits reprochés aux autres et si le policier de garde laissait échapper ne serait-ce qu'une allusion à la combinaison en latex de Kimmo, ses codétenus se jetteraient sur lui comme des loups.

La nuit était aussi chaude que celle de la veille. Comme je n'avais pas la moindre idée des horaires de bus, j'ai décidé de rentrer à pied. J'avais heureusement mis ce matin des chaussures confortables, en plus de mon bermuda de ville, mais j'aurais préféré avoir un sac à dos plutôt que mon porte-documents.

Je n'avais pas sur moi de carte d'Espoo et j'ai donc suivi l'itinéraire le plus sûr pour rallier Tapiola, par la vieille route de Mankkaa. En franchissant le pont sur l'autoroute, j'ai été surprise par le calme de la circulation ; les gens, en ce samedi d'été, étaient sans doute pour la plupart à la campagne ou dans le centre de Helsinki. Les autres étaient peut-être assis chez eux à regarder les éternelles séries policières de la télévision.

Si Kimmo n'avait pas tué Armi, qui donc l'avait fait ? À qui voulait-elle téléphoner sans être dérangée ? S'apprêtait-elle à me confier quelque chose qui aurait pu menacer quelqu'un ?

J'espérais que Pertsa avait eu la présence d'esprit de vérifier tous les désaxés habituels qui avaient été condamnés pour avoir tué des femmes et couraient de nouveau en liberté. Qui sait si le crime ne pouvait pas être imputé à l'un d'eux. Ou à un voisin exaspéré d'entendre Kimmo et Armi faire l'amour.

Au bureau, les affaires tournaient actuellement au ralenti. Eki m'avait embauchée exprès avant l'été afin que je puisse en toute tranquillité me familiariser avec la routine du cabinet. Si Kimmo devait être traduit en justice, ce serait lui qui le défendrait, car je n'étais pas encore membre du barreau. Quel était mon titre, d'ailleurs ? Sans doute conseillère juridique. C'était assez officiel pour me permettre de mener un complément d'enquête. Je ne savais pas ce qu'Eki penserait de l'affaire, mais j'avais la ferme intention de jouer un peu les détectives privés.

J'avais de nombreuses personnes à interroger. Les parents d'Armi, qui habitaient à Lippajärvi, sa sœur, victime d'une tragique fausse couche, son patron, le docteur Hellström, sur lequel j'essaierais de mettre la main au plus tôt.

Et les autres, Risto, Annamari, Marita, tous avaient forcément des choses à m'apprendre. Une réflexion de Pertsa m'est revenue à l'esprit. Et si Annamari n'avait réellement pas voulu que Kimmo épouse Armi ? Si elle avait eu peur de rester seule dans sa grande maison de Haukilahti ? L'hypothèse semblait tirée par les cheveux, mais Annamari avait toujours été mentalement fragile et qui sait si la mort de Sanna, l'autre hiver, ne lui avait pas définitivement brouillé l'esprit.

Risto et Kimmo, en tout cas jusqu'à maintenant, avaient eu l'air étonnamment équilibrés, malgré leur père absent et leur mère hystérique, comme si toute l'angoisse de la famille s'était concentrée en Sanna. Mais que savais-je, en définitive, des deux frères ? Comment parviendrais-je à parler avec Kimmo de sa sexualité ? Il le fallait bien, pourtant, puisque c'était là-dessus que reposaient les preuves de la police. Était-il sado ou maso, et cela avait-il une quelconque importance ?

J'ai pris par Kalevalantie jusqu'à la prairie de Silkkiniitty, où quelques groupes de jeunes, éparpillés de-ci de-là, étaient occupés à vider des bouteilles, puis par le chemin de l'école et de l'église jusqu'à la mer. Quelques phares de voiture éclairaient la radiale Ouest, un hérisson affairé a trottiné à ma rencontre sur le sentier de la plage. Je me suis rappelé qu'Einstein était à Inkoo et ne viendrait pas se frotter à mes jambes quand j'arriverais à la maison.

À la maison… Je n'étais pourtant pas chez moi à Itäranta. Je n'avais presque rien apporté qui m'appartienne, mes meubles chinés dans des brocantes étaient entreposés dans l'appartement d'Antti à Helsinki. La majeure partie de mes livres y était aussi. L'été passerait vite, où m'installerais-je ensuite ? En tout cas pas là-bas, c'était trop petit.

Quand je suis rentrée, Antti regardait des vidéoclips dans le séjour. Il avait un verre de whisky à la main, la bouteille gisait sur la table. Il ne buvait que très rarement deux soirs de suite, mais cette fois il avait pris mon conseil au pied de la lettre. Quand il a tourné le visage vers moi, j'ai vu que la méthode n'avait pas été d'une totale efficacité. Il avait pleuré.

« Tu en as mis du temps, a-t-il dit avec un calme trompeur.

— Je ne voulais pas attendre le bus, je suis revenue à pied de Nihtisilta.

— À pied ? C'est tout toi, ça. »

Difficile de dire si c'était un compliment ou un reproche.

« Et Kimmo ? » Antti a pris une petite gorgée de whisky comme pour atténuer l'effet de ma réponse.

« Plutôt déboussolé, mais il s'en tient fermement à sa première version des faits, même s'il sait que ça sent le roussi.

— Henttonen a téléphoné il y a une demi-heure. Ils étaient arrivés au large de la pointe de Porkkala quand une gueule de bois tardive lui est tombée dessus. Ils ont jeté l'ancre à Stora Träskö, mais ils rentreront demain matin », a expliqué Antti d'un ton uni, les yeux fixés sur la rappeuse en robe de cuir rouge qui se trémoussait sur l'écran.

J'ai aussitôt composé le numéro du téléphone de bateau d'Eki. La voix de basse éraillée de mon patron semblait venir de beaucoup plus loin que Porkkala.

« Eh bien dis donc, le fils Hänninen s'est joliment mis dans le pétrin ! Heureusement que tu es là pour le défendre. Qu'est-ce qui lui a pris d'aller tuer Armi ? »

Mon sang s'est glacé dans mes veines.

« Qu'est-ce qui te fait penser qu'il l'a tuée ? C'est Risto qui t'a dit ça ?

— Je sais bien qu'il s'agit de ta famille, mais les Hänninen sont suffisamment bizarres pour que je n'aille pas d'emblée croire Kimmo innocent, même si le client l'est bien sûr toujours et qu'on ne va pas dire ce qu'on pense à la police, a grondé Eki d'une voix qui semblait venir de loin sous la terre. Mais on en discutera demain. À quelle heure est-ce qu'il doit être entendu ?

— À dix heures. Tu comptes être là ? »

Eki s'est lancé dans de grandes explications à propos des vents que je n'ai pas eu le courage d'écouter. J'ai raccroché, perplexe. Étais-je naïve, ou idiote, de croire Kimmo ? Pertsa avait-il raison, tout compte fait ? L'opinion d'Antti m'avait-elle égarée ?

Je ne savais rien de Kimmo, en réalité. Je l'avais rencontré un certain nombre de fois chez les Hänninen, cet hiver, et nous étions même sortis une fois boire une bière ensemble. Armi aurait aussi dû être là mais elle avait eu un empêchement – ça me revenait, maintenant, sa sœur était malade. Était-ce justement la fausse couche de Mallu ?

« Antti, est-ce que tu pourrais m'expliquer certaines choses ? » Je me suis assise à côté de lui et je lui ai doucement effleuré le dos, craignant qu'il repousse ma main.

« Quelles choses ? » a-t-il demandé d'un ton soupçonneux. J'ai senti la tension de ses muscles sous ma paume.

« À propos de Kimmo, d'abord... Tu étais au courant de ses pratiques sadomasos ?

— Les gens ne se vantent généralement pas de ce genre de choses ! Je l'ai croisé une fois à la porte du sex-shop hard de Pursimiehenkatu, il avait vraiment l'air gêné, mais je n'y ai pas attaché plus d'importance que ça. »

Et qu'est-ce que tu y faisais toi-même, me suis-je demandé, mais je me suis abstenue de poser la question tout haut. Après tout, j'étais moi aussi déjà entrée dans cette boutique, par pure curiosité.

« C'est peut-être la façon de Kimmo de rechercher la douleur et la mort, a poursuivi Antti déjà un peu plus détendu. Comme les éternelles maladies imaginaires de Risto et toutes les automutilations, conduites en état d'ivresse et expérimentations de drogues de Sanna. Elle a d'ailleurs fini par atteindre son but.

— Tu penses que c'était un suicide ?

— Elle avait laissé en évidence sur sa table un poème de Sylvia Plath, *Dame Lazare*. Je ne crois pas qu'il faille chercher beaucoup plus loin. Elle disait toujours qu'elle ne vivrait pas vieille. À mon avis, les agressions des Hänninen sont avant tout dirigées contre eux-mêmes, pas contre les autres. C'est pour ça que j'ai du mal à imaginer que Kimmo ait tué Armi. »

Antti était déjà plus calme. Je lui ai prudemment caressé le dos et je me suis risquée à demander :

« Qui, alors ? On dirait vraiment l'acte d'un proche. À moins que les deux verres de jus de fruit aient été là pour elle et moi, mais j'aurais plutôt imaginé qu'on s'installerait à l'intérieur, pour faire de la couture.

— Tu voudrais que je soupçonne ma propre famille ? » Antti a sauté sur ses pieds, fuyant mon contact. « Je ne supporterai pas tout ça une deuxième fois, nom de Dieu ! Si je n'avais pas été tout le temps avec toi, je serais moi aussi sur la liste de tes suspects. Tu peux faire toutes les carrières de juriste que tu voudras, au fond de toi tu restes un flic ! »

Il est de nouveau descendu en courant dans son bureau. J'ai fixé le vide un instant, muette, puis les larmes que j'avais attendues toute la journée se sont mises à couler. Je pleurais sur Armi et Kimmo, sur Sanna aussi, mais surtout sur Antti et moi. Nous n'arriverions jamais à rien. Je ferais aussi bien de me mettre tout de suite à la recherche d'un nouveau logement.

J'ai bu un whisky bien tassé, mangé une banane, lavé mes yeux gonflés et essayé de dormir. Antti était barricadé dans son bureau, d'où s'échappait un faible cliquetis d'ordinateur. Il ne viendrait sans doute pas dormir cette nuit avec moi.

Malgré le whisky, la marche et trois exercices complets de relaxation, je ne me suis endormie qu'à deux heures du matin.

4
La poisse

Mon réveil a sonné à huit heures et demie. Par la fenêtre, j'ai vu que les fleurs de merisier commençaient à perdre leurs pétales. Je me suis traînée jusqu'à la salle de bains, après un détour par la cafetière électrique, et j'ai contemplé avec effroi mes yeux gonflés. Je n'avais même plus le temps d'y appliquer des sachets d'infusion.

Maquillage et café ont malgré tout réussi à me rendre à peu près présentable et, après avoir réfléchi un instant, j'ai laissé un bref message à Antti : « Je serai absente la plus grande partie de la journée. Est-ce qu'on pourrait essayer de discuter ce soir ? »

En vélo, il ne fallait pas plus d'une vingtaine de minutes pour aller à Nihtisilta, même en pédalant doucement. Le commissariat était désert, ni Pertsa ni Eki n'avaient l'air d'être là. À dix heures sonnées, comme il ne se passait toujours rien, j'ai interrogé le permanencier.

« Ah oui… Ström a téléphoné. Il a dû aller à Kirkkonummi à cause d'une bagarre au couteau et l'interrogatoire est reporté à ce soir, paraît-il. »

Le permanencier était un jeune boutonneux à l'air niais, qui semblait tout droit sorti de ces blagues sur les flics où on demande lequel sait lire et lequel écrire. Le coéquipier de celui-ci avait intérêt à savoir faire les deux.

Je venais de réussir à le convaincre de me donner le numéro de téléphone de la voiture de Pertsa et de m'autoriser à l'appeler du commissariat quand Eki est entré en coup de vent.

« Mais alors, il ne se passe encore rien, ici ? » a-t-il beuglé d'une voix de stentor. L'ivrogne assoupi sur le banc de la salle d'attente a sursauté. J'ai téléphoné à Pertsa, qui a déclaré qu'il ne serait sans doute pas de retour avant sept heures du soir. Quand je lui ai demandé la permission de voir Kimmo dans l'intervalle, il a commencé à faire des difficultés. Après avoir ergoté un moment sur les arcanes de la loi relative aux enquêtes préliminaires, il a pourtant fini par nous concéder un droit de visite, mais valable pour un seul d'entre nous, Eki ou moi.

« Eh bien il va falloir décider qui se charge de défendre Kimmo, a constaté mon patron quand je lui ai expliqué la situation. Il vaut peut-être mieux que ce soit toi, Maria. En tant que conseillère juridique. Ça te donnera l'occasion de te faire la main. Et tu connais mieux que moi la routine des interrogatoires policiers. On verra après, si l'affaire va jusqu'au tribunal.

— J'aimerais qu'on discute, une fois que j'aurai vu Kimmo. Qu'on réfléchisse un peu à la stratégie à suivre. Je te retrouverai au bureau. »

Eki est resté à parler dans son téléphone portable pendant que je demandais au permanencier de me laisser voir Kimmo. Il s'est gratté un moment les boutons du menton avant de dire lentement :

« Je crois que Hänninen dort... On a dû faire venir un médecin vers cinq heures du matin, parce qu'il n'arrêtait pas de crier. Il a eu sa dose de tranquillisants. Une minute, je vais téléphoner au bloc. »

Le gardien a confirmé que Kimmo dormait, et je me suis dit qu'il valait mieux le laisser se reposer. Le récit du permanencier était inquiétant, mais j'aurais le temps de revenir là-dessus ce soir.

J'ai rattrapé Eki dans la cour du commissariat. Nous avons mis ma bicyclette dans le coffre de son break Volvo et pris le chemin de Tapiola.

Le cabinet d'avocats était installé au rez-de-chaussée de la maison des Henttonen, dans une zone pavillonnaire tranquille. Lors de mon entretien d'embauche, je m'étais demandé s'il arrivait vraiment que des clients s'égarent, même par hasard, aussi loin du centre de Helsinki, mais mes doutes étaient injustifiés. Le bureau, qui employait quatre personnes, avait une clientèle fidèle pour laquelle Eki et ses associés s'occupaient de testaments et d'inventaires de succession, de divorces et de faillites. La plupart des clients habitaient Tapiola ou les environs. Ils connaissaient les méthodes de travail d'Eki et avaient confiance en lui.

Aucune pointeuse ne contrôlait les horaires des collaborateurs du cabinet d'avocats Henttonen. En quelques semaines, j'avais pu constater qu'on abattait énergiquement la besogne quand il y en avait, tout en désertant le bureau pendant les périodes creuses. On y bafouait toutes les lois sur le temps de travail, mais ça me convenait. J'avais pris l'habitude de faire de longues journées dans la police, et comme Antti progressait aussi sur sa thèse par à-coups, ma vie privée s'accommodait parfaitement de l'alternance d'accès d'activité intense et de périodes plus calmes.

L'équipe d'avocats se composait d'Eki, de Mara Jaatinen et d'Albert Gripenberg. Ces deux derniers détenaient cinq pour cent des parts du cabinet. Ils m'avaient expliqué, au moment de mon entretien d'embauche, qu'ils souhaitaient compléter le staff par une femme.

« Très bien, mais pas question que je prépare le café ou que je fasse patienter les clients », avais-je fermement déclaré. Mon commentaire avait fait sourire ces messieurs.

« Pour le café, nous avons notre secrétaire Annikki, et pour ce qui est de faire patienter les clients, chacun de nous est sans doute obligé de payer de temps en temps de sa personne. C'est juste qu'avec ce point de vue féminin dont on nous rebat maintenant partout les oreilles, nous nous sommes dit qu'il était peut-être temps de l'intégrer aussi dans notre équipe. »

L'argument m'avait paru si comique que j'en avais éprouvé une réelle sympathie pour le cabinet Henttonen. En même temps, je m'étais rendu compte que j'intéressais aussi ces messieurs et je n'avais pas été très surprise quand Eki, le lendemain de cet entretien, m'avait téléphoné pour me demander quand j'étais prête à commencer.

Malgré mes grands discours, j'ai branché la cafetière électrique dès notre entrée dans la salle de réunion du bureau. Eki a déclaré qu'il allait chercher des viennoiseries dans son appartement. J'ai vérifié le répondeur téléphonique puis cherché dans l'annuaire le numéro du docteur Hellström.

Eki est revenu avec de la brioche. Je n'avais jamais vu un tel bec sucré, il était constamment en train de grignoter des biscuits ou du chocolat. Malgré sa gourmandise, sa bedaine était restée dans des limites raisonnables, tout comme sa calvitie était en général cachée par des cheveux savamment rabattus sur son crâne. Sa silhouette avait pourtant fondamentalement quelque chose de négligé, les épaules de ses élégants costumes étaient toujours constellées de pellicules, son visage était un peu trop rougeaud, sa voix puissante et éraillée. Peut-être était-ce justement parce qu'il lui manquait l'habituelle onctuosité de la plupart des avocats qu'il inspirait confiance aux gens.

Nous avons fait le point de la situation autour d'un café. La bouche pleine de sa quatrième part de brioche, Eki a dit d'un air songeur :

« Ça dépendra un peu du juge, tout ça, difficile de savoir s'il estimera les preuves suffisantes pour écrouer Hänninen. Pour toi, elles ne le sont pas ?

— Non, mais c'est aussi parce que je connais Kimmo. Il n'a pas le profil d'un assassin.

— C'est une bonne chose que tu sois convaincue de l'innocence de ton client. Pour ma part, je n'en suis pas si sûr. Ces Hänninen sont presque de ta famille, même si Antti et toi n'êtes pas encore passés devant le pasteur. Mais que sais-tu d'eux, au bout du compte ? J'ai eu l'occasion d'intervenir un certain nombre de fois dans la vie de Sanna. Elle a été arrêtée deux fois pour conduite en état d'ivresse, et je l'ai tirée à plusieurs reprises de cellule de dégrisement ; elle a aussi été accusée de détention de stupéfiants. Ça n'a pas été facile de lui éviter la prison. Ensuite, quand elle est morte, le jeune Ruosteenoja a failli porter le chapeau. La situation était délicate, Annamari Hänninen était hystérique et l'accusait du meurtre de Sanna, et Make lui-même était bourrelé de remords parce qu'il était tellement soûl qu'il ne s'était pas rendu compte que Sanna était entrée dans l'eau. Ç'a aussi été terrible pour Kimmo, sans Armi il ne s'en serait sans doute pas sorti. Et Annamari est restée en congé de maladie tout le printemps.

— Qu'est-ce que ça a à voir avec la culpabilité de Kimmo ? ai-je demandé d'un ton acerbe.

— Je veux juste dire que les Hänninen ne sont pas très équilibrés. Qui sait ce qui peut passer dans la tête de quelqu'un comme Kimmo quand il est – Eki cherchait visiblement une expression aussi neutre que possible – en état d'excitation sexuelle. Il ne s'est peut-être même pas rendu compte qu'il étranglait Armi avant de la voir tomber morte.

— Tu veux dire que Kimmo pourrait nier parce qu'il ne se souvient de rien ?

— Ou qu'il ne veut pas se souvenir. Je me demande s'il ne faudrait pas exiger un examen psychiatrique. Que suggères-tu ?

— Si on veut le sortir de là, il faut d'abord démontrer la fragilité des preuves de la police, et ensuite en découvrir de nouvelles montrant que quelqu'un d'autre que lui pourrait tout aussi bien être le meurtrier », ai-je répondu comme si je récitais un cours de droit.

Nous avons décidé que je tenterais de parler avant le lendemain avec autant de proches d'Armi que possible. Pendant ce temps, Eki s'efforcerait de trouver des failles dans les éléments de preuve retenus contre Kimmo par la police.

« Je vais prévenir Erik de ta visite. » Eki a composé de mémoire le numéro de Hellström. Quand on a décroché, il a expliqué ce qui l'amenait. J'aimais beaucoup sa façon d'agir sans barguigner.

« Erik est chez lui, tu n'as plus qu'à y aller, a-t-il dit après avoir raccroché. Tu y vas avec la Honda ou à bicyclette ? »

J'ai laissé notre voiture de fonction collective au garage. En pédalant, j'aurais le temps de réfléchir aux questions que je voulais poser au gynécologue.

Erik Hellström m'attendait sur le balcon côté rue de son duplex, situé dans un ensemble de maisons jumelées du quartier suédois de Haukilahti.

« C'est ouvert », a-t-il lancé d'une voix chevrotante, comme s'il s'attendait à ce que je trouve toute seule mon chemin jusqu'à lui. Il avait l'air effrayé. J'avais eu tort d'imaginer qu'il prendrait les choses avec détachement. Les gens attendaient sans doute toujours des médecins, des prêtres et des policiers qu'ils se comportent sereinement face à la mort, mais j'aurais dû savoir, de par mon expérience professionnelle, qu'ils avaient tort.

J'ai emprunté l'escalier qui conduisait de l'entrée plongée dans la pénombre à l'étage, pour déboucher dans l'immense salle de séjour où le médecin m'attendait.

Depuis que j'habitais Espoo, j'avais vu beaucoup de maisons magnifiquement meublées, mais le salon de Hellström les surpassait toutes. J'avais beau ne rien connaître aux antiquités, quelque chose me disait que ce mobilier gustavien valait une fortune. J'ai jeté un coup d'œil soucieux à mon bermuda en lin : j'espérais qu'il n'était pas tâché de cambouis. À mon grand soulagement, Hellström m'a invitée à passer sur le balcon.

« Nous serons mieux là. Il y a si peu de circulation dans cette petite rue que ça ne risque pas de nous déranger. Que veux-tu savoir, au juste – ça ne t'ennuie pas que nous nous tutoyions, j'espère ? »

Hellström a allumé une cigarette. La nicotine avait, au fil des ans, jauni la face interne de la première phalange de l'index et du majeur de sa main droite. Il avait l'air d'avoir des jaquettes neuves sur les dents – peut-être ces dernières étaient-elles imprégnées du même jaune, peu compatible avec l'image d'un médecin auréolé de succès. Pour le reste, son apparence était flatteuse. Il était relativement grand et l'on voyait encore qu'il avait eu, plus jeune, un corps d'athlète. Ses yeux bruns auraient pu être très séduisants dans d'autres circonstances, mais pour l'instant on n'y lisait que de l'inquiétude. J'ai repensé au regard appréciatif qu'il avait porté sur moi l'autre soir et je ne suis pas parvenue à éprouver beaucoup de compassion pour lui.

« Eh bien, j'aimerais d'abord avoir ton opinion sur Armi. Comment était-elle, comme personne et comme collaboratrice ? » J'avais du mal à tutoyer Hellström. Pas seulement parce qu'il avait l'âge de mon père, ni à cause de l'autorité naturelle que lui conférait sa stature, ou du charme que ses tempes argentées ajoutaient à ses cheveux bruns. Il y avait en lui quelque chose qui me déplaisait et je n'avais aucune envie de le tutoyer comme une vieille connaissance. Je savais qu'une partie de mon antipathie était due à la soirée de l'avant-veille, et j'étais furieuse contre moi-même de me vexer pour si peu.

« Armi était charmante et faisait parfaitement son travail », a platement dit Hellström en faisant tourner sa cigarette entre ses doigts. La cendre est tombée sur le plancher de bois blond du balcon, mais il ne s'en est pas aperçu.

« Où se trouve votre cabinet ?

— Au centre médical de Heikintori. C'est une sorte de groupement d'exercice libéral, nous sommes plusieurs spécialistes.

— Mais Armi était votre secrétaire médicale particulière ? » Je me suis rendu compte trop tard que je le vouvoyais.

« Secrétaire médicale n'est pas le terme qui convient. Armi était infirmière, spécialisée en gynécologie. Elle était mon assistante, pas ma secrétaire. Mais elle s'occupait bien sûr aussi de gérer mes rendez-vous et d'autres questions pratiques, avec le secrétariat du centre.

— Elle était donc beaucoup en contact avec vos patientes ?

— On ne parle plus de patientes mais de clientes, de nos jours. » Hellström a cueilli un cheveu gris argent sur le genou de son pantalon de coton vert bouteille et l'a laissé tomber par-dessus la balustrade du balcon sur la pelouse. « Armi s'entendait bien avec les gens, en général, elle était gaie et directe, peut-être même un peu trop familière au goût de certaines de mes clientes.

— Dans quel sens ? »

Hellström a eu l'air de se demander s'il était convenable de critiquer les morts, mais il a malgré tout poursuivi :

« Ma foi, elle tutoyait un peu trop facilement tout le monde, par exemple... Armi manquait du tact nécessaire pour adapter son attitude aux différentes clientes... Et peut-être se tenait-elle inutilement bien informée de la vie et des pathologies de chacune d'elles...

— Vous voulez dire qu'elle était curieuse ? »

Hellström a acquiescé.

« J'ai beaucoup de célébrités parmi ma clientèle, des actrices, des femmes d'affaires, des politiciennes... Je crains qu'Armi n'ait eu l'habitude de se mêler un peu trop ouvertement de leur existence... Pour le reste, elle faisait bien son travail et je pense que son intérêt pour les gens découlait d'un réel altruisme. »

La dernière phrase de Hellström aurait pu faire office d'épitaphe. Il a allumé une nouvelle cigarette et je me suis demandé s'il fumait toujours à la chaîne ou si ce n'était qu'une réaction à la mort d'Armi.

« Pourquoi vos clientes viennent-elles vous voir, en général ?

— Je fais un peu de tout : visites de contrôle, prescription de contraceptifs, suivi des grossesses, pathologies telles que kystes ou cancers. Je suis professeur au centre hospitalier universitaire de la région de Helsinki et je peux donc aussi être présent, à la demande d'une cliente, pour une intervention chirurgicale ou un accouchement. »

L'exposé semblait avoir été appris par cœur. Il l'avait certainement répété en plusieurs langues dans toutes sortes de congrès et autres manifestations promotionnelles. Je me suis soudain rappelé que mon ordonnance de pilule avait besoin d'être renouvelée, mais je n'avais pas l'intention d'aller consulter Hellström. Je n'acceptais de fréquenter que des gynécologues femmes. Avais-je d'ailleurs seulement besoin de contraceptifs, vu la tournure catastrophique que semblait prendre ma relation avec Antti ?

« On m'a dit que vous aviez soigné la fausse couche de la sœur d'Armi, il y a quelque temps. Quelle en était la cause ?

— Il faudra que tu le demandes à Mallu Laaksonen elle-même, mes informations sur mes clientes sont confidentielles », a répondu Hellström avec raideur. Je n'ai pas insisté, sur ce point il avait raison.

« Avez-vous remarqué ces derniers temps quoi que ce soit de spécial à propos d'Armi ? Des soucis – ou des joies particulières ? De nouveaux amis ? Plus d'argent que d'habitude ? »

On a entendu monter de la rue le grincement d'un tricycle. Le bambin perché dessus, qui devait avoir dans les deux ans, était suivi par sa mère, poussant une voiture d'enfant. L'occupant du landau braillait à pleins poumons. Hellström est resté longtemps silencieux avant de répondre.

« Il y a environ un mois… Kimmo a passé deux semaines chez son père en Équateur et, pendant ce temps, Make Ruosteenoja est souvent venu chercher Armi à son travail. Je lui ai même demandé en plaisantant si elle avait l'intention de changer de fiancé, mais elle m'a assuré qu'il s'agissait de tout autre chose. »

Make Ruosteenoja... Que m'avait-il dit, déjà ? Chaque fois qu'on tombe sur une chic fille, elle est casée... Pensait-il aussi à Armi ? Je l'ai mentalement ajouté à la liste des personnes que je devais interviewer.

« Et si Kimmo avait été jaloux de Make, a suggéré Hellström. Ou Make amoureux d'Armi. On ne sait jamais, même avec les gens les plus charmants. »

Il aurait apporté plus d'eau au moulin du procureur qu'au mien. Histoire de changer de sujet, j'ai demandé à tout hasard :

« Vous m'avez dit qu'Armi s'intéressait aux affaires de vos clientes. Pensez-vous qu'elle aurait pu faire mauvais usage de ces informations ? »

Hellström a bizarrement pâli.

« Où veux-tu en venir ? a-t-il demandé, la cigarette tremblant entre ses doigts.

— À du chantage. Vous venez vous-même de dire qu'on ne sait jamais, même avec les gens les plus charmants. Et ce ne sont pas les sujets qui manquent, dans un cabinet médical : avortements, maladies sexuellement transmissibles...

— Non ! s'est écrié Hellström en sautant sur ses pieds. Ce n'était pas le genre d'Armi ! Elle était très à cheval sur la déontologie médicale et avait un sens moral particulièrement développé. Elle n'avait rien d'un maître chanteur. Excuse-moi, a-t-il poursuivi en se rasseyant. Cette histoire m'a bouleversé, l'assassinat d'Armi a été un choc terrible, et maintenant ces accusations...

— Toutes les pistes possibles doivent être explorées, ai-je dit d'un ton sentencieux en commençant à rassembler mes affaires.

— Il n'est donc pas prouvé que Kimmo soit coupable ? » Hellström s'est rendu compte de mon intention de partir et s'est levé, en parfait homme du monde.

« Ce n'est pas si simple. »

En pédalant vers le nord sur un chemin forestier, j'ai songé que je pourrais, avant de rendre visite à Mallu à Tonttukumpu, faire un détour par Hakalehto. Peut-être Make serait-il chez lui.

Je n'avais pas son adresse exacte, mais il m'avait expliqué qu'il habitait « derrière l'agence de pub Takapiru ». Il ne pouvait guère vouloir dire par là qu'un des immeubles de cinq étages de Hakarinne et, dès la troisième cage d'escalier, j'ai trouvé son nom. J'ai sonné cinq fois et j'allais redescendre l'escalier quand j'ai entendu des pas traînants derrière la porte.

Make avait une mine de déterré. Il avait certainement bu plus de deux chopes de bière la veille.

« Maria… Qu'est-ce que tu fais là ? Entre. Tu es au courant qu'Armi est morte ?

— C'est moi qui l'ai trouvée. C'est d'ailleurs d'elle que je suis venue te parler, si tu es en état.

— Oui… Attends, je vais me laver les dents. » Make a filé dans la salle de bains, je suis entrée dans le séjour. On voyait qu'on était chez un adepte du fitness. En plus de la télévision et de la chaîne hi-fi, il n'y avait pour meubles qu'un vélo d'appartement, un rameur et un banc de musculation. Des barres à disques et des haltères traînaient partout. On apercevait quand même un lit étroit dans une alcôve et, dans le coin cuisine, une petite table et des chaises. J'ai pris place sur le rameur, réglé le siège à ma taille et saisi les poignées.

Make s'entraînait avec des poids infernaux. Avant qu'il revienne, j'ai eu le temps d'effectuer dix mouvements et je n'aurais pas eu la force d'en faire beaucoup plus. Vu son équipement, il ne devait fréquenter la salle de musculation que par goût du contact humain.

Make est allé droit au réfrigérateur et en a sorti une bouteille de bière. Il en a aussi agité une dans ma direction, mais j'ai secoué la tête. Il a rempli un verre, ajouté deux comprimés effervescents, fourré je ne sais quelle pilule dans sa bouche et englouti le tout d'une gorgée. Il a vidé d'un trait le reste de la bouteille et en a ouvert une autre dans la foulée.

« Qu'est-ce que tu as avalé ? » ai-je demandé, inquiète.

Il est venu s'asseoir par terre à côté de moi.

« Rien de dangereux. Un antinauséeux, un comprimé de vitamine C et une aspirine. À prendre avec de la bière. Cocktail du matin de Make Ruosteenoja.

— Il ne manque qu'un œuf cru, ai-je dit en faisant la grimace. Tu as trop bu hier ? »

Il a passé la main dans ses cheveux mouillés. Il avait apparemment profité de son séjour dans la salle de bains pour se mettre le haut de son corps un instant sous la douche. Ses pectoraux brillaient, encore humides, et un ruisselet de gouttes s'écoulait le long de la ligne médiane de ses abdominaux vers la ceinture de son jean délavé. Il ne portait d'ailleurs rien d'autre.

« Alors c'est vrai, nom de Dieu, a-t-il gémi. C'est ce que les mecs disaient hier. Stögö Brandt s'est pointé un peu avant trois heures au magasin et d'après lui ça grouillait de flics à Jousenkaari. Il a vu par sa fenêtre qu'on embarquait un corps, de chez Armi. Du coup, on est allé aux nouvelles au Balloons, et on n'en a plus décollé… Qui l'a tuée ?

— Kimmo a été arrêté. Tu as travaillé, hier ?

— Le magasin est fermé le samedi en été, j'étais juste passé vérifier les stocks de chaussures de running, et Stögö s'est retrouvé là un peu par hasard, il cherchait sans doute quelqu'un à qui raconter le truc. Pourquoi ? » Une lueur méfiante s'était allumée dans les yeux de Make.

« Tu voyais souvent Armi ?

— Qu'est-ce que c'est que ce bordel ? Kimmo ne l'a quand même pas tuée parce qu'il était jaloux ? Armi se fichait complètement de moi, ce n'était pas son genre, les alcoolos… » Make a pris une grande gorgée de sa deuxième bière, a saisi dans sa main gauche un haltère de cinq kilos et s'est mis à le soulever mécaniquement. L'afflux de sang a gonflé les muscles de son bras et de son épaule. Les veines violettes palpitant sous sa peau m'ont soudain fait penser au visage pourpre et bouffi d'Armi.

« Mon deltoïde gauche a un peu de retard sur le droit. Le plus efficace, c'est de le travailler avec des petits poids comme celui-ci. On va avoir les rameurs en promo, au fait, il ne t'en faudrait pas un ? C'est pratique…

— Make, écoute ! l'ai-je interrompu agacée. Tu fréquentais donc Armi, ces temps-ci. Est-ce que tu l'as vue hier ? Est-ce qu'elle t'a téléphoné ?

— Fréquenter, tu dis ? J'allais juste la voir de temps en temps pour bavarder. Elle me faisait des gâteaux et elle me consolait. Je n'avais personne d'autre à qui parler de... Sanna... » Make a détourné la tête, mais j'ai vu les muscles de sa gorge se serrer quand il a dégluti. « Putain, c'est de ma faute, a-t-il expliqué aux peupliers que l'on voyait par la fenêtre.

— La mort d'Armi ? ai-je demandé sur le qui-vive.

— D'Armi ? Non, de Sanna... Pourquoi est-ce que je n'ai pas compris que ce n'était pas de la frime, cette fois-là ? » Make a ramené son visage vers moi sans plus essayer de cacher ses larmes. « Je pourrais vivre cent ans que je ne me le pardonnerais pas. Même si Armi disait que je n'y étais pour rien. »

J'imaginais la voix douce d'Armi dans les odeurs de pâtisserie. J'ai repensé à ce que Hellström avait dit à propos de son altruisme. Peut-être aurais-je dû prendre exemple sur elle plutôt que d'aller harceler des gens plongés dans la douleur. J'ai malgré tout décidé de ne brider mes mauvais instincts que le lendemain et j'ai poursuivi mon interrogatoire.

« C'est donc de Sanna que tu parlais avec Armi ?

— Oui, et plus généralement des Hänninen. J'ai l'impression qu'Armi n'était pas très à l'aise à l'idée d'entrer dans la famille, Annamari aurait pu être plutôt chiante, comme belle-mère. Moi, elle ne peut pas m'encadrer, je n'étais pas assez bien pour sa fille, avec mon CAP de vendeur. Elle a presque réussi à me faire coller au trou pour la mort de Sanna. Armi était la seule, parmi eux, qui ne m'accusait de rien. Vendredi, elle m'a encore dit que je devais cesser de me désoler, que Sanna m'aimait vraiment et que c'étaient d'autres gens qui étaient responsables de sa mort. Et la mère Hänninen, putain ! Elle est venue, ce soir-là, la larme à l'œil, me bassiner avec je ne sais quelles histoires de réconciliation. Alors qu'elle se fichait complètement de sa fille quand elle était encore en vie… » Make s'est essuyé le nez avec le dos de la main et a repris de la bière.

« Tu n'étais donc pas amoureux d'Armi ?

— D'Armi… Je ne sais pas si je pourrai jamais aimer quelqu'un d'autre que Sanna, a-t-il reniflé. Et qu'est-ce que c'est que ces questions, tu es toujours flic ou quoi ?

— Kimmo m'a demandé de le défendre. J'essaie de trouver des preuves de son innocence.

— Je n'ai aucune preuve de rien. Il était peut-être vraiment jaloux de moi, après tout. On n'est pas les meilleurs amis du monde. Comment est-ce qu'Armi a été tuée, au fait ? Si elle a été étouffée avec une cagoule en latex, Kimmo est mon suspect numéro un. Son plus grand fantasme érotique est de s'asphyxier sous un masque en caoutchouc. »

J'ai frissonné. Un point de plus pour les adversaires de Kimmo.

« Tu m'as l'air d'être sacrément bien renseigné sur ses pratiques sexuelles. Comment ça se fait ?

— C'est Sanna qui m'en avait parlé, a répondu Make sans me regarder. Ils étaient tous les deux plutôt masos. Mais elle allait beaucoup plus loin que lui. J'étais sûrement son premier mec à ne pas la frapper. Même quand elle me le demandait, merde... » Il a vidé le reste de sa bouteille de bière. « Et Kimmo a les mêmes tendances, ils allaient quelquefois ensemble dans des clubs spécialisés, en cachette d'Armi. "Ce sera la poisse pour Kimmo, si La Poisse l'apprend", disait Sanna. Elle appelait toujours Armi la Poisse. Elle n'arrêtait pas de plaisanter avec ça. "Quelle poisse que la Poisse ne soit pas là..." »

Make est allé chercher une troisième bière dans la cuisine. Je commençais à en avoir assez de l'écouter s'apitoyer sur lui-même. Il n'avait pas besoin de moi pour se soûler, et il était temps que j'aille bavarder avec Mallu.

« Ne t'en va pas, a-t-il imploré quand je me suis levée du rameur.

— Il faut bien, j'ai du boulot. Va donc retrouver tes potes au bistrot. Non, excuse-moi, tu ne devrais pas plutôt arrêter de boire ?

— Ça va aller », a lancé Make en agitant sa bouteille et en grimaçant un sourire.

J'avais du mal à le croire.

J'ai coupé à travers le parc du complexe sportif. Un couple de faisans se dandinaient sur la piste cyclable, j'ai eu envie de me lancer à leur poursuite comme Einstein qui, il y a une quinzaine de jours, en avait obligé un à se réfugier dans un arbre. L'oiseau était resté perché là à criailler d'un air outré pendant au moins une heure. Des pissenlits en fleur bordaient la conduite de chauffage urbain. J'aurais aimé oublier le travail, poser mon vélo et me promener un moment dans l'accueillante prairie en friche où poussaient sûrement toutes sortes de végétaux surprenants. J'apercevais déjà au moins une stellaire holostée. J'ai repensé un instant à mon ancien copain Harri, qui m'avait appris à identifier les plantes et les oiseaux les plus communs. Je me rappelais à peine être un jour sortie avec quelqu'un d'autre qu'Antti.

En neuf mois, je m'étais apparemment si bien habituée à cette situation que je ne me voyais plus vivre seule. J'aimais pourtant la solitude. J'avais toujours du mal à parler à qui que ce soit avant d'avoir bu mon café, le matin, et je détestais qu'on vienne me faire des réflexions quand, en rentrant du bureau, j'écoutais à fond mon groupe de hard rock préféré, Popeda. Mais Antti me comprenait, il tenait lui aussi à ses instants de tranquillité.

La jungle d'herbes se terminait par les tennis couverts et le parking. Si les fans de hockey sur glace parvenaient à leurs fins, il se dresserait bientôt à la place de la prairie une nouvelle patinoire et des centaines de places de stationnement supplémentaires. Le conseil municipal n'avait paraît-il plus le temps de discuter d'autre chose que de ce projet controversé. Même la nécessaire réduction des dépenses sociales en était passée au second plan.

Mallu n'était pas chez elle. Elle se trouvait sans doute chez ses parents à Lippajärvi. Comme il n'y avait pas la moindre cabine téléphonique à l'horizon et que la faim me tordait l'estomac malgré la brioche d'Eki, j'ai décidé de rentrer à Itäranta. Peut-être Antti serait-il déjà prêt à discuter.

Tout en pédalant, j'ai soigneusement préparé mon entrée en matière. Je n'ai pas eu à interrompre Antti dans son travail, il était assis à lire dans le jardin derrière la maison.

« J'ai finalement décidé de repasser par ici. Est-ce qu'on pourrait parler un peu ?

— Hmm, a-t-il marmonné derrière son livre.

— Je sais que la mort d'Armi t'a bouleversé, mais ce n'est quand même pas de ma faute. On m'a demandé d'assister Kimmo, qui se trouve dans une situation difficile, et pour ça je dois poser des questions aux gens, aussi désagréables soient-elles. »

Mon laïus semblait plus sortir d'un guide de relations humaines que de ma bouche. J'ai malgré tout continué :

« J'aimerais te consoler, mais pour ça il faut que tu te laisses approcher. Moi aussi j'ai du chagrin, même si je connaissais à peine Armi. Je... »

Je me suis interrompue en voyant Antti tressauter sur la pelouse, riant et pleurant à la fois. Peu à peu, ses hoquets se sont transformés en un rire qu'il ne parvenait plus à stopper.

« Arrête ! » Mon cri n'ayant servi à rien, j'ai vidé sur sa tête le verre d'eau posé à côté de lui. Heureusement, ça a suffi, car sinon j'aurais été obligée de lui donner des claques.

« Oh ho ho ! » s'est encore esclaffé Antti en secouant la tête, et il m'a attirée contre lui. « J'étais persuadé que tu étais furieuse contre moi et j'avais préparé un discours tout aussi artificiel. C'est une bonne chose tu m'aies pris de vitesse. Comment va Kimmo ? »

Soulagée, je lui ai donné les dernières nouvelles et annoncé que j'avais l'intention de mener une petite enquête privée.

« Si on parlait un peu de ces gens, maintenant. Tu les connais quand même beaucoup mieux que moi.

— Je peux jouer Watson ?

— Watson est supposé admirer Holmes par-dessus tout et le rôle te va mal, même si pour le reste tu es suffisamment crétin. Et nous ne sommes pas non plus Tommy et Tuppence, nous n'avons qu'à être nous-mêmes. Allons faire à manger. Tu me parleras de la mort de Sanna pendant ce temps. »

Antti avait oublié de faire les courses, mais nous avons trouvé dans les placards des Sarkela des pâtes et des conserves avec lesquelles j'ai réussi à bricoler une sauce. J'avais l'habitude d'accompagner les pâtes de mélanges créés avec les divers ingrédients qui me tombaient sous la main. Mon record, dans le genre, était sans doute la sauce au fromage fondu au poivre vert et beurre de cacahuète. Parfaitement comestible. Nous nous sommes contentés de quelque chose de plus ordinaire, j'ai ajouté à une boîte de tomates concassées du fromage, de l'oignon, du poivre noir et du basilic.

« Que veux-tu savoir sur la mort de Sanna ? a demandé Antti en râpant trois carottes en guise de salade.

— Raconte-la moi encore une fois, comme à quelqu'un qui n'en aurait jamais entendu parler. »

Il s'est exécuté, évoquant Sanna, que l'adjectif suicidaire décrivait sans doute le mieux. Et qui, a priori, n'avait pas à se plaindre. Une bonne famille, un père ingénieur, une mère prof, un demi-frère plus âgé, marié et heureux en ménage, un gentil petit frangin marchant sur les traces de son paternel à l'université de technologie…

Sanna était belle. De grands yeux couleur de feuille de chêne automnale, de longs cheveux presque aussi noirs que du charbon. Une peau pâle, résultat d'une vie malsaine, mais sans la moindre imperfection, sauf là où elle s'était elle-même brûlée ou entaillé les veines. Un petit nez, une large bouche sensuelle à rendre B.B. jalouse. Un corps mince et une poitrine généreuse. Un mélange de sensualité et de fragilité.

Sanna était douée. Si d'excellentes notes au bac dans un lycée de campagne ne signifiaient peut-être pas grand-chose, être admise à l'université de Helsinki en français et en anglais constituait une belle performance. Chez les Hänninen, les filles suivaient l'exemple de leur mère, comme dans ma propre famille, moi exceptée. Mais les tentations de la capitale avaient détourné Sanna de ses études. Toujours plus d'alcool, de drogue et d'hommes violents, dont certains étaient de véritables criminels. Deux avortements, puis une arrestation pour conduite en état d'ivresse dont elle s'était tirée de justesse avec une simple amende.

« Finalement, Annamari et Henrik en sont venus à faire comme si Sanna n'existait pas. Leur fille n'était plus sortable. Ils lui donnaient de l'argent, mais pour le reste elle ne les intéressait plus. Henrik était de toute façon souvent absent, mais Annamari avait quand même aussi de temps en temps des élans de tendresse, a poursuivi Antti. Au moment de la première tentative de suicide de Sanna, Kimmo faisait son service militaire. Ça a un peu secoué les Hänninen, et c'était d'ailleurs sûrement son but. On a tous essayé de faire notre possible après, on l'invitait à nos fêtes et tout. Mais elle avait à peine franchi la porte qu'elle était déjà soûle et commençait à faire du scandale. Une fois, j'ai dû la faire descendre de force de la tour de la chaufferie de Tapiola où elle était grimpée. Quand elle ne buvait pas, elle lisait, écrivait et étudiait assidûment, mais ensuite elle replongeait. »

Sa rencontre avec Make, durant l'automne qui avait précédé sa mort, avait un moment remonté le moral de Sanna, comme toute nouvelle relation amoureuse. Il était plus fréquentable que ses copains habituels, et n'en était qu'aux prémices de sa carrière de poivrot. Sanna pensait avoir trouvé l'homme de sa vie, et elle entendait fêter ça tous les soirs.

Le jour de ses trente ans, en mars, Sanna avait voulu aller vider une bouteille de vodka sur la jetée de Toppelund. L'hiver avait été exceptionnellement doux et la mer n'était pas gelée. Make s'était endormi ivre mort sur le sable pendant que Sanna était partie patauger dans l'eau peu profonde, s'éloignant de plus en plus. La plage était presque déserte en ce mercredi soir d'hiver. Un promeneur de chien avait trouvé Make et appelé la police, mais ce n'était qu'en cellule, à demi mort de froid, qu'il s'était demandé, en commençant à dessoûler, où avait bien pu passer Sanna.

Son corps s'était échoué le lendemain sur la plage. Sur son bureau, entre un crâne et une bougie noire, se trouvait un de ses poèmes préférés, *Lady Lazarus* de Sylvia Plath, souligné en plusieurs endroits. Antti et Kimmo avaient vu une preuve de suicide dans ces vers : *And I a smiling woman. / I am only thirty. / And like the cat I have* *nine times to die**. L'autopsie avait révélé que Sanna avait absorbé de l'alcool et des tranquillisants, et la police avait conclu à un accident.

« Il n'y avait donc rien de suspect ?

— Annamari voulait traîner Make en justice pour non-assistance à personne en danger, mais Henrik et Eki Henttonen ont réussi à la raisonner. Ça n'aurait servi à rien. Il n'a pas poussé Sanna à l'eau, ni personne d'autre, elle y est allée seule. Volontairement. » Antti a raclé avec un bout de pain les dernières traces de sauce de son assiette.

« On dirait que l'entourage des Hänninen attire plus que sa part de tragédie. D'abord Sanna. Puis la fausse couche de Mallu après des années de vaines tentatives, et sa séparation d'avec son mari. Et maintenant Armi et Kimmo…

— Une fausse couche et une séparation ? Parle-moi un peu de Mallu.

— Je ne sais pas grand-chose d'elle. C'est la sœur d'Armi. Dessinatrice industrielle au chômage. Mariée à un dénommé Teemu Laaksonen, technicien dans je ne sais plus quelle branche. D'après Armi, ils n'arrivaient pas à avoir d'enfants, mais en novembre dernier Mallu s'est enfin retrouvée enceinte, et en mars elle a fait une fausse couche. Depuis, Laaksonen a déménagé de Tonttukumpu, a dit Antti avec une grimace. C'est terrible, mais en même temps c'est l'histoire classique. Il y a des fois où tout foire.

— La poisse, quoi », ai-je dit sans y penser. Nous avons éclaté de rire, même si ça n'avait au fond

---

* Et moi, une femme souriante. / Je n'ai que trente ans. / Et comme le chat je peux mourir neuf mois.

rien de drôle, mais partager un moment d'hilarité avec Antti m'a fait du bien.

J'avais encore le temps d'aller rendre visite à la famille Mäenpää, à condition de sauter dans la Honda du bureau. J'ai téléphoné à Lippajärvi où, après avoir hésité un moment, le père d'Armi a accepté de me recevoir. J'aurais préféré ne pas troubler leur douleur, mais je n'avais pas le choix. Après tout, c'était eux qui en savaient le plus sur leur fille.

5

Le cimetière des enfants esquintés

J'ai garé la petite Honda noire du bureau devant une maison en bois décolorée. On entendait quelque part des cris d'enfants en train de jouer. À la porte, j'ai été frappée par le silence. L'homme qui m'a ouvert était sûrement le père d'Armi, il était blond et robuste comme elle. Sans même me dire bonjour, il m'a fait signe d'entrer.

Après les luxueuses demeures de Tapiola décorées par des architectes d'intérieur, la simplicité du séjour des Mäenpää paraissait accueillante. Le papier peint trop chargé et le velours usé des meubles de salon ressemblaient à ceux d'innombrables maisons du même type. Dans la bibliothèque, les verres, coupes et souvenirs de voyage étaient plus nombreux que les livres, qui faisaient partie pour la plupart de la sélection du Reader's Digest.

La femme recroquevillée au coin du canapé tranchait sur la banalité du décor. Son visage était si gonflé de pleurs qu'on distinguait à peine ses yeux. Elle portait une jupe noire fatiguée et un chemisier lustré aux coutures dont on aurait pu croire qu'elle avait dormi avec. Le regard perdu dans le vide, elle n'a pas eu l'air de me voir.

« C'est encore la police ? » Une jeune femme est entrée dans le séjour, un tablier noué sur ses vêtements noirs. Mallu, la sœur d'Armi. Nous avions bavardé ensemble vendredi soir chez les Hänninen, mais elle n'a pas semblé me reconnaître.

« Une femme, cette fois, a-t-elle poursuivi d'un ton acerbe. Dotée d'un peu plus de tact que les types qui ont déjà déboulé ici, j'espère. Vous êtes déjà le troisième enquêteur qui vient nous voir en vingt-quatre heures. Et il faut répéter chaque fois qu'au moins vingt personnes peuvent témoigner que mes parents ont passé toute la matinée d'hier en excursion avec leur club de retraités.

— Je ne suis pas de la police. Nous nous sommes vues l'autre soir chez les Hänninen. »

Mallu est restée un instant interloquée avant de se ressaisir :

« Ah oui, la copine d'Antti ! Tu avais l'air tout à fait différente, à cette soirée. Qu'est-ce que tu fais là – comment t'appelles-tu, déjà ?

— Maria Kallio. Je travaille au cabinet d'avocats Henttonen et je suis la conseillère juridique de Kimmo Hänninen. » Je me faisais l'impression d'être un entrepreneur de pompes funèbres.

Le nom de Kimmo a fait réagir la femme écroulée sur le canapé. Les larmes se sont mises à couler sur ses joues couleur de pomme mordue par le gel, et Mallu l'a entourée d'un bras protecteur.

« Je suis vraiment désolée pour la mort d'Armi, ai-je lancé plus ou moins dans sa direction.

— Vous êtes la même mademoiselle Kallio qui a trouvé Armi ? a demandé Paavo Mäenpää d'une forte voix croassante de fumeur dur d'oreille.

— Comment peux-tu être la conseillère juridique de Kimmo, si c'est toi qui as trouvé Armi ? Tu n'es pas toi aussi considérée comme suspecte ? » a demandé Mallu avec un à-propos surprenant.

La question était pertinente. Personne n'avait récusé mon statut et aucune loi ne m'interdisait de représenter Kimmo, mais déontologiquement ma position était de toute évidence délicate. Cela m'avait d'ailleurs étonnée que Pertsa me laisse m'en tirer à si bon compte, mais peut-être était-il si sûr de la culpabilité de Kimmo qu'il ne voulait pas gaspiller son énergie avec moi.

« La police nous en a si peu dit… Juste qu'Armi avait été étranglée… Est-ce qu'elle… Est-ce qu'on lui a fait quoi que ce soit d'autre ? » a soudain demandé Paavo Mäenpää. Il pensait sûrement à des violences sexuelles, comme tous les pères quand ils s'inquiètent de leur fille assassinée.

« Armi a bien été étranglée, mais on ne lui a rien fait d'autre. »

D'autre. Comme si ça ne suffisait pas.

« Est-ce que… est-ce qu'elle a beaucoup souffert ? »

Il trébuchait sur ses mots.

J'ai repensé au visage bleu-noir d'Armi, à sa langue pendante et à la pelouse labourée par ses orteils aux ongles roses.

« Ç'a été vite fini. Elle a sans doute perdu connaissance en moins d'une minute », l'ai-je réconforté. Ça avait l'air court, mais cette minute avait sûrement duré une éternité pour Armi et pour son meurtrier.

Le silence qui a suivi mes paroles nous a enveloppés tel un brouillard poisseux. Les bruits du monde extérieur nous parvenaient au travers, assourdis et irréels. Le tic-tac de l'horloge, dans la bibliothèque, était pourtant là pour nous rappeler que le temps ne s'était pas arrêté.

« Armi n'aurait jamais fait de mal à personne, a brusquement dit Mme Mäenpää. Pourquoi a-t-il fallu qu'elle meure, juste au moment où elle allait se marier. Kimmo m'a toujours eu l'air d'être un gentil garçon... »

Mallu a tapoté la main de sa mère d'un geste apaisant.

« Vous avez l'intention de défendre Kimmo, par-dessus le marché ? Vous venez bien sûr nous demander si Armi fréquentait d'autres hommes, comme ces policiers d'hier. Notre Armi était une bonne fille, son fiancé lui suffisait. Quelle mouche a bien pu piquer Kimmo ? » a douloureusement demandé Paavo Mäenpää.

Les questions que j'avais préparées semblaient inutiles et cruelles. Il ne servait à rien de les poser aux parents d'Armi, en tout cas pas maintenant.

« Et si... et si nous reparlions de tout ça plus tard, par exemple à la fin de la semaine prochaine. Je suis désolée », ai-je dit, pensant à la mort d'Armi, à mon intrusion, à Kimmo. Je reculais déjà vers la porte quand Mallu m'a arrêtée pour me demander si je pouvais la déposer à Tonttukumpu.

« Écoute, papa, il faut vraiment que j'aille sortir mon linge d'hier de la machine à laver, sinon il va moisir. Je serai de retour aussi vite que possible, vous vous débrouillerez bien un moment sans moi. »

Le départ de Mallu ressemblait à une fuite. Une fois sur l'autoroute, elle s'est mise à parler :

« J'avais vraiment une machine en train de tourner quand papa m'a téléphoné. Merci pour le bout de conduite, je n'ai plus de voiture, c'est Teemu qui l'a gardée.

— Qui est Teemu ?

— Teemu Laaksonen, mon futur ex-mari, a dit Mallu d'un air sombre. Je peux fumer ?

— Non, désolée, c'est la voiture du cabinet, pas la mienne. »

Autant la sœur d'Antti, Marita, était maigre de nature, autant les soucis semblaient avoir fait fondre Mallu Laaksonen. Elle flottait dans ses vêtements noirs trop grands de deux tailles, son visage était marqué de rides trop profondes pour une trentenaire et quelques mèches grises striaient déjà ses cheveux châtains. Son expression était plus amère que triste. Je me suis demandé comment on pouvait surmonter, en l'espace de six mois, une fausse couche, un divorce et la mort d'une sœur.

« Qu'est-ce que tu veux savoir sur Armi ? » a demandé Mallu en se fourrant un chewing-gum dans la bouche. Elle avait sans doute une terrible envie de cigarette, si elle faisait partie de ces femmes qui, même adultes, n'osent pas fumer devant leurs parents.

« Un peu tout. Son parcours, ses précédentes liaisons, ses amis. Vous n'avez pas d'autres frères et sœurs ?

— Non. C'est la grande tragédie de notre famille : deux filles mais pas de garçon. Papa avait une petite entreprise de transports, deux camions et une camionnette. Son grand rêve était de voir un jour écrit sur leur flanc *P. MÄENPÄÄ ET FILS*. Quand Armi avait un an et moi cinq, il a eu les oreillons, compliqués d'une méningite. Plus question d'avoir un fils. Il a même vendu son entreprise pour devenir chauffeur de taxi. Puis nos parents se sont mis à rêver de petits-enfants. Teemu et moi avons essayé pendant cinq ans. J'ai fait une fausse couche, et mon utérus a tellement souffert dans l'affaire qu'il y a quatre-vingt-dix-neuf pour cent de chances qu'aucun ovule ne puisse jamais s'y implanter. Ils comptaient quand même encore sur Armi. Mais même ça c'est fini. »

Mallu parlait d'une voix égale, inexpressive, et pourtant ses paroles ressemblaient à un cri. Mes mains tremblaient sur le volant quand j'ai dit :

« Nous ne sommes nous aussi que trois filles, je suis l'aînée. Maintenant que ma sœur cadette est enceinte, toute la famille espère un garçon.

— Je ne sais même pas si je voulais des enfants, a poursuivi Mallu comme si elle ne m'avait pas entendue. J'en avais plus qu'assez de m'acharner à essayer d'en avoir et de subir tous ces examens. Teemu avait un sperme de mauvaise qualité, moi une endométriose, qu'on a opérée. On n'avait finalement plus rien en commun que ces tentatives désespérées.

— Vous allez divorcer ?

— C'est ce qu'il y a de mieux à faire. Qu'il essaie son sperme anémié sur quelqu'un d'autre », a dit Mallu d'un ton amer, puis elle a continué à m'indiquer le chemin. Quand je me suis arrêtée devant un groupe de petits immeubles bas de gamme, elle m'a surprise en déclarant :

« Mais je n'ai parlé que de moi. Si tu as le temps de venir un moment, je peux essayer de te parler aussi d'Armi. Je ne suis pas pressée de retourner à Lippajärvi, je vais devenir folle si je ne peux pas prendre un peu l'air. » Un pied encore dans la voiture, elle allumait déjà une cigarette.

J'avais tout mon temps, il était à peine cinq heures. Nous sommes entrées dans un appartement mal éclairé du rez-de-chaussée. Il semblait manquer la moitié du mobilier. Autour de la grande table de la cuisine, il n'y avait que deux chaises, et le salon avait perdu sa table basse et un de ses fauteuils. La chaîne hi-fi était quand même encore équipée de ses deux haut-parleurs. Mallu a vu mon regard et déclaré sèchement :

« Teemu a pris la voiture et la télé, moi les appareils ménagers. Zut, mon linge ! »

La cigarette toujours au coin de la bouche, elle s'est penchée pour vider la machine à laver, qui dégageait la même odeur que la cave creusée en pleine terre de mon oncle. Mallu a reniflé un instant sa lessive et conclu qu'il valait mieux tout relaver. Elle a mis le programme en route et annoncé qu'elle allait téléphoner à ses parents afin de les prévenir qu'elle en aurait pour un peu plus longtemps que prévu.

Nous nous sommes retrouvées assises sur les deux chaises de la cuisine devant une tasse de café.

« Armi, donc. Tu as entendu ce qu'a dit maman. Elle n'aurait jamais fait de mal à personne. Et c'est vrai, dans un sens. C'était une gentille petite sœur, avec des rubans dans les cheveux. Quand elle était gosse, elle promenait les chiens des voisins, plus tard elle a gardé leurs enfants. Elle a sans doute aussi choisi l'école d'infirmières à cause d'une sorte de besoin de se dévouer. Mais déjà quand elle était petite, elle arrivait à rassembler un nombre incroyable d'informations sur la vie des gens. Un jour, en rentrant de faire du baby-sitting chez les voisins, elle a demandé : "Maman, pourquoi est-ce qu'il y a autant de bouteilles de vodka vides chez les Kervinen ?"

— Soigner les gens permet d'exercer un certain pouvoir sur eux, ai-je noté sans trop savoir moi-même ce que je voulais dire.

— Exactement. J'ai toujours été persuadée qu'Armi s'était spécialisée en gynécologie à cause de moi, et que ce n'était pas juste par désir de se rendre utile. Peut-être était-ce une sorte de volonté de pouvoir…

— Ta mère a une profession ?

— Caissière de supermarché, à la retraite pour maladie. Nous ne sommes pas assez chics pour la mère Hänninen. S'ils n'avaient pas arrêté Kimmo, j'aurais mis ma main au feu que c'était elle qui avait étranglé Armi, pour éviter qu'elle vienne vicier la famille. Je pourrais aussi jurer que l'un d'eux a trempé dans la mort de Sanna. Elle leur faisait trop honte. »

Mallu, sentant mon regard stupéfait, a levé les yeux de sa tasse de café et constaté :

« Tu ne me crois pas, toi non plus. Je raconte n'importe quoi. Je suis déséquilibrée, c'est bien connu, je vois d'ailleurs un psy depuis ma fausse couche. J'ai du temps à perdre, maintenant que je suis au chômage, je m'imagine toutes sortes de choses. » Sa voix froide débitait à l'évidence les réflexions de quelqu'un d'autre. J'aurais aimé savoir qui. Et pourquoi le fantôme de Sanna surgissait-il à l'arrière-plan du meurtre d'Armi ?

« Vous étiez proches, Armi et toi ?

— Proches... Si tu as des sœurs, tu sais ce que c'est. De la haine, de la jalousie et sûrement aussi de l'amour, mais pas tant que ça. Mais nous nous voyions beaucoup, surtout ces derniers temps. Armi pensait visiblement qu'il était de son devoir de me remonter le moral, elle me traînait partout avec elle. Comme chez les Hänninen. C'est aussi elle qui m'a poussée à consulter un psychiatre. »

Soigner les gens donne du pouvoir, ai-je à nouveau songé, et je me suis demandé quel genre de pouvoir Armi voulait exercer sur moi. J'étais de plus en plus convaincue qu'elle avait voulu me parler d'autre chose que de ma jupe à rétrécir.

« Depuis combien de temps Armi et Kimmo sortaient-ils ensemble ?

— Environ quatre ans. L'école d'infirmières et l'université de technologie organisaient des soirées communes, en partant du principe que les infirmières sont toutes des femmes et les ingénieurs des hommes. C'est là qu'ils se sont rencontrés. Armi n'avait eu avant lui qu'un seul autre petit copain, qui vit maintenant à Rovaniemi.

— Il y avait quelque chose entre elle et Make Ruosteenoja ?

— Je ne sais pas ce qu'il y avait du côté de Make – j'aurais tendance à croire qu'il préfère les femmes un peu plus libérées, comme Sanna. Armi avait pitié de lui, elle cherchait sans doute à le materner. Il est plutôt paumé, au fond. Teemu et Make étaient dans la même classe, c'est pour ça que je le connais.

— Est-ce qu'on a pu déterminer les causes de ta fausse couche ? »

Mallu ne s'est pas étonnée de ma question, elle a juste allumé une nouvelle cigarette et répliqué laconiquement :

« Ce n'était pas sorcier. Avec Teemu, on revenait de chez Kimmo et Armi, un samedi. C'était en mars et il y avait du verglas. Teemu était un peu ivre, Kimmo et lui avaient joué au squash et bu quelques bières. On a traversé la rue en dehors des clous. Tout d'un coup, une voiture a surgi à une vitesse folle, et elle n'a pas réussi à freiner à temps. Je l'ai évitée, j'ai fait une mauvaise chute et…

— La voiture s'est arrêtée ?

— À ton avis. On a d'abord pensé que ce n'était pas grave, juste un collant bon pour la poubelle, et on est rentrés comme on a pu à la maison. L'hémorragie s'est déclarée dans la nuit. À six heures, Teemu a téléphoné à Hellström, qui lui a dit d'appeler une ambulance. Mais il n'y avait plus rien à faire. Quand je me suis réveillée de l'anesthésie, la première chose que j'ai vue, c'était les yeux rouges de Hellström. J'ai cru qu'il pleurait pour moi, mais en réalité il avait la grippe.

— C'est moche. » J'aurais aimé pouvoir dire autre chose, mais jamais je ne trouvais les mots justes.

« Et devine le plus bizarre de l'histoire. On n'a même pas vu la couleur de la voiture, sans même parler de la marque ou du numéro d'immatriculation, mais Teemu a juré dur comme fer que c'était Armi qui était au volant. »

J'ai retenu mon souffle. Mallu se rendait-elle compte qu'elle m'offrait un mobile pour le meurtre d'Armi, aussi bien pour elle-même que pour son mari ?

« Mais ça ne pouvait pas être elle. Elle n'avait même pas son permis, sans parler d'une voiture. Et ils étaient allés se coucher tout de suite après notre départ. Je ne saisis toujours pas comment Teemu a pu inventer une bêtise pareille… Armi non plus n'y comprenait rien. »

On a entendu dans la salle de bains le déclic de la machine à laver entamant son premier rinçage. J'étais déconcertée. Et si ç'avait quand même été Armi ?

« Où habite maintenant Teemu ?

— Chez ses parents, à Kirkkonummi. Laaksonen, Taisto, tu le trouveras dans l'annuaire. Attends, je vais vérifier que j'ai bien mis le tuyau de la machine à laver dans le lavabo, ou tout va couler par terre. »

Fallait-il croire Mallu sur parole, me suis-je demandé en me resservant du café. Peut-être serait-il bon de contacter Teemu Laaksonen afin d'entendre sa version de l'accident. Une trop grande vitesse, un samedi soir, avec un délit de fuite, ça ressemblait beaucoup à un chauffard ivre.

Mallu est revenue avec un album photo.

« J'ai quelques photos d'Armi, parmi toutes celles de moi. La voilà à six ans avec notre chien. »

Une fillette à l'air grave, un peu trop ronde et coiffée de nattes, serrait avec détermination dans ses bras un chien-loup à la mine renfrognée. Sur la page d'à-côté, elle et sa sœur, nettement plus grassouillette qu'aujourd'hui, posaient avec leurs bicyclettes. Mallu a vivement feuilleté l'album, me montrant au passage Armi le jour de sa communion, de son bac, de son diplôme d'infirmière. À la dernière page, il y avait une photo apparemment récente de Mallu, pesant au moins dix kilos de plus qu'aujourd'hui ; elle était aux côtés d'un homme, un sourire heureux aux lèvres, sur fond de sapin de Noël. Sans rien dire, elle l'a arrachée de l'album, froissée en boule et jetée à la poubelle. J'ai entendu son souffle se précipiter.

« Voilà les fiançailles d'Armi et de Kimmo. C'était à Noël dernier. »

Devant le même sapin, Armi et Kimmo se tenaient main dans la main, montrant leurs anneaux de fiançailles. J'ai repensé à ce qu'avait dit Armi : « En novembre dernier, Mallu s'est enfin retrouvée enceinte. » Noël avait sûrement aussi été l'occasion de fêter cette grossesse.

« Est-ce que tu sais quand on pourra enterrer Armi ? a demandé Mallu une fois sa respiration revenue à la normale.

— Pas avant une quinzaine au moins. La police en a encore pour quelques jours, voire une semaine. Vous avez des souhaits particuliers ?

— Le plus vite possible, c'est tout. C'est comme ça qu'il faut ensevelir les morts. J'aurais voulu voir mon enfant, mais ils ont refusé. Il paraît qu'il était un peu en morceaux à cause du curetage qu'il a fallu me faire. Ils l'ont sans doute jeté à la poubelle. À moins qu'ils les enterrent dans une sorte de cimetière des enfants esquintés. Je n'ai pas pensé à demander. »

Mallu a brusquement refermé l'album photo, renversant au passage sa tasse à café vide, qui a roulé sur le sol sans se casser.

« Décidément, je ne parle que de moi, alors que c'est Armi qui t'intéresse, a-t-elle grommelé penchée par terre. Tu as d'autres questions ? Si cette machine voulait bien finir de tourner, je pourrais retourner à Lippajärvi », a-t-elle ajouté, énervée. On aurait dit une injonction de quitter les lieux, et j'ai obtempéré.

Dans la voiture, j'ai repensé à ce que Mallu m'avait dit de son emploi du temps de la veille. Apparemment, elle n'avait pas bougé de chez elle de la matinée. Il me fallait aussi interroger sur leurs mouvements au moins Risto, Marita et Annamari. Make avait partagé son temps entre son magasin et son appartement, qui n'était pas bien loin de celui d'Armi ; il passait à côté pour se rendre à son travail. J'ai fait une halte à Jousenkaari. Comme on pouvait s'y attendre, des filins à drapeaux et des rubans de police jaunes barraient l'accès du jardin d'Armi et les portes de la maison étaient sous scellés. Mais il n'y avait personne en faction.

Par-dessus les haies de plantes grimpantes, j'ai tenté d'épier les voisins. À l'est se dressaient deux immeubles dont les fenêtres semblaient donner sur le jardin d'Armi. J'espérais que les hommes de Pertsa s'en étaient aperçus et étaient en train d'interroger les occupants. D'un autre côté, si ces derniers avaient vu une femme se faire étrangler, ils auraient sans doute tout de suite appelé la police. Mais allez savoir, quand j'étais flic, j'avais ramassé bon nombre de gens tombés inanimés en pleine rue, évanouis ou même morts d'une attaque, restés là pendant des heures sans que personne ne s'arrête pour les aider.

Ma conversation avec Mallu m'avait déprimée, mes chamailleries avec Antti avaient l'air ridicules en comparaison. J'ai laissé la Honda au bureau et repris mon vélo pour aller au commissariat. Je pédalais à une allure totalement irresponsable et j'ai deux fois failli, sur des passages pourtant protégés, me faire renverser par une voiture. Peut-être les tendances suicidaires ambiantes étaient-elles en train de déteindre sur moi – qu'avais-je fait d'autre, hier et aujourd'hui, que parler à des gens malheureux ?

Pertsa n'était pas encore là, mais Kimmo s'était enfin réveillé. Si j'avais réfléchi cinq minutes, je lui aurais apporté des vêtements propres. Son jean et son T-shirt étaient dans un triste état, lui aurait eu besoin d'un coup de rasoir et d'un shampoing. Comment pouvait-il, d'ailleurs, avec ses cheveux blonds, avoir une barbe aussi noire ? Peut-être était-ce dû à un drôle de mélange de gènes – les boucles dorées venaient de sa mère, le poil brun de son père. Sanna, de son côté, avait hérité de ce dernier la couleur sombre de ses yeux et de sa chevelure, et son teint clair de sa mère.

« La nuit a été difficile ? ai-je demandé avec circonspection.

— Oui… » Kimmo a secoué la tête, l'air abruti. « Ce n'est que là que j'ai vraiment compris qu'Armi était morte. Et que si je suis ici, c'est parce qu'ils croient que je l'ai tuée. Je m'étais toujours dit que ce genre de choses ne pouvait pas arriver dans la réalité. En tout cas pas en Finlande. Pas à moi. Mais là, je me suis tout d'un coup rendu compte que ça m'arrivait précisément à moi, comme dans les livres... » Il y avait dans ses yeux une telle frayeur impuissante que j'ai détourné le regard.

« Il n'y a plus rien à faire pour Armi », ai-je dit sans pitié. Nous allions tous devoir vivre avec l'idée de sa mort, lui comme moi. « Mais puisque tu n'es pas coupable, nous réussirons bien à te faire libérer, j'espère dès demain.

— Libéré demain, allons donc, a dit le commissaire Pertti Ström d'un ton sinistre en entrant dans la pièce. Ça m'étonnerait. Tu as prétendu, Hänninen, que Mäenpää et toi ne vous étiez pas disputés. Mais un de vos voisins vous a tout à fait clairement entendus vous disputer, justement. Vers une heure et quart. Alors que tu as affirmé être parti dès midi. Comment expliques-tu que d'après ce témoin tu aies encore été là-bas une heure plus tard ? »

J'ai dégluti. Ça se présentait vraiment mal. Pourquoi Kimmo aurait-il menti ? Il avait l'air totalement paniqué en répondant :

« Mais je suis parti à midi et quart. J'étais déjà chez moi depuis un moment quand j'ai écouté les infos de midi et demi à la radio.

— Tu as des témoins ? Ta mère était là ? a demandé Pertsa d'un ton dubitatif.

— Il y avait un mot de maman sur la table, disant qu'elle était partie en ville avec Matti et Mikko.

— Est-ce que tu as croisé des connaissances en chemin, voisins ou autres ? » ai-je questionné avant que Pertsa ait le temps de poursuivre son offensive. J'espérais de tout cœur que l'on trouverait quelqu'un pour confirmer les faits et gestes de Kimmo. Pertsa avait-il vraiment un témoin à charge fiable, ou tentait-il juste de leurrer son suspect pour l'amener à se contredire ?

« Je ne me rappelle pas avoir rencontré qui que ce soit, a déclaré Kimmo d'un air sombre après avoir réfléchi un instant.

— Ce serait bien d'envoyer du monde interroger les voisins des Hänninen, quelqu'un l'a peut-être vu arriver », ai-je suggéré à Pertsa, mais j'aurais mieux fait de m'abstenir.

« Toi, Maria, ce n'est pas parce que tu portes le nom de la Sainte Vierge, qui te va d'ailleurs très mal, qu'il faut te croire obligée de me révéler ce que je dois faire. J'ai fréquenté la même école de police que toi, merde ! Ferme-là ou je m'arrange pour t'interdire d'assister à mes interrogatoires ! »

J'avais été bien assez compréhensive et charitable pour la journée.

« Pertti Ström, si tu ne te conduis pas correctement envers moi et envers le détenu, je te promets que tu vas le payer cher. Tu as trop souvent fait chou blanc, ces temps-ci ? Pour vouloir à tout prix arrêter quelqu'un sur le champ, coupable ou pas ? Ta carrière piétine ? »

Nous nous sommes toisés comme deux coqs de combat, les poings serrés, dressés sur nos ergots. J'étais prête, si Pertsa prononçait encore un seul mot déplacé, à lui jeter à la figure le *Recueil des lois de Finlande* que j'avais pris pour caler mon calepin. Kimmo et l'agent servant de secrétaire nous fixaient éberlués.

« Reprenons », a finalement dit Pertsa.

J'ai essayé de me calmer, à défaut de pouvoir le provoquer en duel. Avec une arme à feu, je n'avais certes aucune chance contre lui, mais à l'épée ? C'était déjà comme ça à l'école de police, nous nous tapions mutuellement sur les nerfs. Peut-être aurait-il mieux valu qu'Eki se charge de défendre Kimmo.

« Je veux savoir sur quels éléments se fonde ce témoin pour prétendre que j'étais encore chez Armi à une heure et quart, a exigé Kimmo avec un sang-froid étonnant.

— Je n'ai pas à te le dire ! Et Kallio, silence, tu sais que j'ai raison ! »

Le secrétaire m'a fait un sourire d'excuse derrière le dos de Pertsa. Je m'en suis sentie ragaillardie. Peut-être étions-nous trois contre un.

Pertsa a encore fait répéter et rerépéter son récit à Kimmo, jusqu'à ce que nous soyons tous à bout. Finalement, il a changé de sujet.

« Si ta fiancée n'aimait pas tes trucs de pervers, pourquoi est-ce que tu avais ta combinaison de latex avec toi ? »

Je m'étais posé la même question. Dans la version des faits par ailleurs cohérente de Kimmo, ce point ne semblait pas coller.

« Vendredi, quand je suis passé prendre Armi chez elle pour aller chez Risto, je suis venu directement de Helsinki. J'avais ma combinaison avec moi parce que j'étais justement allé en ville acheter un produit d'entretien pour latex. Je cherchais un genre d'encaustique, sans silicones, parce que ça rend la surface désagréablement poisseuse. Quand on est partis à la fête, j'ai laissé mes affaires chez Armi parce que je devais revenir dormir là.

« Un genre d'encaustique... Où est-ce que tu as acheté ça ?

— Au rayon droguerie de Stockmann.

— Et tu as demandé un produit d'entretien pour combinaison en latex ?

— Je n'ai rien demandé, j'ai juste essayé discrètement un certain nombre de polishs sur ma combinaison, puis j'ai payé à la caisse.

— Tu as gardé l'emballage et le ticket ? ai-je aussitôt demandé.

— Le produit est sûrement encore dans son sac dans ma chambre, et il devrait y avoir le ticket avec. »

Pertsa a soupiré quelque chose du genre « on vérifiera » et est passé à autre chose.

« Et quand tu joues les pervers, tu es sado ou maso ? Tu rêves de leur faire quoi, aux femmes ? »

Le secrétaire m'a de nouveau fait un geste désolé, Kimmo de son côté a rougi.

« Le sujet n'a rien à voir ici. Kimmo, tu peux répondre à la première question, mais oublie la deuxième, ai-je grogné.

— Maso, a dit Kimmo à voix basse. Et je ne veux rien faire à personne, a-t-il poursuivi sans se soucier de moi. Je veux qu'on me fasse…

— Quoi ? » Il y avait dans la voix de Pertsa une curiosité mal dissimulée. Son intérêt pour la question résultait bien sûr de ses propres désirs refoulés. Beaucoup de gens considéraient les policiers comme des sadiques. Peut-être avaient-ils raison dans son cas.

« Est-ce que ça a un quelconque rapport avec cette affaire ? Qu'il soit maso ne te suffit pas ? » ai-je grommelé.

Pertsa a laissé tomber avec une facilité étonnante.

« Est-ce que quelqu'un peut témoigner que tu es spécifiquement maso ? Une ancienne petite amie, une prostituée, n'importe qui ?

— J'ai bavardé avec pas mal de gens dans un de ces clubs sadomasos... Eux pourraient.

— Eux qui ? »

Kimmo a réfléchi un instant mais s'est refusé à donner des noms.

« Je ne veux pas les mêler à des interrogatoires policiers, surtout si vous y allez avec la même attitude qu'envers moi. »

Il n'a pas non plus voulu parler du club en question. J'ai tenté de lui faire comprendre qu'il était inutile de jouer les héros, mais il est resté obstinément muet.

« Si tu ne me donnes pas de noms, je ne risque pas de croire à tes histoires de masochisme, a tonné Pertsa. Je pense que tu rêvais de fouetter et d'étrangler des femmes et que tu as en quelque sorte réalisé tes fantasmes sur ta fiancée.

— Make Ruosteenoja, voilà un témoin. Il habite 6, Hakarinne. Il pourra te confirmer que Kimmo est maso, ai-je déclaré.

— Et qui est-ce, ce Ruosteenoja ? Le petit copain de Hänninen ?

— Non, celui de sa défunte sœur.

— Ta sœur était sadique, alors ? » a lancé Pertsa à Kimmo, et, si la porte ne s'était pas ouverte à cet instant, il aurait pris le *Recueil des lois de Finlande* dans la figure. Sur le seuil se tenait le permanencier, venu signaler au commissaire qu'on le réclamait au téléphone. Après avoir parlé un moment à son correspondant, Pertsa a déclaré que l'interrogatoire était fini, ordonné au secrétaire de ramener Kimmo en cellule et quitté la pièce. J'ai tiré la langue dans son dos, ce qui a fait pouffer le secrétaire. C'était un rouquin à l'air sympa, on aurait dit Tom Sawyer devenu adulte.

« Kimmo. Donne-moi le nom d'au moins un membre de ton club. Je te promets de le traiter poliment.

— Il y a Elina Kataja, Ange. Je ne me rappelle pas son numéro, mais tu le trouveras dans l'annuaire. C'est elle la présidente.

— Allons-y, Hänninen », a dit Tom Sawyer avec bienveillance, et il m'a souri en sortant. Dieu sait pourquoi, il avait laissé dans la pièce le bloc-notes sur lequel il transcrivait les interrogatoires. Il était ouvert à la page de la veille, et ce n'était pas à Kimmo que l'on y posait des questions. J'ai rapidement noté le nom et l'adresse du témoin clef de Pertsa. Apparemment, ses méthodes ne dégoûtaient pas que moi.

6
Prisonnier de l'amour

Quand je suis arrivée à Itäranta, la voiture des Sarkela était garée devant la maison. J'étais épuisée et tout sauf d'humeur sociable, mais j'étais sans doute bien obligée d'entrer.

« Bonjour Maria, a crié Marjatta Sarkela d'une pièce à l'autre. Kimmo a été relâché ?

— Pas encore, hélas. On verra demain ce que décidera le tribunal. J'espère que ça se passera bien, ai-je dit en me dirigeant vers la cuisine où Antti prenait le thé avec ses parents.

— Nous avons ramené Matti et Mikko chez eux et nous avions l'intention de faire quelques courses demain matin, a expliqué Tauno Sarkela. J'espère qu'on ne vous dérange pas.

— Bien sûr que non, vous êtes chez vous. » Je m'efforçais de ne pas laisser percer ma mauvaise humeur, même si c'était précisément ce genre de situation qui m'avait fait hésiter à venir m'installer à Itäranta. Les Sarkela avaient vraiment bien choisi le moment de leur visite surprise ! La maison était sens dessus dessous et toutes les provisions épuisées. Mais zut, j'avais trimé tout le week-end pour venir en aide à un membre de leur parentèle, quand aurais-je eu le temps de m'occuper du ménage ? D'ailleurs Antti était aussi responsable que moi de cet endroit.

Ce qui m'énervait le plus, c'était de m'en faire pour ça. Pourquoi fallait-il que je mesure ma valeur en tant que femme à l'aune de la propreté de mon intérieur et de mes talents de pâtissière ?

« Prends du thé, Maria », m'a enjoint ma quasi-belle-mère. Nous étions de toute évidence dans sa cuisine, pas dans la mienne. Einstein est venu tourner dans mes jambes pendant que j'explorais les placards dans l'espoir de trouver quelque chose à grignoter avec mon thé. Les Sarkela avaient heureusement aussi ramené le chat. Antti apprécierait peut-être sa compagnie, ces prochains soirs.

Nos réserves avaient l'air étonnamment bien garnies. J'ai agité un morceau de fromage en lançant un regard interrogateur à Antti, qui s'est expliqué :

« J'ai fait un saut à la galerie marchande de la gare. »

J'ai ri de soulagement, car j'avais presque oublié qu'Antti était parfaitement capable de s'occuper des courses, il avait vécu seul aussi longtemps que moi. Je me suis préparé un généreux sandwich au fromage et au jambon avant de m'asseoir à la table. Le thé avait un goût de citron et d'alcool. J'aurais dû m'en douter. Le thé arrosé était une tradition chez les Sarkela, qu'Antti avait apprise de ses parents.

« Qu'est-ce qu'il y a dedans ? ai-je poliment demandé.

— Vodka-citron. C'est bon, non ? Tauno et moi, en tout cas, nous avions besoin de nous réconforter, après nous être occupés de Matti et Mikko. Ils étaient tout effrayés, les pauvres, avec la mort de Sanna qui est encore bien trop présente à leur esprit, et maintenant Armi... Mikko a absolument voulu téléphoner à Marita avant d'aller se coucher, hier, il voulait sûrement vérifier que sa mère était en vie.

— Einstein aussi a besoin de réconfort, après avoir échappé aux griffes de ces petits monstres. » Antti a sorti du congélateur un des délices préférés du chat, des crevettes, et en a mis une portion à dégeler au micro-ondes. Quand l'odeur des crustacés s'est répandue dans la pièce, Einstein est devenu comme fou. Il s'est mis à ronronner avec la puissance de trois générateurs de taille moyenne et est venu nous donner à tour de rôle des coups de tête dans les jambes en miaulant avec insistance. Le ronronnement a atteint le niveau de cinq générateurs quand Antti a posé son écuelle devant lui.

Il m'est revenu que je devais téléphoner à Elina Kataja. Ne voulant pas parler dans l'entrée à côté de la cuisine, j'ai utilisé le second appareil, provisoirement installé dans le bureau d'Antti.

« Ainsi parla l'ange du ciel : Je suis sortie faire la fête et je ne sais pas quand je rentrerai. Laissez-moi un message et je vous rappellerai quand j'aurai récupéré », a récité le répondeur d'Elina Kataja. Elle se présentait donc elle-même sous le nom d'Ange.

Je suis restée un instant à me reposer dans le fauteuil d'Antti. J'avais les épaules douloureuses et les mollets encore raides de ma marche de la veille. L'espace d'un instant, j'ai amèrement regretté la solitude de mon ancien appartement, ainsi que sa grande baignoire. Il n'y en avait pas chez les Sarkela, et il était trop tard pour mettre le sauna à chauffer.

Je suis retournée finir mon thé dans la cuisine et j'ai même laissé Marjatta m'en servir une deuxième tasse. Je me suis soudain rappelé que d'après Marita, sa mère était mécontente du docteur Hellström.

« Dis-moi, Marjatta, quand tu as changé de gynécologue, est-ce qu'Armi y était pour quelque chose ? »

Ma quasi-belle-mère a eu l'air étonné :

« Ça n'avait rien à voir avec Armi, a-t-elle protesté, c'était une infirmière dévouée et compétente. C'est contre Erik que je me suis fâchée. Comme tu le sais, j'ai subi une hystérectomie l'hiver passé. Il n'y a aucune honte à ça, mais je n'ai pas apprécié qu'il se répande auprès de ses autres patientes dans le style “Regardez madame Sarkela, on lui a retiré son utérus et elle se porte maintenant comme un charme” » a expliqué Marjatta, indignée. « Il y a aussi autre chose. Je suis plutôt partisane d'un mode de vie naturel et à mon avis Erik avait un peu trop tendance à prescrire à tout bout de champ des médicaments et des hormones. Surtout à lui-même, paraît-il… mais ce ne sont que des ragots. Et un jour, je l'ai surpris à embrasser une de ses patientes dans son cabinet. Je sais bien que les Hellström sont au bord du divorce, mais un médecin devrait faire preuve d'un peu de discernement vis-à-vis de ses patientes.

— Il a effectivement l'air assez charmeur, ai-je marmonné.

— Il croit l'être, en tout cas. Et avec sa prestance, il doit même avoir un certain succès. Sa femme en a eu assez. Elle est peintre et vit la moitié de l'année quelque part dans les environs de Nice. Ça a dû être dur pour lui d'apprendre que Doris avait là-bas un jeune et beau sculpteur... » a terminé Marjatta avec un sourire peu charitable. Je lui ai rendu son sourire, saisie d'un élan d'affection pour elle et pour la lointaine Doris Hellström.

Le gynécologue en train d'embrasser une patiente... Armi aurait-elle pu savoir quelque chose de compromettant sur lui, plutôt que sur sa clientèle ?

J'y réfléchissais encore le lendemain matin en pédalant vers le bureau. Ma vieille bicyclette verte oscillait agréablement sous moi, l'air était tiède et brumeux et je n'avais aucune envie de m'enfermer entre quatre murs. Je me rendais compte que Hellström faisait un coupable un peu trop idéal à mon goût : je ne l'aimais pas et il n'était pas parent avec Antti. Mon raisonnement valait-il mieux que celui de Pertsa, tout compte fait ?

Après notre habituelle réunion du lundi matin, je me suis penchée avec Eki sur le cas de Kimmo. Mon patron avait l'air de plus en plus préoccupé.

« Tu es tout à fait sûre de l'innocence du fils Hänninen ?

— À quatre-vingt-quinze pour cent.

— Même si la police a un témoin qui a entendu Kimmo et Armi se disputer à une heure et quart ?

— J'ai rendez-vous dans une demi-heure avec le témoin en question. Tu viens avec moi ?

— Non, vas-y seule. Mais je peux aller au tribunal avec Kimmo, si tu me résumes la situation avant. »

Je ne savais pas si je devais me sentir soulagée ou déçue. Je m'étais déjà imaginé l'audience devant le juge chargé de statuer sur le maintien en détention de Kimmo, avec moi-même dans le rôle de l'avocate héroïque qui, en quelques répliques bien senties, réduirait à néant les piètres théories de Pertsa. Mais ce n'était qu'un rêve. Dans la réalité, je perdrais mon sang-froid et Pertsa le sien, et le spectacle ne serait d'aucune utilité à Kimmo.

Je suis donc allée à Jousenkaari rencontrer le témoin clef de Pertsa, une veuve du nom de Kerttu Mannila. Elle habitait dans la même bande de maisons mitoyennes qu'Armi et lui avait rendu visite samedi matin.

La vieille dame, qui mesurait quinze bons centimètres de moins que moi, était toute voûtée et ridée mais encore alerte.

« Je suis passée ce matin-là chez Armi parce que j'avais préparé de la pâte et de la bouillie de riz pour faire des pirojki. Parce qu'elle m'avait demandé de lui montrer la recette. J'avais bien essayé de la prévenir la veille au soir, mais elle n'était pas chez elle. Et donc j'ai sonné à sa porte vers neuf heures, mais elle a dit qu'elle n'avait pas le temps de se mettre à cuisiner. Tu es avec ton fiancé, que je lui ai demandé. Elle a répondu qu'elle avait toutes sortes de choses à faire. J'ai promis de lui faire goûter plus tard des pirojki tout chauds, et de lui donner un cours de cuisine un autre jour.

— Et vous lui avez apporté des pirojki vers une heure ? » ai-je demandé intéressée. Si Kimmo avait menti, je le pendrais par les couilles au premier sapin de Noël venu.

« Ma sœur m'a téléphoné juste au moment où je sortais la dernière plaque du four et sur le moment j'ai complètement oublié Armi. Et puis, vers une heure moins cinq, j'ai pris mes pirojki pour aller chez elle, par le jardin, mais en arrivant à la grille, j'ai eu les sangs tout retournés en l'entendant rouspéter à grands cris. Elle qui ne se fâchait jamais contre personne. » Les yeux de la mamie brillaient d'une lueur cocasse, elle était à l'évidence consciente de la valeur de son témoignage.

« Est-ce que la personne avec qui elle se disputait était bien Kimmo Hänninen ? Que disaient-ils ?

— C'est que je n'ai entendu que la voix d'Armi. Quand je suis arrivée à la grille, elle disait quelque chose comme "Je ne peux pas fermer les yeux plus longtemps, ce serait immoral..."

— Et qu'est-ce que l'autre a dit ?

— C'est que je n'entends plus comme dans ma jeunesse. Je distingue mal les sons graves. Comme Armi était énervée, elle parlait d'une voix plutôt haut perchée. Mais l'autre, il ne faisait que marmonner. Je n'ai rien compris. Puis Armi a dit qu'elle allait prévenir la police. C'est là que je me suis rendu compte que ces histoires ne me regardaient pas et que je suis rentrée chez moi. J'avais décidé de téléphoner avant de revenir avec mes pirojki, mais quand j'ai appelé vers une heure et demie, personne n'a répondu.

— Heureusement que vous n'y êtes pas retournée, vous auriez pu tomber sur le corps, ai-je dit pour la consoler.

— Je n'ai pas peur des cadavres. Pendant la guerre, j'étais auxiliaire sur le front et j'en ai vu, des morts. Ils n'ont rien de plus extraordinaire que les vivants, a déclaré Kerttu Mannila d'un ton décidé. Je regrette de ne pas avoir eu le courage d'entrer, avec mes pirojki, Armi serait peut-être encore en vie… »

Je n'ai rien trouvé à répondre, c'était vrai, dans un sens. Mais si le meurtrier entendait parler de l'existence d'un témoin, Kerttu Mannila risquait d'être en danger. Pertsa et ses hommes en étaient-ils conscients ?

Quand j'ai abordé le sujet, la mamie a eu un petit rire.

« Mais qu'est-ce que je sais, en fin de compte ? Je n'ai même pas discerné sa voix, à ce meurtrier. Je serais incapable de dire si c'était un homme ou une femme. Il parlait tout bas, comme s'il avait peur qu'on l'entende. J'ai bien sûr tout de suite pensé que c'était Kimmo, ça arrive, les querelles entre amoureux, mais je ne sais pas… »

Si Pertsa se fondait sur le témoignage de Kerttu Mannila pour réclamer le maintien en détention de Kimmo, ses arguments étaient pour le moins branlants. Il aurait fallu trouver quelqu'un qui puisse attester qu'il était chez lui déjà un peu avant une heure. Était-ce à moi de m'en charger, puisque la police ne semblait rien faire dans ce sens ?

En arrivant au bureau, j'ai tout de suite dû courir répondre au téléphone.

« Ici Elina Kataja. Vous m'avez demandé de vous rappeler.

— Je voudrais vous parler du Bizarre Club et de Kimmo Hänninen. Vous connaissez Kimmo ?

— Kimmo ? Oui, très bien. Pourquoi ? Vous êtes sa fiancée ? » Dans la voix grave d'Elina transparaissait une irritation méfiante.

Je lui ai raconté ce qui s'était passé et expliqué que j'avais besoin d'arguments à l'appui de ma thèse, qui était que des tendances sadomasos ne faisaient pas automatiquement de Kimmo un meurtrier.

« C'est lui qui t'a conseillé de me parler ? a demandé Elina, passant au tutoiement. Seigneur ! Est-ce qu'il faudra aussi que je témoigne en justice ?

— Pas pour l'instant, en tout cas. Ce sera peut-être différent si Kimmo est mis en accusation. Mais tu dirais qu'il est… maso ?

— Tout ce qu'il y a de plus maso, a-t-elle répondu avec un petit rire. C'est bien le problème. Il aurait aimé avoir des rapports avec une dominatrice, mais il ne voulait pas tromper sa copine, dont il était très amoureux. Je t'ai prise pour elle, au début, même si ton nom ne me disait rien. J'ai pensé que c'était cette Armi qui m'appelait pour m'ordonner d'ôter mes sales pattes de sur son mec.

— Comment ça ? Il y a quelque chose entre vous ? ai-je demandé par pure curiosité.

— Non ! Mais on a mis au point une sorte de spectacle, pour les soirées du club, dans lequel je martyrise Kimmo. Juste des préliminaires, pas de sexe à proprement parler, ç'aurait été contraire à ses principes moraux, en plus d'être interdit par la loi finlandaise. On aurait tout de suite les flics sur le dos si on se mettait à baiser en public… Et comme je le disais, Kimmo ne voulait pas tromper sa copine. Il maintient ce côté-ci de sa vie strictement à l'écart de tout le reste. Mais il est prisonnier de ses fantasmes, tout comme il est prisonnier de l'amour d'Armi. Il ne parle sûrement jamais de ces histoires avec ses proches, en tout cas depuis la mort de Sanna. Sa sœur.

— Je connaissais Sanna. Elle faisait aussi partie de votre club ?

— C'est même par son intermédiaire que Kimmo nous a trouvés. Elle fréquentait un dénommé Otso, qui est maintenant hors circuit. Elle est sortie avec lui pendant un certain temps, et c'est lui qui l'a amenée au club, puis elle en a parlé à Kimmo et ainsi de suite. C'était fascinant, et en même temps terrifiant, de voir comme toutes ces histoires étaient réelles pour Sanna.

— Comment ça, réelles ? ai-je demandé en repensant à ses bras couverts d'entailles.

— Elle aimait vraiment se faire rouer de coups. Sérieusement, je veux dire, pas juste pour rire. Pas comme… Et zut, j'ai horreur de parler au téléphone ! Écoute, on a une soirée demain, dans un ancien entrepôt. Tu pourrais venir avec Kimmo, si on le remet en liberté. »

Contrairement à mes habitudes, je suis restée muette. Au souvenir des magazines agités sous mon nez par Pertsa, j'étais à la fois séduite et effrayée.

« Aucune tenue particulière n'est exigée, tu peux venir en jean si tu veux », a précisé Elina. J'étais étonnée qu'elle m'invite aussi facilement. J'aurais cru les soirées du club réservées aux membres. J'ai promis de lui téléphoner quand je saurais ce qu'il en était de la libération de Kimmo.

J'ai raccroché et passé mentalement en revue ma garde-robe. J'avais toujours cette jupe en cuir noir… Marita possédait sûrement une machine à coudre. Le blouson de cuir de ma période punk était accroché dans la penderie d'Itäranta, prêt à servir. Une coiffure en pétard et un maquillage adéquat... L'idée d'une soirée sadomaso me tentait de plus en plus.

Eki a interrompu ma rêverie. J'ai eu quelque difficulté à lui rapporter sans me troubler ma conversation téléphonique. Il a calmement pris des notes. Sans doute en avait-il vu d'autres, au cours de sa longue carrière d'avocat spécialisé dans les divorces.

Une fois Eki parti, je me suis plongée dans d'autres dossiers. J'avais pourtant du mal à me concentrer sur des histoires de calomnie alors que dans mon esprit tourbillonnaient pêle-mêle le sexe et le meurtre. L'affaire de diffamation qui m'occupait se résumait à une farce entre deux vendeurs d'électroménager rivaux, dont l'un avait été plus rapide que l'autre à porter plainte. La crise avait des répercussions inattendues sur les entreprises et ces deux-là tentaient d'écraser la concurrence par une guerre de mots et d'images sans merci.

Je me suis appliquée à décortiquer des points de droit jusqu'à deux heures, puis j'ai filé au centre commercial m'acheter de quoi déjeuner. Je suis passée au magasin d'articles de sport de Make pour voir s'il avait récupéré de son week-end de beuverie ininterrompue. Lors de notre première rencontre, il avait affirmé s'en tenir à deux bières par soirée, mais il avait l'air, ces derniers temps, d'avoir fait quelques entorses à ses principes.

La boutique baignait dans une atmosphère d'apathie. Deux petits garçons comparaient des battes de base-ball, la radio déversait un des airs les plus sirupeux des années de déclin d'Elvis, Make était appuyé au comptoir, l'air d'avoir besoin d'une bière, et n'a répondu à mon bonjour que par un hochement de tête de deux centimètres.

« Comment te sens-tu ? ai-je demandé, même si la réponse était évidente, à la vue et à l'odeur, à plusieurs mètres de distance.

— Affreusement mal. Je suis allé traîner à la terrasse du Balloons, après ton départ, et ensuite Dieu sait où. Est-ce qu'ils ont relâché Kimmo ? » Make a mis la radio plus fort comme pour empêcher les gamins d'entendre notre conversation, qui ne semblait pourtant guère les intéresser, occupés qu'ils étaient à tripoter les battes de base-ball avec des gestes peu sportifs.

« Le tribunal examine l'affaire en ce moment même. Comment s'appelle-t-il, déjà, le copain qui est venu te prévenir de la mort d'Armi ?

— Stögö. Staffan, de son vrai nom. Staffan Brandt. Pourquoi ? Tu veux savoir comment j'ai réagi, c'est ça ? Ça fait partie du travail de l'avocat de la défense, de trouver un autre coupable ? » Les mâchoires de Make se sont contractées, son visage s'est étrangement durci. « À quelle heure Armi a-t-elle été tuée ? Je n'ai aucun alibi qui tienne. Je suis venu au magasin vers une heure et demie, je suis même passé à vélo tout près de Jousenkaari, j'ai acheté à la pizzeria d'Oravannahkatori une Calzone à emporter... Tu peux aller demander au pizzaïolo si j'avais l'air assoiffé de meurtre...

— Tu as bien préparé ta réponse, au moins, ai-je répliqué sur un ton tout aussi agressif.

— J'attends juste le moment où un flic de génie va se mettre en tête que j'ai d'abord tué Sanna, puis Armi. On ne sait jamais avec eux. » Le heavy metal qu'a soudain craché la radio a fait sursauter Make, qui a baissé le son au moment où deux messieurs d'âge mûr entraient dans le magasin.

« Je ne t'accuse de rien », ai-je jeté avant de reprendre le chemin du bureau. Les mots de Make continuaient cependant à me tarauder l'esprit : « ... J'ai d'abord tué Sanna, puis Armi. » Et si c'était vrai ?

Je finissais de manger un avocat quand le téléphone a de nouveau sonné.

« Ici Eki. Mauvaises nouvelles. Ils gardent Kimmo en détention. Il te réclame. Prends la Honda, si tu veux.

— Ce n'est pas possible ! » J'ai failli, de stupéfaction, avaler mon noyau d'avocat.

« Ils ont de nouvelles preuves. On en parlera quand tu seras là. »

Mes mains tremblaient quand j'ai démarré au volant de la petite voiture noire. J'ai refréné mon envie de foncer à toute allure sur la route de Mankkaa déserte, en me demandant où était ce fameux trafic régional pour lequel il aurait fallu engloutir des millions dans la Rocade n° 2.

Le permanencier boutonneux à qui j'avais déjà eu affaire m'a conduite dans la salle d'interrogatoire où se tenaient Kimmo et Eki. Ce dernier avait l'air furieux. En me voyant, Kimmo s'est levé comme s'il avait voulu me sauter au cou. Mais quand je l'ai embrassé, son corps est resté raide et ses bras ballants.

« Et en vertu de quoi ces satanés idiots ont-ils refusé de le libérer ? » ai-je demandé à Eki, puis je me suis assise à la table et j'ai sorti mon calepin de mon porte-documents. Kimmo s'est approché de la fenêtre, les épaules affaissées, traînant les pieds comme un authentique coupable. Avait-il malgré tout réussi à me tromper ?

« Le procureur veut poursuivre l'instruction et considère que Kimmo sera vraisemblablement accusé du meurtre d'Armi. Avec pour mobile une dispute d'ordre sexuel, et pour preuves la conversation entendue par la voisine, les tendances perverses de Kimmo et les analyses techniques et scientifiques qui montrent que l'étrangleur portait des gants en caoutchouc et qu'il y avait sur la combinaison en latex aussi bien des fibres de vêtements d'Armi que de la terre de son jardin.

— Mais les fibres et la terre peuvent s'expliquer autrement ! Et ce que la voisine a entendu ne prouve absolument rien contre Kimmo, selon moi. Pourquoi Armi aurait-elle menacé de prévenir la police à propos d'une divergence d'opinion avec son fiancé ? Et Kimmo a dit qu'il n'avait pas ses gants avec lui. Il s'agit peut-être des gants de ménage d'Armi. Est-ce qu'ils ont vérifié s'il y en avait dans la maison ? Et…

— Il y a aussi un voisin qui est paraît-il tout à fait sûr que Kimmo n'est rentré chez lui que vers une heure et demie », m'a interrompu Eki. J'ai vu dans ses yeux qu'il ne croyait pas à l'innocence de Kimmo.

« Quel voisin ? Je veux l'interroger tout de suite ! »

Mon patron a secoué la tête, peut-être pour signifier qu'il ne savait pas qui c'était, ou que ça n'en valait pas la peine.

« Kimmo, merde, une dernière fois : tu n'as pas tué Armi ? »

Comme il restait obstinément tourné vers la fenêtre, je suis allée à lui et je l'ai pris par les épaules pour l'obliger à me regarder dans les yeux. Il avait le visage marbré de cicatrices d'acné qui brillaient sur sa peau blanche comme de petites marques de couteau. C'est d'une voix totalement résignée qu'il m'a répondu :

« Je ne l'ai pas tuée. Mais personne ne me croit. Ni la police, ni Eki… ni même toi, maintenant… »

Je me suis sentie comme Brutus. Sans me préoccuper d'Eki, j'ai raconté à Kimmo ma conversation avec Elina Kataja. En apprenant que j'avais l'intention d'aller le soir suivant à la fête du Bizarre Club, il a esquissé un sourire.

« Mieux vaudrait te faire accompagner par Antti.

— Pourquoi ? Je suis assez grande pour me débrouiller toute seule.

— Je n'en doute pas, mais il ne te faudra pas une demi-heure pour en avoir marre des types qui viendront tourner autour de toi. Parce qu'il y en a quand même beaucoup que les nouvelles venues intéressent.

— Je ne sais pas ce qu'en pensera Antti. Tu aurais des fringues à lui prêter, s'il vient ? À moins que Pertsa ait vidé tes cachettes ? »

Kimmo a grimacé.

« Mes affaires sont dans un placard fermé à clef de ma chambre. Il y a un double de la clef dans la bibliothèque, entre les pages des *Sept Frères*. Je me suis dit que ce serait le dernier bouquin que quelqu'un irait feuilleter.

— J'aimerais bavarder avec des amies d'Armi. Tu as des noms à me donner ? » ai-je encore demandé.

Eki et moi sommes rentrés au bureau l'un derrière l'autre, chacun dans sa voiture. Je m'efforçais de dresser mentalement différentes listes. Des choses que j'avais à faire. Des personnes à interroger. Des autres suspects : Make, Mallu, son mari Teemu Laaksonen, les parents d'Armi, et même Marita et Risto. À la fête d'anniversaire de ce dernier, il y avait aussi eu Hellström et Eki... Et si mon patron avait tué Armi puis tenté de rejeter la faute sur les épaules de Kimmo ? Mais pourquoi ? J'ai regardé sa nuque épaisse et sa calvitie, dans la voiture devant moi. Que savais-je finalement de lui ? Quelques semaines de travail en commun ne signifiaient pas grand-chose. Peut-être Armi voulait-elle justement me parler d'Eki...

Je dois être un peu parano, me suis-je dit en garant la Honda devant le cabinet. Eki est descendu de son véhicule et a déclaré qu'il était temps que nous parlions un peu. Le calme régnait au bureau. On n'entendait qu'un murmure étouffé derrière la porte fermée de Mara.

« Entre nous, je ne crois pas à l'innocence du fils Hänninen. » Eki s'est assis dans le fauteuil le plus confortable de la salle de réunion et s'est emparé du dernier pain au chocolat de la corbeille. « Ça m'a l'air clair. Le mieux serait de plaider l'homicide involontaire, et ça vaut sans doute aussi la peine de demander un examen psychiatrique. Tous ces Hänninen sont un peu bizarres... du moins Annamari et ses enfants, s'est repris Eki comme s'il avait peur de s'en prendre à ma quasi-belle-famille.

— Je ne suis pas d'accord. À mon avis, Kimmo est innocent. »

Eki a haussé les sourcils.

« Sur quelles bases ?

— Les preuves de Pertsa... du commissaire Ström ne sont pas convaincantes. C'est aussi un sentiment général. Mon intuition me dit que Kimmo n'a pas tué Armi.

— Mais la justice ne se fonde pas sur l'intuition féminine pour rendre ses décisions, a froidement déclaré Eki. De toute façon, il vaut mieux à mon avis que je m'occupe de la défense de Kimmo. Tu peux aller à ce club si tu veux, ce sera peut-être utile. Ce garçon a confiance en toi. Est-ce que l'idéal ne serait pas de réussir à le faire avouer ? »

J'ai fixé Eki avec des yeux ronds. Je me sentais minable, avais-je seulement l'étoffe d'une avocate, si je ne parvenais même pas à convaincre mon patron ?

« Je comprends bien qu'en tant qu'ancienne inspectrice de police tu aies envie d'enquêter plus largement sur cette affaire, tu as ça dans le sang, si l'on peut dire. Fais ce que tu veux, mais pas pendant les heures de bureau. »

J'ai compté lentement jusqu'à dix. Protester n'y changerait rien. Eki avait choisi son camp et je devais m'en accommoder. La police pensait l'affaire élucidée. Il ne restait qu'un sceptique. Moi.

Je me suis sagement occupée d'autres affaires le restant de la journée. J'ai juste tenté de joindre Elina Kataja, que j'appelais déjà Ange dans mon for intérieur, ainsi que des amies d'Armi. Vers cinq heures, j'ai quitté le bureau pour me rendre à la salle de musculation. J'avais mes affaires avec moi, j'avais prévu dès ce matin d'y aller. Soulever de la fonte me soulagerait au moins un peu.

Dans le miroir du vestiaire, j'ai regardé l'efficace femme de loi se transformer en culturiste. Un coup de démaquillant, un élastique pour ramener les cheveux en queue de cheval sur le sommet de la tête. La robe d'été remplacée par un débardeur et un caleçon moulant vert, les sandales de cuir par des chaussons de sport. Un bandeau autour du front, des gants d'entraînement aux mains. L'autre moi de Maria Kallio. Combien y en avait-il donc ?

La salle était agréablement calme, personne n'avait envie de s'enfermer par cette belle journée d'été. Je me suis dépensée avec méthode pendant plus d'une heure, tout en mettant de l'ordre dans mes pensées. Je me suis demandé comment Marita s'était fait son ecchymose et si le cocktail matinal de Make était aussi innocent qu'il voulait bien le dire. Circulait-il dans ce club de fitness des hormones ou d'autres produits dopants, et Make en utilisait-il ? Il n'était pas excessivement musclé, mais les quantités d'alcool qu'il ingurgitait prélevaient à coup sûr leur tribut. Peut-être avait-il besoin d'hormones pour compenser. Et s'il savait où s'en procurer, il avait aussi pu fournir d'autres produits à Sanna.

En sortant de la salle, j'avais une liste de questions auxquelles j'allais devoir trouver des réponses. J'étais au moins sûre d'une chose, l'affaire était loin d'être aussi simple que le croyait Pertsa Ström.

Antti était dans son bureau. J'ai fait du bruit dans la cuisine pour manifester ma présence. Tout en grignotant un croûton de pain, j'ai téléphoné à

Marita, qui possédait la machine à coudre la plus proche. En plus de son aide pour ma jupe, j'espérais obtenir d'elle certaines informations.

« Tu peux venir tout de suite si tu veux. Et Kimmo ? »

Annoncer la mauvaise nouvelle n'était pas facile. J'avais l'impression que Marita aussi commençait à croire à la culpabilité de son beau-frère. J'ai promis de faire dès que possible un saut chez les Hänninen. J'ai également réussi à joindre une des amies d'Armi dont Kimmo m'avait donné le nom, une de ses ex-condisciples de l'école d'infirmières, Minna.

« Oui, je suis au courant. Sari Rannikko, une ancienne copine de classe d'Armi, m'a téléphoné. Je l'attends d'ailleurs d'un moment à l'autre... C'est vraiment affreux... » Minna a éclaté en sanglots.

« Est-ce qu'on pourrait se voir toutes les trois ? Je devais de toute façon téléphoner à Sari. Ça vous irait, ce soir à sept heures et demie au café Socis ? »

Minna a accepté, et je me suis sentie un peu revigorée. En ce qui me concernait, en tout cas, mes rares amies en savaient beaucoup plus sur moi que mes parents – Sari et Minna auraient sûrement des choses à m'apprendre sur Armi.

Antti est enfin remonté du sous-sol.

« Comment ça s'est passé ? a-t-il demandé, tout en lisant la réponse sur mon visage. Et merde... Est-ce que Kimmo pourrait vraiment être coupable ? »

Je lui ai une nouvelle fois expliqué comment les choses se présentaient et j'ai terminé en maudissant aussi bien la stupidité d'Eki que celle de la police. Antti est cependant resté pensif.

« Je connais Kimmo mieux que toi, a-t-il dit une fois que j'ai eu terminé ma tirade. Et je ne sais pas... il a peut-être quand même pu tuer Armi. N'importe qui est capable de tuer dans un accès de colère.

— Ce n'est sûrement pas ce que tu as raconté à la commission d'examen quand tu as demandé le statut d'objecteur de conscience, ai-je grogné d'un ton agressif. Tu veux venir avec moi à cette fête, demain ?

— Je n'ai aucune envie de jouer les voyeurs. Et je ne suis pas l'avocat de Kimmo. Tu es sûre que tu ne te laisses pas influencer par ta vieille antipathie envers Ström ? Tu as travaillé dans la police, tu sais bien qu'on n'arrête personne sans preuves vraiment solides.

— Ils cèdent à la facilité, c'est tout ! Que veux-tu que je fasse, que je reste les bras croisés à regarder Kimmo se faire condamner à des années de prison ?

— Tu n'es plus inspectrice.

— C'est vrai, mais je n'ai pas l'intention de laisser pourrir la situation ! Libre à toi de faire l'autruche, comme dans l'affaire de Jukka. »

Le coup a porté. Antti a d'abord viré au rouge, puis au blanc. Ses yeux se sont rétrécis comme ceux d'un chat en colère. Pendant un instant, j'ai cru qu'il allait me frapper, mais il a juste tourné les talons et disparu dans son bureau en claquant la porte. Je savais que je l'avais touché au point le plus sensible, car il continuait de se sentir coupable de la mort de son ami et des événements qui avaient suivi.

Imbécile, ai-je songé, sans trop savoir auquel de nous deux je pensais. Serait-il malgré tout plus sage de nous séparer, si nous ne pouvions pas nous empêcher de nous quereller ? Mais je n'avais pas l'habitude de laisser tomber si facilement, ni dans ma vie professionnelle, ni dans ma vie privée.

7
Cruelle Armi

Assise dans le bus, je pensais à Antti en regardant par la vitre les nuages égarés dans le ciel. Comme d'un commun accord, nous n'avions plus, depuis l'été dernier, reparlé de l'assassinat de Jukka. Nous nous sentions tous les deux coupables de ce qui était arrivé à sa meurtrière. Antti avait omis de révéler ce qu'il savait, moi je m'y étais mal prise au moment de l'arrestation. La coupable était maintenant enfermée dans un hôpital psychiatrique.

Mais Antti était plus sensible et vulnérable que moi. En situation de crise, il rentrait dans sa carapace, filant en général bouder dans son bureau. De mon côté, je tempêtais pendant une demi-heure puis je tentais de faire la paix. Lui avait tendance à ressasser les problèmes, à les examiner sous toutes les coutures, en bon mathématicien. J'étais plus rapide, prenant parfois même des décisions radicales, sans chercher à tourner autour du pot.

Comme toutes les adolescentes, j'avais un jour rêvé d'un ténébreux héros, grand, brun et mélancolique. Antti en était certes l'incarnation, mais vivre avec un tel personnage n'était pas toujours facile. Peut-être Jessica Rabbit avait-elle raison de préférer un mari qui la fasse rire.

En descendant du bus, je me suis fait la réflexion qu'Antti aussi savait me faire rire, en réalité. Ces derniers temps, les difficultés de sa thèse semblaient juste lui avoir ôté le goût de la plaisanterie. Et il était sans doute naturel que se trouver mêlé pour la deuxième fois déjà à une affaire de meurtre le bouleverse. Je m'étais toujours interrogée sur les détectives des séries policières : ils continuaient de vivre comme si de rien n'était pendant qu'autour d'eux les gens tombaient assassinés les uns après les autres. Dans la vraie vie, toute mort violente laissait sa marque derrière elle. J'aurais sûrement moi aussi été totalement déboussolée sans la fragile protection apportée par ma formation professionnelle.

J'ai trouvé sans mal les amies d'Armi grâce à la description que j'avais eue au téléphone. Elles étaient assises à une table près de la fenêtre, devant des verres de thé, à bavarder, Minna tout bas d'un ton éteint, Sari d'une voix forte et perçante.

J'étais déjà de mauvaise humeur et l'entendre glapir n'était pas fait pour me remonter le moral. J'avais toujours détesté les gens qui avaient une vilaine voix, et Sari ressemblait à la sienne : grande et maigre, le visage anguleux, une peau irrégulière, les cheveux coupés court. Des yeux de myope derrière des lunettes à la dernière mode.

« C'est vrai que Kimmo a tué Armi ? a-t-elle braillé quand je me suis assise à leur table.

— C'est ce que pense la police, ai-je dit un ton plus bas, et j'ai refait pour la énième fois le récit des événements. J'aimerais que vous réfléchissiez à d'autres possibilités. Quelle image aviez-vous des relations entre Kimmo et Armi ? Vous a-t-elle raconté quoi que ce soit de particulier ces derniers temps ? Je vais me chercher un thé, on parlera après. Je peux vous offrir quelque chose ?

— J'ai terriblement envie d'une glace, mais je ne sais pas si je dois, avec Armi qui… a miaulé Sari.

— Elle ne t'en voudrait pas. » Minna parlait pour la première fois. Elle était petite, avec des courbes douces et des boucles brunes. En temps normal, elle avait sûrement l'air d'une poupée lapone, avec ses yeux ronds et ses joues rouges, mais le choc l'avait privée de tout ressort.

Sari hésitait encore au comptoir devant les différents parfums de glace quand je suis revenue à la table près de la fenêtre. Minna s'est mouchée et a dit rapidement :

« Je ne comprends pas Sari. Armi et elle étaient copines de classe depuis le primaire. Et pourtant, on dirait que cette histoire l'excite…

— J'ai pris vanille et rhum-raisin, a annoncé Sari au même moment. C'était un des parfums préférés d'Armi, avec la fraise. Drôle de mélange, non ? Je l'ai vue pour la dernière fois il y a une semaine, chez moi. J'habite à Koivumankkaa, dans les nouveaux immeubles. Mais je lui ai téléphoné samedi. Je me demande si je ne devrais pas en parler à la police.

— Tu lui as téléphoné samedi ? À quelle heure ? » Je n'ai pas pris la peine de masquer mon intérêt, malgré le dégoût que m'inspirait la réaction apparemment ravie de Sari.

— Vers midi et demie. Je lui ai proposé de venir en ville avec moi, mais elle a dit qu'elle attendait de la visite et...

— Elle a dit qui ? l'ai-je interrompue sans pitié.

— Une certaine Maria. C'était toi ? Et puis elle devait téléphoner à sa sœur. »

Je me suis promis d'interroger Mallu sur ce coup de fil. Armi avait-elle eu le temps de l'appeler ?

« De quoi avait-elle l'air, au téléphone ? Est-ce qu'elle était en colère, ou effrayée ?

— Elle était parfaitement normale. Ils s'étaient juste un peu disputés, Kimmo et elle, mais rien de grave. Il venait de partir. »

Sari a sans doute compris à ma mine que sa dernière phrase était capitale.

« C'est ce qui m'intrigue, a-t-elle poursuivi. Kimmo serait ensuite revenu ?

— Tu ferais mieux de parler de ton appel à la police. Ça peut être très important pour Kimmo. »
Je n'ai pas pu m'empêcher de soupirer de soulagement. Au moins un point positif pour lui.

« Minna, quand as-tu vu Armi pour la dernière fois ? »

Elle a eu l'air d'hésiter.

« Ça doit faire quinze jours... J'étais de service de nuit, la semaine dernière, et je ne lui ai même pas parlé au téléphone depuis. La dernière fois qu'on s'est vues, on a été au cinéma, puis boire un verre de vin. Elle était visiblement préoccupée. Elle m'a posé des questions de pharmacologie, sur les différentes benzodiazépines.

— Qu'est-ce que c'est ?

— Des tranquillisants, assez légers. Elle a dit qu'elle connaissait quelqu'un qui s'en gavait comme de bonbons. »

Je me suis demandé si je ne devrais pas vérifier les armoires à pharmacie de mes proches. L'abus de médicaments ne conduisait pas au meurtre. Mais Armi travaillait dans un cabinet médical. Aurait-elle pu revendre des calmants ?

« Elle m'a en tout cas parlé une fois de Sanna, a dit Sari, se mêlant à la conversation. La sœur de Kimmo, celle qui s'est noyée l'autre hiver. Elle était complètement folle, et en plus elle se droguait. Armi est venue prendre le café à la maison, il y a deux semaines, et elle m'a raconté qu'elle s'était disputée avec Kimmo à propos de Sanna. Elle ne croyait pas qu'elle se soit suicidée. »

Sari parlait si fort que les gens aux tables voisines se retournaient pour nous regarder. J'étais furieuse. Bravo pour la discrétion, avec la moitié du café Socis en train d'écouter notre conversation !

« Armi était convaincue que Sanna avait été assassinée ! » a bramé Sari d'une voix encore plus puissante. Minna a eu l'air effrayée.

« Et qui l'aurait tuée ? ai-je demandé d'un ton inutilement agressif.

— Son copain... C'est ce qu'Armi a dit. Que Sanna avait été assassinée par son amant.

— Make ? Pourquoi ? Armi en avait parlé à Kimmo ?

— Elle a juste dit qu'elle s'était disputée avec lui parce qu'il pensait que Sanna s'était suicidée, mais elle, qu'elle avait été assassinée. »

J'ai vidé mon verre de thé en songeant que j'aurais préféré qu'il contienne quelque chose de plus fort. Armi croyait donc que Make avait tué Sanna. Pourquoi ? Lui, de son côté, m'avait dit lui avoir beaucoup parlé d'elle. Avait-il laissé échapper quelque chose dans la conversation ? Ou même avoué avoir tué Sanna ? J'ai repensé à la conversation surprise par Kerttu Mannila. Armi avait déclaré qu'elle ne pouvait pas fermer les yeux et qu'elle allait prévenir la police. Et s'il s'agissait de Make ? J'ai repensé aux yeux angoissés de son visage juvénile, aux muscles bodybuildés de ses bras... Il n'aurait eu aucun mal à étrangler Armi.

Ou peut-être s'agissait-il d'autre chose ? On avait trouvé de l'alcool et des calmants dans le sang de Sanna. Armi avait pu croire que Make lui avait fait prendre ces médicaments. À moins qu'elle ait pensé à son propre copain, Kimmo ?

« Armi parlait bien du petit ami de Sanna, pas du sien ? »

Sari a eu l'air troublée, puis elle a plissé le front d'un air exagérément pensif. « Je ne crois pas qu'elle ait pu vouloir parler de Kimmo. Pourquoi se serait-elle disputée avec lui, sinon ? »

Justement pour ça, ai-je failli dire, mais je me suis abstenue. Le récit de Sari ouvrait de nombreuses pistes. Il me faudrait revérifier les dires de Make. Et interroger Kimmo sur cette querelle.

Le tram n° 6 est passé en brinquebalant devant le café, un coup de vent a fait voler sous ses roues un sac plastique jaune et soulevé les jupes des femmes. Des nuages bleu d'encre s'étaient amassés dans le ciel, il pleuvrait sûrement dans la nuit. J'ai songé qu'il ne resterait bientôt plus rien des fleurs de merisier de notre jardin.

« Vous étiez les meilleures amies d'Armi. Je ne l'avais rencontrée qu'une fois. Comment était-elle ? »

Sari a de nouveau pris la parole.

« Nous étions déjà dans la même classe en primaire. À l'époque, elle était sage et timide – un peu comme toi, Minna, excuse-moi – mais quand même décidée à être infirmière quand elle serait grande. C'était le genre à être proprement habillée et à ne jamais oublier de faire ses devoirs. Moi, j'ai toujours été grande gueule – elle a souri, contente d'elle-même – et Armi avait sans doute besoin qu'on la protège à l'école.

— Elle ne m'a pas du tout donné l'impression d'être timide, plutôt l'inverse, l'ai-je interrompue.

— J'allais y venir. Au lycée, elle a commencé à changer. Elle était toujours aussi consciencieuse, mais elle a pris de l'assurance. On se disputait pas mal à l'époque. En fait, ce n'est qu'en dernière année qu'on est redevenues copines. Elle m'énervait, par moments, c'était une vraie tête de mule. Et terriblement curieuse, sans vouloir dire du mal des morts.

— Elle colportait des ragots ?

— Ce n'était pas une langue de vipère, a rapidement glissé Minna, comme si elle avait peur que Sari l'interrompe. Elle aimait bien se renseigner sur les gens, mais elle ne disait pas de mal d'eux derrière leur dos.

— Elle était très douée pour obtenir des confidences, en tout cas. Elle savait sûrement tout de moi », a complété Sari.

Je n'en doutais pas une seconde. Elle avait l'air d'être du genre à préférer par-dessus tout parler d'elle-même.

« Armi était un peu trop franche. Elle ne prenait pas de gants. Elle manquait peut-être d'un certain tact, pour une infirmière, a expliqué Minna. C'est pour ça que le travail en cabinet lui convenait mieux, on n'y est en contact avec chaque patient que pendant un temps assez limité.

— Elle se demandait comment tu supportais de travailler en soins palliatifs, avec tous ces malades incurables. Armi tenait par-dessus tout à guérir les gens. C'est pour ça qu'elle trouvait l'histoire de Mallu si épouvantable. Ne pas pouvoir avoir d'enfants alors qu'on en voudrait tant. Elle lisait des livres de médecine et discutait avec son patron, Hellström, elle cherchait un moyen d'aider sa sœur.

— Elle vous a parlé de l'accident de Mallu ?

— Plusieurs fois, oui, a répondu Minna. Armi pensait que le conducteur de la voiture était responsable de sa fausse couche. Elle est d'ailleurs encore revenue là-dessus, il y a deux semaines. Elle se demandait comment elle pourrait dédommager Mallu... » Minna a plissé le front. « C'est bizarre. Elle a réellement dit dédommager. L'accident n'était pourtant pas de sa faute. »

Je me suis de nouveau rappelé que le mari de Mallu s'était imaginé avoir vu Armi au volant de la voiture, et j'en ai eu froid dans le dos. Qui sait si l'un ou l'autre des Laaksonen n'avait pas cru à cette histoire ?

« Je ne pense pas que Kimmo ait tué Armi. Elle pouvait être cruelle, parfois. Si elle avait su quelque chose de compromettant sur quelqu'un, elle aurait certainement prévenu la police », a claironné Sari.

J'étais de plus en plus glacée. La mort d'Armi était-elle finalement de ma faute ? Avait-elle eu l'intention de me confier quelque chose que quelqu'un ne voulait pas que je sache ? Le chauffard ou le meurtrier de Sanna étaient-ils présents à l'anniversaire de Risto Hänninen ? J'ai repensé aux invités de cette aimable soirée printanière, en me demandant qui d'entre eux était un serpent déguisé en lézard.

« Si on veut envisager d'autres meurtriers, je vais devoir vous demander vos alibis, ai-je dit en tentant d'avoir l'air de plaisanter. Où étiez-vous entre une heure et deux heures samedi dernier ?

— À mon travail, a platement dit Minna.

— Entre une et deux ? J'étais sans doute dans le centre de Tapiola, a joyeusement lancé Sari. C'est un bon alibi ? J'ai vu au moins dix personnes de ma connaissance, y compris Mallu Laaksonen. J'aurais sans doute aussi eu le temps d'étrangler Armi au passage, mais dis-moi pourquoi !

— Mallu était à Tapiola ? » Elle m'avait pourtant affirmé être restée chez elle toute la matinée.

« Oui, elle regardait les gyromitres, au marché, en se plaignant que ce n'était pas avec ses allocations de chômage qu'elle pourrait s'en offrir.

— À quelle heure ?

— Je ne sais pas exactement, une heure et demie, peut-être. »

Mallu était donc alors devant un étal de champignons à Tapiola... Si elle venait d'assassiner sa petite sœur, serait-elle ensuite allée en toute tranquillité faire ses courses ? Qui sait. J'avais l'impression que je ne pouvais plus être sûre de rien.

Quand nous nous sommes séparées, j'ai fait jurer à Sari de contacter la police. Il était déjà neuf heures, trop tard pour passer voir Mallu. J'avais peur de rentrer, je savais que je m'étais comportée de manière déloyale envers Antti, mais je ne me sentais pas prête à ravaler ma fierté pour lui demander pardon.

Dans la maison, tout était silencieux, Antti n'était apparemment nulle part. Sur le répondeur, deux signaux clignotaient. Le premier message était un bref constat, directement enregistré d'un ton neutre par Antti. « Salut. Je suis parti me promener. »

Le second émanait d'Annamari Hänninen. D'une voix hystérique, elle me demandait de la rappeler, même tard, elle voulait me parler de Kimmo. J'ai hésité un moment à lui téléphoner tout de suite, avant de songer que cela m'offrait l'occasion de l'interroger sur Sanna.

Annamari a mis longtemps à répondre. À la septième sonnerie, elle a pourtant décroché et murmuré un allô peureux.

« Maria ! Est-ce que tu pourrais venir tout de suite ? J'ai à te parler. Je sais qu'il est déjà tard, mais c'est important…

— Je serai là dans un quart d'heure. » J'ai jeté ma veste en jean sur mes épaules et sauté sur mon vélo.

La douceur de la soirée, en cette fin de printemps, incitait à pédaler paresseusement. Des mouettes et des canards se balançaient sur l'eau de la baie, les nombreux chiens promenés par leurs maîtres se reniflaient à qui mieux mieux, agitant avec enthousiasme leurs queues de différentes formes et longueurs. Après le pont de Westend, j'ai pris par le bord de mer afin d'admirer les reflets du soleil sur les vagues. Un merle et un pinson gazouillaient de concert, accompagnés par une colombe et un rossignol. Le trèfle jaune fleurissait déjà le long de la plage.

J'ai d'abord pensé continuer jusqu'à la jetée pour voir si Antti n'était pas assis à son endroit préféré, mais j'ai finalement préféré ne pas perdre de temps et couper au plus court vers Mellstenintie.

Je n'étais allée qu'une fois chez Annamari et Kimmo, et encore, uniquement dans la partie sauna du sous-sol. La maison était magnifiquement située, malgré la large chaussée qui la séparait de la mer. Encore une famille qui avait de l'argent. J'avais toujours apprécié, chez Antti, qu'il n'ait pas l'air d'un gosse de riches trop gâté, et je me rendais maintenant compte qu'on pouvait en dire autant de Kimmo. Aucun d'eux n'avait cette arrogance que donne la fortune. Un peu plus d'assurance leur aurait malgré tout fait du bien, à l'un comme à l'autre. Moi qui avais toujours détesté les hommes faibles et pleurnichards, j'en avais dans cette affaire plus que mon compte, si l'on y ajoutait Make, éternellement occupé à s'apitoyer sur son sort.

Annamari, venue ouvrir la porte enfouie sous un rosier grimpant, n'avait pas non plus l'air sûre d'elle. Son maquillage généralement soigné s'était répandu en petits ruisseaux dans les rides entourant ses yeux et son nez. Ses mains s'agitaient sans arrêt, sautillant au rythme de ses paroles, montant et descendant comme sa voix angoissée.

« Je suis contente que tu sois là ! Dis-moi tout sur Kimmo ! Est-ce qu'ils le traitent bien, au moins, le pauvre ? Et pourquoi est-ce qu'ils le gardent encore en prison, mon petit Kimmo n'est pas un assassin, quand même ?

— Eki Henttonen ne t'a pas téléphoné ?

— Si, si, mais il ne m'a rien dit. Les hommes sont tous pareils. Ils ne comprennent pas les sentiments d'une mère. Tu veux une goutte de cognac ? Moi, en tout cas, j'en ai besoin. »

À en croire son haleine, Annamari n'en était pas à son premier verre. Rien d'étonnant, en soi, j'espérais juste que ça l'aidait à se sentir mieux.

« Henttonen avait l'air de croire Kimmo coupable », a-t-elle dit en me tendant un verre de cognac généreusement rempli. La boisson m'a d'abord brûlé le palais, puis la gorge, avant de s'installer agréablement dans mon ventre. L'arrière-goût était divin – sans doute était-il vrai qu'il y avait cognac et cognac. Jusque-là, je n'avais guère eu les moyens de goûter autre chose que du une étoile.

« Il y a effectivement un certain nombre de preuves contre Kimmo. Elles ne sont pas forcément concluantes.

— Des policiers sont encore venus aujourd'hui fouiller dans ses affaires et ont emporté toutes sortes de choses.

— De quoi avaient-ils l'air ? Est-ce qu'ils avaient un mandat de perquisition ? » J'étais furieuse que Pertsa soit apparemment arrivé avant moi.

« Un grand malpoli et un petit rouquin. Ils ont agité un bout de papier et posé des questions sur Kimmo… Est-ce que j'avais remarqué quoi que ce soit d'exceptionnel, est-ce qu'il était violent quand il était petit, est-ce qu'il avait fréquenté beaucoup de filles, est-ce que je lui donnais des fessées... »

Annamari a secoué la tête, et il y avait de quoi. Ces questions étaient bien dans le style de la psychologie primaire de Pertsa. Il avait décidé que Kimmo était un dangereux obsédé sexuel et il cherchait maintenant à étayer sa théorie par tous les moyens possibles.

« Ils voulaient aussi savoir où j'étais samedi. Et si je pouvais témoigner de l'heure à laquelle Kimmo était rentré. Mais je suis partie faire des courses chez Stockmann vers onze heures, ensuite j'avais rendez-vous chez le masseur, à Heikintori, et, un peu après une heure, je suis allée chercher les jumeaux pour les emmener à Helsinki. Je n'étais pas à la maison. Si seulement j'avais su...

— À quelle heure es-tu arrivée chez Risto ? ai-je demandé intéressée.

— Pourquoi ça ? Une heure et quart, une heure et demie... Je ne me rappelle pas exactement. Les garçons n'étaient pas prêts et nous n'avons réussi à partir que par le bus de deux heures. »

Jousenkaari n'était qu'à quelques minutes de marche de chez les Hänninen, à Suvikumpu. Que faisaient-ils donc tous samedi dans le centre de Tapiola ? Seuls Antti et moi étions restés affalés à la maison, à soigner notre gueule de bois.

« Qu'est-ce que vous avez l'intention de faire, Henttonen et toi, pour obtenir la libération de Kimmo ? a demandé Annamari d'un ton impérieux.

— Je cherche à trouver la preuve que quelqu'un d'autre a tué Armi. Tu n'as peut-être pas envie d'en parler, Annamari, mais d'après ce que j'ai entendu dire, elle pensait que Sanna avait été assassinée. »

Je m'étais certes attendue à une réaction, mais pas aussi violente. Le visage d'Annamari est devenu rouge vif, sa respiration s'est accélérée et elle s'est mise à trembler.

« Assassinée ! a-t-elle crié d'une voix perçante. Sanna n'a pas été assassinée ! C'était un accident ! Elle avait un peu trop fêté son anniversaire et elle est tombée à la mer. C'était un accident. Pas un suicide, comme le prétendent certains. Pourquoi se serait-elle suicidée ? Pourquoi l'aurait-on assassinée ? » Les mains tremblantes, elle s'est resservi un cognac.

Je me suis demandé si elle avait pu se mettre dans le même état en parlant avec Armi et, pour finir, étrangler sa future belle-fille. Les mères assassinaient-elles leurs filles, laissaient-elles leurs fils subir les conséquences de leurs actes ? J'avais sans doute une vision assez idéalisée des mères, même si aucune de celles que je connaissais ne s'en approchait.

« Est-ce que vous avez gardé des objets personnels de Sanna ? Des lettres, des journaux intimes, des notes ? » Je me disais que mieux connaître les pensées de Sanna m'aiderait peut-être à comprendre sa mort. Peut-être évoquait-elle quelque part ses envies de suicide.

« Sanna tenait un journal intime, il y en avait des dizaines de carnets, a fièrement déclaré Annamari. Mais Henrik et Kimmo les ont tous brûlés après son décès. Ils ont dit que c'était ce qu'elle aurait voulu. Et le dernier a disparu en mer quand elle s'est noyée. Il reste quelques papiers là-haut, dans un placard. Tu veux les voir ? »

Nous sommes montées à l'étage, où Annamari m'a conduite dans une sorte de dressing-room rempli de bric-à-brac. Dans un coin, il y avait deux boîtes à chaussures pleines de papiers. J'ai prudemment exploré le contenu de l'une. Une photo est tombée d'une liasse ressemblant à des notes de cours. Sanna, l'air très innocent, embrassait un barbu aux cheveux bruns et à la mine patibulaire.

« Qui est-ce ? » ai-je demandé à Annamari. Elle s'est tordu les mains comme si elle n'avait pas voulu répondre.

« C'est cet affreux Hakala. Otso Hakala. Il a heureusement fini en prison, pour une affaire de drogue...

— Sanna sortait avec lui ?

— Elle se moquait bien de Hakala ! Mais il avait réussi à l'assujettir à sa volonté, grâce à toutes sortes de substances...

— Est-ce que je peux emporter tout ça ? J'y trouverai peut-être quelque chose d'instructif.

— Comment veux-tu faire libérer Kimmo en fouillant dans la vie de Sanna ? » a demandé Annamari d'un ton dubitatif, et je n'ai su que répondre. J'ai glissé la photo tombée du lot dans ma poche.

Annamari est descendue chercher un sac pour emballer les affaires de Sanna. Elle a farfouillé longuement, puis crié qu'elle allait voir dans le garage. Un souvenir terriblement vivant de Sanna m'est soudain revenu. C'était un des derniers soirs de mai, quelques jours avant la fin de l'année scolaire, et Sanna venait d'obtenir son bac. J'avais répété avec mon groupe de rock et nous étions ensuite allés vider quelques bouteilles dans l'unique parc de la ville. Il y avait là d'autres jeunes, dont Sanna. En un an, elle avait réussi à se faire une réputation épouvantable dans cette bourgade de province. Beaucoup se demandaient comment une dégénérée pareille avait pu décrocher la mention très bien. Je la connaissais à peine, l'admirant juste de loin, jalouse de ses yeux bruns et de sa beauté fragile.

À un moment, je m'étais aperçue qu'il n'y avait plus dans le parc d'autres filles qu'elle et moi. C'était toujours comme ça, dans les petites villes, il fallait veiller à sa réputation et rentrer sagement dormir à la maison. Sanna était assise sur un rocher et se roulait une clope. Un signe de déviance de plus, car les filles qui fumaient étaient supposées avoir assez d'argent pour s'acheter des extra-light.

Je ne fumais pas, mais je lui avais demandé une cigarette. A posteriori, je me rendais compte qu'il s'agissait d'une tentative d'approche. À l'époque déjà, j'appréciais la solidarité féminine.

Elle m'en avait roulé une, léchant la colle du papier avec sa langue rose de chaton, puis l'avait mise dans sa bouche pour l'allumer et me l'avait tendue. J'avais désespérément tenté de remplir mes joues de fumée en prenant l'air blasé. Malgré la chaleur de la soirée, Sanna portait un jean noir serré et un vieux blouson de cuir brun. Elle s'accrochait à sa bouteille de bière comme à son plus précieux trésor. J'avais envie de bavarder avec elle, mais je n'avais rien trouvé à dire. Puis les mecs s'étaient mis à brailler quelque chose à propos d'aller dans un bar et Sanna était partie avec eux.

Le soir où elle avait fêté son diplôme, nous avions tous les yeux fixés sur ses cicatrices. Je me suis souvenue de la manière dont elle nous avait rendu notre regard, à la fois honteuse et provocante, et du sourire par lequel j'avais essayé de répondre à son expression embrumée par l'ivresse, ainsi que de la gorgée de sa bouteille qu'elle m'avait offerte comme en remerciement…

Puis Sanna était partie pour Helsinki. Nous nous étions plus tard croisées une ou deux fois en ville, nous saluant comme le font les gens originaires du même trou de province. Elle n'avait pas changé, toujours aussi mince et enfantine. Seule la peau de son visage avait pâli, comme un masque mortuaire. Je n'avais pas osé lui dire que j'avais fait l'école de police, lui laissant juste entendre que j'avais tâté de toutes sortes de petits boulots avant d'entrer à la fac de droit.

Je la voyais parfois à l'université, devant un verre de bière, quand la cafétéria du bâtiment central en servait encore, ou en train de fumer une cigarette dehors devant l'annexe, toujours vêtue de son éternel blouson de cuir brun. Elle m'avait dit avoir choisi pour sujet de maîtrise les figures de rhétorique de l'œuvre poétique de Sylvia Plath. Avait-elle jamais terminé son mémoire ?

Annamari m'a tirée de mes pensées en revenant avec un grand sac plastique de chez Stockmann.

« Je ferais peut-être quand même mieux de repasser chercher ces papiers plus tard, je pourrais prendre un sac à dos pour les transporter plus facilement », ai-je suggéré. Je n'avais aucune envie de laisser ces documents une seconde de plus chez les Hänninen, mais les emporter maintenant me semblait vraiment trop malcommode.

« Henrik doit rappeler demain. Qu'est-ce que je vais lui dire ? » Annamari se tordait les mains comme une héroïne de roman gothique.

« Dis-lui la vérité. » J'ai revu les sinistres sourcils noirs de Henrik Hänninen. Il avait quelque chose de diabolique.

« Je n'en peux plus de l'écouter crier... Il n'y a aucun espoir que Kimmo soit libéré ?

— Il y a toujours de l'espoir », l'ai-je platement consolée. La compagnie d'Annamari m'angoissait, j'ai eu l'impression de m'échapper d'un lieu étouffant quand j'ai ouvert la porte encadrée de rosiers.

J'ai suivi le bord de mer jusqu'à la jetée. Je voulais voir l'endroit où Sanna était morte. Par une sombre soirée de mars, c'était à coup sûr un lieu solitaire, étrangement loin des lumières rassurantes du rivage. Qu'avait éprouvé Sanna quand elle était tombée à l'eau ? J'imaginais l'emprise glacée de la mer à deux degrés et, perdue dans mes pensées, je pédalais beaucoup trop vite sur l'étroit chemin pavé. Soudain ma roue avant a heurté une pierre. J'ai donné un brusque coup de guidon – et c'est là que c'est arrivé.

Le guidon de ma bicyclette s'est détaché. J'ai serré en vain les poignées de frein. Le monde a chaviré, le ciel et la mer ont changé de place et je me suis soudain retrouvée sous l'eau, griffant des doigts le fond sablonneux, les poumons pleins d'un liquide froid et salé, luttant désespérément pour rejoindre la surface.

Heureusement, il n'y avait guère plus d'un mètre d'eau à cet endroit. Et je ne m'étais blessée qu'au poignet et au genou gauche. Assise dans la mer à pester de tout mon cœur, j'ai vu mon guidon flotter un peu plus loin. À vrai dire, il m'avait déjà paru un peu bizarre lorsque j'étais partie chez les Hänninen. L'écrou avait dû, Dieu sait comment, réussir à se desserrer...

J'ai soudain pris conscience de la froideur de l'eau et de la douleur de mon genou. J'ai repêché mon guidon. Ma pauvre bicyclette avait volé à deux mètres de là, j'ai pataugé jusqu'à elle et je l'ai hissée sur la berge. Sous la force du choc, les câbles de frein s'étaient rompus. Mon vélo était quasiment hors d'usage, et moi trempée.

J'ai remis le guidon en place en jurant, j'ai serré l'écrou à la main autant que je le pouvais et je suis prudemment repartie vers Itäranta. Je me demandais comment le guidon avait pu se détacher. Je venais en effet de faire la révision de printemps de mon vélo et j'avais vérifié toutes les pièces. J'étais tombée à l'eau, mais l'accident aurait pu se produire dans un endroit bien pire. Si j'avais par exemple pris à mon allure habituelle un de ces tournants serrés comme il y en avait au moins deux sur le chemin du bureau, Dieu sait ce qui serait arrivé... Sans compter que je ne portais jamais de casque.

Était-ce un acte de vandalisme idiot ? Ma bicyclette avait déjà été la cible de malveillances, on en avait plusieurs fois dévissé les valves, et même crevé les pneus. Ce vieux vélo d'homme vert vif avait du caractère, il n'y en avait pas deux comme lui, et pour rien au monde je ne m'en serais séparée. Peut-être déplaisait-il à quelqu'un, avec son profil facilement identifiable. Ou était-ce à moi qu'on en voulait ?

Était-ce seulement le froid qui me faisait claquer des dents quand j'ai enfin posé ma bicyclette à la porte de la maison ? J'ai laissé tomber mes vêtements mouillés en tas sur le sol de la salle de bains et je me suis précipitée sous la douche brûlante pour dix bonnes minutes.

Quand j'ai enfin fait mon entrée dans le séjour, enveloppée dans un épais peignoir, Antti m'a regardée d'un air inquiet.

« Qu'est-ce qui t'est arrivé ?

— Je suis tombée à la mer avec mon vélo. C'est du thé que tu as là ? » Je m'efforçais d'avoir l'air calme, malgré la peur qui m'avait saisie. En dépit de notre dispute de cet après-midi, la présence d'Antti me semblait merveilleuse.

« Comment est-ce que tu as réussi à te retrouver à l'eau ? Et où ça ?

— Mon guidon s'est détaché, en arrivant à la jetée de Toppelund.

— Détaché, comme ça ? On avait pourtant tout bien vérifié.

— Quelqu'un a sûrement voulu me faire une mauvaise blague. » L'insouciance forcée de ma voix n'a pas trompé Antti.

« Tu as dû avoir une frousse bleue. »

Je l'ai laissé me prendre dans ses bras.

« Tu as le nez tout froid. Mets des chaussettes de laine, ou tu vas t'enrhumer. Je vais te chercher de la vitamine C. »

Sa sollicitude m'a tiré des larmes. La journée avait été trop longue et j'étais effrayée. Qui avait trafiqué mon vélo ? Tandis qu'Antti me caressait les cheveux, Einstein est venu se frotter affectueusement à mes chevilles. C'était réconfortant de penser que même si un meurtrier rôdait en liberté, j'avais pour me protéger un homme et un gros chat.

8

Une nuit d'un noir scintillant

J'étais assise sur la jetée à regarder la mer. Soudain des mains couvertes de goémon et d'algues vertes ont surgi de l'eau pour me tirer dans les profondeurs. Sous la surface, j'ai vu le visage verdâtre et délavé de Sanna, son corps couvert d'écailles et sa queue de sirène. Elle était venue m'emporter avec elle…

J'ai été réveillée par Einstein qui, exaspéré par mes soubresauts, a déguerpi du pied du lit en renversant au passage la radio posée par terre. Il était cinq heures. Les oiseaux chantaient à tue-tête. J'ai pressé mon oreiller sur mes oreilles, je me suis blottie contre le dos d'Antti et je suis retombée pour quelques heures dans un sommeil agité.

Après le petit-déjeuner, nous avons inspecté à fond ma bicyclette. Tout était en ordre, et le guidon n'aurait jamais dû pouvoir se desserrer tout seul. Antti semblait partager ma perplexité.

« Il y a peut-être quelqu'un que ton pittoresque vélo vert exaspère. Mais je vois mal qui pourrait se promener avec une clé anglaise pour dévisser des guidons. Tu as des ennemis cachés ? » a-t-il demandé en ne plaisantant qu'à moitié.

Je me sentais nerveuse. Qui aurait pu me vouloir du mal ? Je me suis rappelé qu'Annamari était sortie de la maison à un moment. Aurait-elle pu desserrer l'écrou ? Puis j'ai réfléchi à tous les endroits où j'avais laissé ma bicyclette ces derniers jours, sans que ça m'avance à grand-chose.

« Tu es sûre que ton accident n'est pas lié à la mort d'Armi ? » m'a encore demandé Antti dans le jardin alors que je m'apprêtais à partir au travail. Ne sachant que répondre, et pour éviter de mentir, je me suis éclipsée.

Il faisait plus frais que la veille, de la brume montait de la mer et il y avait moins de promeneurs de chiens qu'à l'accoutumée au bord de la baie. Je me suis aperçue que je pédalais plus lentement que d'habitude, car j'avais un peu mal au genou. J'espérais que ça ne m'empêcherait pas de faire mon jogging quotidien.

Dans l'après-midi, je suis allée voir Kimmo, qui m'a appris qu'il avait été interrogé pendant deux heures par Pertsa. Si ce dernier avait encore été au commissariat, je lui aurais passé un savon. J'étais furieuse de ne même pas avoir été prévenue et j'ai suggéré à Kimmo de porter plainte, ainsi que de refuser à l'avenir de répondre aux questions dans de telles circonstances, mais il s'est contenté de secouer la tête d'un air accablé.

« Ça n'y changera rien... Ils ont décidé que j'étais coupable. Je vais de toute façon finir en prison... Et quelle importance, maintenant qu'Armi est morte... » Il était affalé sur sa chaise inconfortable, les yeux rougis. Je lui aurais volontiers flanqué un coup de pied.

« Défends-toi, Kimmo ! On n'est pas dans Kafka mais dans la vraie vie. Ils ne peuvent pas t'incarcérer si tu es innocent. Et pourquoi diable ne m'as-tu pas dit qu'Armi pensait que Sanna avait été assassinée ? Qu'a-t-elle dit exactement ?

— Je ne..., a marmonné Kimmo d'un ton si résigné que j'ai eu envie de prendre la porte. Je ne sais pas où Armi avait pêché cette idée. J'ai l'impression qu'elle essayait surtout de consoler mes parents. Je suis tout à fait sûr que Sanna s'est suicidée. » Les yeux dans le vide, il regardait quelque chose que lui seul pouvait voir. J'ai repensé au visage verdâtre de la Sanna de mon rêve et je me suis demandé si Kimmo rêvait d'elle.

« C'est vrai qu'elle parlait de la nouvelle vie qu'elle voulait commencer quand elle aurait trente ans et du bonheur qu'elle avait trouvé avec Make, mais elle aurait été incapable d'arrêter l'alcool et les médicaments. Armi ne la connaissait pas assez bien, elle croyait à ses histoires. Peut-être que Sanna s'est tuée parce qu'elle avait compris qu'elle n'arriverait jamais à changer de vie. Tu n'as qu'à lire ce poème qu'elle avait laissé sur sa table. De l'avis d'Antti aussi, c'était de toute évidence un message d'adieu.

— Pourquoi Armi n'a-t-elle commencé que maintenant à dire que Sanna avait été assassinée ? Alors que ça fait déjà plus d'un an.

— Elle m'a expliqué qu'elle venait seulement de comprendre le rapport entre différentes choses et de lire la traduction de ce poème. Elle disait qu'il parlait tout à fait clairement de résurrection. Je ne sais pas, je ne suis pas critique littéraire ! Lis-le toi-même. »

Le commentaire de Kimmo m'a étonnée. Armi ne m'avait pas paru particulièrement férue de littérature. J'ai essayé de me rappeler s'il y avait dans sa bibliothèque d'autres poèmes que les œuvres complètes d'Eino Leino. L'analyse des textes de Sylvia Plath ne me paraissait en tout cas pas lui être naturelle.

J'ai laissé à Kimmo, de la part d'Antti, deux livres sur la nature dont j'espérais qu'ils égaieraient un peu ses tristes journées en cellule. Après le bureau, je suis allée chez Marita coudre ma jupe en cuir. À ma grande déception, elle n'a pas eu le temps de bavarder avec moi car une de ses collègues était justement passée la voir. « Pour jaser », a constaté Marita d'un air sombre devant la table à couture de la cuisine. Jusque-là, je n'avais pas compris à quel point le meurtre d'Armi mettait tout Tapiola en émoi. Je devrais peut-être aller faire un tour sur la place du marché, écouter les potins et interroger les clochards.

Quand Marita s'est penchée pour me montrer comment installer la bobine de fil de la machine à coudre, j'ai de nouveau vu le bleu qu'elle avait sous l'oreille. Il commençait à jaunir un peu sur les bords.

J'étais en train de terminer les coutures de ma jupe quand les jumeaux ont fait irruption dans la cuisine pour se jeter sur la carafe de jus de fruit. Ce n'est qu'après l'avoir vidée qu'ils se sont intéressés à moi.

« Tu es dans la police, Maria, c'est toi qui as arrêté Kimmo ? a commencé Matti.

— Non, ce n'est pas moi. D'ailleurs je ne suis plus dans la police, ai-je répondu en sectionnant un dernier bout de fil.

— Ce sont des méchants policiers comme on en voit quelquefois à la télé ? »

J'ai hoché la tête, renonçant provisoirement à tenter d'inculquer aux jumeaux une inébranlable confiance dans le système judiciaire finlandais.

« Ce sont aussi des méchants policiers qui ont emmené Otso et fait pleurer Sanna », a expliqué Mikko.

Otso... Ange avait mentionné ce nom, et Annamari avait parlé d'un certain Otso Hakala. Qui battait Sanna et se trouvait maintenant en prison pour une affaire de drogue. Il aurait pu faire un meurtrier plausible.

« Est-ce que c'est Kimmo le meurtrier et pourquoi est-ce qu'on ne nous dit jamais rien ? » a gravement demandé Mikko. Mais, avant que j'aie le temps de répondre, les jumeaux étaient déjà partis en courant, comme s'ils n'avaient pas voulu entendre la vérité. Je savais que Marita attendait avec impatience les vacances, qui commençaient vendredi. Elle avait l'intention d'envoyer les gosses chez les Sarkela, à Inkoo, en attendant que les choses se tassent.

À peine rentrée à la maison, j'ai filé faire mon jogging. Mon genou tenait plutôt bien le coup, mais mon épaule me lançait chaque fois que ma chaussure gauche frappait trop brutalement le sol. J'ai couru jusqu'à l'île de Karhusaari, curieuse de voir une vieille villa tout juste rénovée et libérée de ses bâches. Le rivage était désert et je me suis enfoncée dans l'ombre de la forêt en prenant garde aux racines affleurant sur le sol. Le grondement de la radiale Ouest était resté de l'autre côté de l'île, on n'entendait que le chant des oiseaux... J'ai sprinté sur la plage avant de repartir à petites foulées sur le chemin forestier. C'est alors que j'ai entendu derrière moi un halètement et de lourds pas rapides. Quelqu'un me poursuivait, à une vitesse proche de celle de Carl Lewis.

J'ai accéléré instinctivement l'allure. Je déteste qu'on essaie de me rattraper à la course. J'ai tenté de regarder par-dessus mon épaule, mais je n'ai vu qu'un survêtement noir qui a disparu dans l'ombre des arbres. Lewis a tourné sur un chemin conduisant vers l'intérieur de l'île. Peut-être avait-il pris un raccourci pour m'attendre plus loin sur le rivage, prêt à me pousser à la mer comme Sanna...

J'ai repris mes esprits en manquant trébucher sur une souche de pin. Qui donc m'aurait suivie ? J'accordais bien trop d'importance à mon accident de vélo. Je me suis pourtant sentie soulagée en rejoignant la piste cyclable pleine de gens et de chiens qui longeait la radiale Ouest.

Vers neuf heures, j'ai commencé à me préparer pour le Bizarre Club. J'ai enfilé un body noir scintillant que je portais parfois pour faire de la muscu. Puis un collant résille et ma jupe en cuir, et ces talons aiguilles de sept centimètres avec lesquels j'aurais peut-être pu apprendre à marcher si je les avais chaussés plus souvent. Il m'a fallu un quart d'heure et une demi-bombe de laque superforte pour ébouriffer savamment mes cheveux. J'ai trouvé dans le tréfonds de mes réserves de la poudre claire, de l'eye-liner noir et du rouge à lèvres couleur pompiers. La plupart du temps, je me reprochais de ne pas avoir le courage de jeter mes vieux produits de beauté. J'étais finalement plus prévoyante que je ne l'imaginais.

Une fois prête, je me suis déhanchée jusque dans l'entrée pour récupérer mon vieux blouson de cuir. Dans le grand miroir, je me suis vue dix ans plus tôt. Le même maquillage punk vulgaire, la tignasse qui aurait pu servir de nid à un petit animal, l'uniforme protecteur du blouson de cuir. Je n'étais pourtant plus la même qu'au lycée. Je n'avais peut-être pas l'air beaucoup plus âgée, mais j'étais différente, plus belle. J'avais plus d'assurance dans le regard, beaucoup moins de peur en moi. Je n'aurais pour rien au monde voulu être à nouveau adolescente.

J'ai descendu l'escalier et frappé à la porte du bureau d'Antti.

« Je peux venir me montrer ? »

J'ai failli éclater de rire en voyant les yeux d'Antti s'écarquiller.

« Ouah ! Tu devrais t'habiller comme ça plus souvent. Tourne un peu. Yes ! Qu'est-ce que tu as sous ce blouson de cuir ? Je devrais peut-être quand même venir avec toi, a-t-il dit avec un sourire en coin. Tu vas t'attirer des ennuis, dans cette tenue.

— Je pense que je suis capable de me débrouiller toute seule, ai-je dit amusée. J'espère juste qu'il n'y aura pas de clients du cabinet dans le bus. J'avais l'intention de boire un petit verre avant de partir, tu m'accompagnes ?

— Je peux venir te tenir compagnie, mais je pensais encore travailler ce soir. »

À ce rythme, Antti aurait terminé sa thèse avant la fin de l'année, même s'il était parfois pris d'accès de découragement qui lui faisaient envoyer valser ses notes à travers la pièce et l'amenaient à me demander si je continuerais de l'aimer s'il n'arrivait pas à devenir quelqu'un – autrement dit, sans doute, docteur ès mathématiques. Son contrat d'assistant à la fac était encore valable trois ans, mais il avait plusieurs fois parlé de partir à l'étranger tout de suite après sa soutenance de thèse, donc au printemps prochain. Il irait vraisemblablement aux États-Unis. Je n'avais rien à faire là-bas – à moins que le FBI ait besoin de renforts finlandais.

Je me suis servi une généreuse rasade de la vodka-citron apportée par les Sarkela, mélangée à du soda. Je n'aurais pas dû boire en réalité, j'étais en service commandé. Mais j'éprouvais le besoin de me donner du courage.

« Si on te soupçonnait de meurtre, est-ce que tu aimerais que j'étale toute ta vie au grand jour pour démontrer ton innocence ? a soudain demandé Antti.

— Je n'ai aucun noir secret. Qu'est-ce qui te gêne ?

— Je ne sais pas... Je suis peut-être un peu jaloux... Pourquoi te donnes-tu tant de mal pour Kimmo ? »

J'ai failli éclater de rire. Je ressentais tout au plus pour Kimmo une tendresse de grande sœur. « Je me donnerais quinze fois plus de mal pour toi, ai-je dit pour rassurer Antti. Mais je veux découvrir la vérité. Je suis sûre que cette histoire est beaucoup plus compliquée qu'elle n'en a l'air. »

Je songeais à ce que Sari avait dit de la mort de Sanna. Mais je ne voulais encore en parler à personne.

Antti m'a accompagnée à l'arrêt de bus. Je ne retrouvais nulle part ma carte de transport. J'avais dû la perdre la veille en tombant de vélo. Dommage, elle aurait encore été valable deux semaines. Je suis descendue à Ruoholahti, devant le vieil entrepôt occupé par le centre culturel Lepakko ; je n'avais croisé que deux ou trois personnes pendant le trajet, mais j'avais l'impression qu'on me regardait curieusement.

J'ai erré un certain temps dans la zone industrielle désaffectée, trébuchant sur mes talons hauts, avant de trouver le bon hangar parmi tous les bâtiments qui attendaient d'être démolis pour faire place à un nouveau quartier résidentiel. De l'intérieur s'échappait de la techno, la porte était gardée par un jeune type chauve vêtu d'une épaisse combinaison de cuir. J'étais ravie, il y avait des éternités que je n'avais pas été à une soirée destroy.

L'endroit était superbe : deux anciens entrepôts en enfilade, éclairés par quelques lampes et par des dizaines de bougies. Deux ou trois tables, presque aucune chaise et, dans la salle du fond, un bar et une scène sur laquelle attendaient toutes sortes d'accessoires bizarres. À la techno a succédé *Gimme Gimme* d'Abba. J'ai acheté un billet d'entrée à une fille habillée de velours noir et coiffée d'une perruque scintillante.

« Ange est déjà là ? lui ai-je demandé.

— Elle est là-bas près du bar, celle avec les cheveux longs. »

Dans la première salle, une vidéo érotique de fabrication artisanale et un clip de Madonna défilaient sur des écrans. J'ai chaloupé sur mes talons aiguilles jusqu'à la pièce du fond. Le lieu était peuplé d'un nombre surprenant d'hommes en tenue de ville dont je sentais les regards sur mon corps. Je ne m'étais jamais aussi clairement fait l'effet d'être un objet sexuel.

Ange avait bien, comme elle me l'avait dit, la plus longue crinière de l'assistance. J'avais d'ailleurs souvent vu ces cheveux à l'université, et ils s'étaient agités pendant une année entière devant moi au cours d'aérobic. Ils étaient d'un blond doré, légèrement ondulés, et cascadaient en un flot épais jusqu'aux cuisses de leur propriétaire, masquant son postérieur.

Pour le reste aussi, Ange méritait son surnom. Son visage discrètement maquillé semblait tout droit sorti d'un tableau de la Renaissance. Le contraste avec sa tenue était fascinant : elle portait une robe de latex hyper-moulante, qui s'élargissait à partir des genoux en une queue de sirène balayant le sol. Elle avait des manches longues et un somptueux décolleté plongeant où brillait une peau très claire. Un ange, effectivement, et certainement l'incarnation de nombreux rêves.

« Tu dois être Ange, Elina. C'est moi, Maria, qui t'ai téléphoné à propos de Kimmo Hänninen.

— Ah oui, salut. Va te chercher à boire et on ira bavarder dans un coin tranquille. »

J'ai commandé au bar une petite bouteille de vin blanc et, sans m'encombrer d'un verre, j'ai bu au goulot une première gorgée antistress.

J'ai demandé à Ange la permission d'enregistrer notre conversation avec le petit magnétophone portable que j'avais acheté quand j'étais dans la police et qui me donnait l'impression d'être Dale Cooper dans *Twin Peaks*. L'atmosphère était fantasmagorique, je m'efforçais de ne pas ouvrir des yeux ronds sur les gens aux tenues les plus invraisemblables qui emplissaient peu à peu l'entrepôt. La brume qui jaillissait de temps à autre d'une machine à fumée renforçait ce sentiment d'irréalité, tout comme la musique, qui ressemblait à du Klaus Nomi.

J'ai interrogé Ange sur les activités du club. Il fonctionnait comme n'importe quelle association sportive ou culturelle, dans un domaine toutefois un peu particulier.

« Mais est-ce que ce n'est pas aussi un lieu de drague ? Combien d'hommes viennent ici en quête d'une partenaire sexuelle ? Pourquoi y en a-t-il autant en costard-cravate ? » J'avais déjà bu la moitié de ma bouteille de blanc et mes pires inhibitions commençaient à tomber.

« Je ne sais pas trop, pour la drague. Comme tu peux le constater, il y a en gros trois fois plus d'hommes que de femmes. Et au moins la moitié de celles-ci sont des lesbiennes qui se connaissent très bien entre elles. Parmi les autres, beaucoup vivent en couple et viennent ici avec leur compagnon. Il y a donc assez peu de gibier potentiel, méfie-toi, a dit Ange avec un sourire ambigu.

— Qu'est-ce que Kimmo cherchait ici ?

— La même chose que la plupart des autres. La confirmation du fait qu'il n'est pas le seul à apprécier ce genre de loisirs. On vient aussi ici pour exhiber ses nouvelles fringues et regarder les autres. Kimmo ne venait pas pour le sexe. Comme je te l'ai dit au téléphone, il était bien trop attaché à son Armi. Il fréquentait sans doute ce milieu en cachette d'elle. C'était un membre actif du club, il organisait des soirées et rédigeait notre bulletin d'information avec Joke. » Dans la bouche d'Ange, le nom sonnait comme une blague en anglais. « Joke devrait d'ailleurs être là ce soir, je te le présenterai.

— En quoi consistait votre spectacle ?

— Kimmo est fondamentalement maso. Moi, je suis tout et n'importe quoi, selon les circonstances, esclave ou dominatrice, et j'aime aussi bien les hommes que les femmes. » Il y avait maintenant dans le sourire d'Ange un défi que je n'étais pas prête à relever. « Je faisais subir toutes sortes d'humiliations à Kimmo, je l'attachais, je le fouettais, je l'étouffais… Et il trouvait ça excitant, bien sûr, mais il n'osait pas aller plus loin. C'était vraiment un autre homme, sur scène, plus du tout aussi timide et réservé que d'habitude. Excuse-moi une minute, on me demande à la porte. »

Sans Ange, je me sentais orpheline. Je me suis collée contre le mur et j'ai bu une nouvelle gorgée de vin. J'observais les gens. Au milieu de la salle, une femme de ma taille, vêtue d'une minirobe décolletée en latex et de chaînes cliquetantes, dansait à un rythme endiablé avec un homme nettement plus grand qu'elle, coiffé en brosse, qui portait un uniforme nazi en latex. Probablement un couple marié en train de s'amuser. Comment avaient-ils réussi à s'habiller en cachette de la baby-sitter ?

Il y avait dans l'atmosphère comme un sentiment d'attente affamée. Les gens se dévisageaient sans fausse pudeur. Un type en complet de tergal me fixait avec l'air de vouloir m'aborder. J'ai détourné les yeux. Deux garçons en tenues de cuir échappés de dessins de Tom of Finland s'embrassaient passionnément dans un coin. Un homme qui avait une tête d'inspecteur des impôts les regardait avec convoitise. Le type en complet-veston a traversé la salle dans ma direction, mais a heureusement renoncé à son projet en voyant Ange revenir vers moi dans un bruissement de robe.

« Un problème avec la liste des entrées gratuites, s'est-elle excusée. À propos de notre spectacle, encore. C'est Kimmo qui avait réglé la mise en scène. Il savait très précisément ce qu'il voulait. Je n'étais qu'une exécutante. J'ai du mal à imaginer qu'il puisse jouir d'un rôle de dominateur. C'est un pur masochiste, il ne pense qu'à se soumettre aux désirs des autres.

— J'ai vu, oui », ai-je marmonné agacée, et j'ai avoué à Ange à quel point j'avais été exaspérée par l'inertie de Kimmo. Elle a de nouveau ri dangereusement.

« C'est pour ça que je n'arrive pas à croire qu'il ait pu assassiner Armi, a-t-elle ajouté. Il est totalement passif. Tous les fétichistes sadomasos ne sont pas forcément des modèles de vertu, mais ils n'osent en général pas réaliser leurs fantasmes dans la vie quotidienne. Et étrangler sa fiancée ne faisait de toute façon pas partie de ceux de Kimmo.

— Tu m'as dit que pour Sanna Hänninen, tout ça était très réel. Parle-moi d'elle.

— Sanna a fait partie du club dès le tout début, avec un dénommé Otso Hakala. C'était un type assez dangereux, un drogué et un dealer. Ça doit maintenant faire deux ans qu'il est en prison. Ils avaient des scènes terribles, il fallait de temps en temps les calmer un peu... Pour eux, les coups et les humiliations étaient un rite quotidien, sans rien de ludique. On s'est même parfois demandé si on voulait ce genre d'individus parmi nous. Tu connaissais Sanna ? »

J'ai acquiescé et Ange a poursuivi : « Tu vois ce que je veux dire, alors. C'était quelqu'un à qui on pardonnait presque tout. Elle était droguée et alcoolo et complètement détraquée, mais malgré tout merveilleuse. Après l'arrestation d'Otso, sa vie a eu l'air de s'arranger. On a suivi un moment les mêmes cours à la fac. Mais elle n'aimait pas les femmes, dommage... Je l'ai vue à l'université deux jours avant sa mort. Elle était parfaitement sobre et elle m'a raconté qu'elle avait rencontré un homme avec qui elle avait l'intention de commencer une nouvelle vie. J'y ai presque cru. Et puis, quelques jours plus tard, Kimmo m'a téléphoné pour m'annoncer sa mort... Je n'ai même pas été surprise. Comme si j'avais toujours su que ça arriverait. »

Je me suis imaginé Sanna dans ce hall de béton, les manches de son blouson de cuir relevées, avec ses cicatrices aux bras et ses grands yeux bruns au regard innocent et soumis.

« Sanna a rendu visite à Otso Hakala en prison ? » ai-je demandé. Ange n'en savait rien. Si j'avais encore été dans la police, j'aurais facilement pu vérifier où se trouvait Hakala au moment de la mort de Sanna, puis d'Armi. Il aurait fait un meurtrier idéal, catalogué d'avance comme criminel. Et, mieux encore, sans lien avec mes proches.

« Au fait, ce type-là est un policier, a dit Ange en pointant du doigt un moustachu blond en jean accoudé au bar. C'est curieux, ils nous envoient toujours le même pour surveiller nos bonnes mœurs. »

J'avais vaguement l'impression de le connaître. Il faisait sans doute déjà partie il y a sept ans de la brigade des mineurs et des affaires sanitaires, quand j'y avais travaillé en sortant de l'école de police. J'espérais qu'il ne me reconnaîtrait pas.

« Il est peut-être là pour Kimmo. »

Si Pertsa n'était pas totalement idiot, il ferait aussi des vérifications dans ce milieu.

« C'est possible, mais dans ce cas il devra sortir de l'incognito. Le malheureux s'imagine être parfaitement anonyme, alors qu'on voit à cent mètres qu'il est flic. Ils se disputent sûrement comme des chiffonniers l'honneur de venir à nos soirées, il doit bien y en avoir la moitié qui ne rêvent que de ça, a dit Ange en riant.

— Et dans quelle moitié me classes-tu ? J'ai fait l'école de police avant la fac de droit », ai-je répliqué. Je n'y pouvais rien, les stéréotypes m'énervaient. Mais Ange s'est contentée de sourire et, désarçonnée, j'ai fini mon vin avant de partir à la recherche des toilettes.

Il n'y en avait bien sûr pas dans l'entrepôt, mais des W.-C. de chantier se dressaient plus loin dans la cour. La nuit d'été était étrangement sombre et, en chemin, je me suis rendu compte que ma vodka-citron et ma petite bouteille de blanc m'étaient montées à la tête. Il était temps de faire une pause si je voulais réussir à travailler un peu. Ange était aussi séduisante qu'irritante. Pourquoi flirter avec moi, alors qu'on devait voir à des kilomètres que j'étais une hétéro timide en mission professionnelle ?

J'ai grimpé les marches d'une cabine de W.-C. étonnamment propre. Alors que je tirais ma jupe sur mes cuisses, j'ai entendu des pas approcher dehors. Les autres cabines étaient vides mais personne n'y est entré, comme si l'arrivant était resté à m'attendre.

Mon cœur s'est mis à cogner. C'était certainement un de ces types en complet de tergal qui m'avait suivie, dans je ne sais quelle intention. Je me suis demandé un instant que faire, puis je me suis rappelé que j'étais une femme et pas une carpette, et que j'avais comme toujours un couteau de poche dans mon sac. Je suis donc héroïquement sortie de la cabine.

Une femme au crâne rasé a écrasé sa cigarette par terre et pris ma place dans les W-C. Au passage, elle a dit en riant :

« Ma copine m'interdit de fumer à la maison, du coup je n'ose même plus cloper dans les toilettes. »

Je suis rentrée dans l'entrepôt en même temps qu'un mec superbe que je suis restée un moment à regarder. Il était au moins aussi grand qu'Antti, avec de longs cheveux noirs frisés à faire pâlir de jalousie n'importe quel rocker. Ses boots et sa tenue de cuir patiné lui allaient comme une seconde peau. Pendant un instant, j'ai eu envie de voir si j'étais encore capable de draguer. Puis je me suis mentalement pincé l'oreille. Je n'étais pas là pour m'amuser.

Durant mon absence, il avait commencé à se passer des choses sur scène. Un gros homme à la peau entièrement tatouée était assis au centre de l'estrade dans la position du lotus et s'enfonçait dans le corps des aiguilles d'acupuncture qu'une femme maigre comme un fil, au moins aussi tatouée que lui, lui tendait après les avoir stérilisées. Une odeur d'hôpital parvenait jusqu'à mes narines, mêlée aux émanations de la machine à fumée. Un garçon en talons hauts tourbillonnait follement sur la piste de danse. Je me sentais un peu perdue et, malgré mes bonnes résolutions, je suis allée droit au bar commander une seconde petite bouteille de vin. Le goût m'en a paru meilleur que tout à l'heure. Je me suis approchée de la scène pour suivre le spectacle aux allures de cérémonie, me forçant à regarder les aiguilles transpercer la peau de l'homme et surgir de sa cuisse, de son bras et pour finir de son cou… Sentait-il quelque chose ? Était-ce un yogi ou quelque chose de ce genre, capable de quitter son corps ?

« Ça t'excite ? » a demandé une voix mâle… J'ai machinalement levé les yeux et vu un sympathique jeune homme tout à fait ordinaire, dans la tenue classique des rebelles, jean, T-shirt blanc et blouson de cuir noir identique au mien.

« Pas vraiment, non.

— Tu danses, alors ? »

Pourquoi pas, me suis-je dit, et j'ai plongé avec lui dans le miaulement des synthés et le martèlement des percus. Étais-je en train de retrouver mes dix-huit ans, quand j'écumais pour la première fois légalement les bars, à la recherche du grand amour ? Quand la voix de Pelle Miljoona a retenti dans les haut-parleurs, chantant *Je veux faire l'amour avec toi*, j'ai rejoint, quelque part entre les années soixante-dix et quatre-vingt, les boums du lycée où Sanna dansait à côté de moi sur ce même air...

Sanna. Mais je n'étais pas venue ici que pour danser. Quand Pelle s'est tu, j'ai quitté la piste, suivie par mon cavalier.

« Tu en as assez ? Jolie jupe. » Il m'a jaugée d'un regard trop semblable à celui du docteur Hellström. « C'est quoi, ton truc, si ce n'est pas le piercing ? Tu es dominatrice ?

— Je suis tout ce qu'on veut, je suis du signe des poissons, changeante, protéiforme et versatile, ai-je répondu en tentant d'adopter le ton de défi d'Ange.

— Tout ce qu'on veut... Ça m'a l'air intéressant. Moi c'est Sebastian », a-t-il dit en me tendant la main. Je l'ai serrée.

« Maria.

— Tu ne serais pas vierge, plutôt que poissons ? » J'ai retiré ma main.

« Très drôle. Et très nouveau.

— Pardon, majesté. Je ferai mieux la prochaine fois. » Sebastian m'a fait une courbette, à la manière d'un saltimbanque à la cour du roi dans un film des années quarante, et je me suis rendu compte que je venais de déclencher involontairement un jeu de rôles dont j'allais devoir me dépêtrer. Je n'ai rien trouvé de plus intelligent que de laisser tomber avec toute la morgue dont j'étais capable :

« Je ne m'intéresse pas aux hommes qui font des plaisanteries aussi éculées ! »

Je suis retournée dans le vestibule à la recherche d'Ange, que j'ai trouvée en train de bavarder avec le beau brun de tout à l'heure. En me voyant, elle m'a fait signe d'approcher.

« Je te présente Joke. »

Il m'a aussitôt demandé des nouvelles de Kimmo. Le ton préoccupé de sa voix contrastait avec son allure. Il avait l'air, avec sa cravache passée à sa ceinture, d'un ténébreux héros de roman gothique, prêt à cingler l'héroïne de son fouet avant de la prendre tendrement dans ses bras et de lui expliquer que ce châtiment n'était que de l'amour.

« Seriez-vous disposés à témoigner en faveur de Kimmo ? À expliquer qu'il n'a rien de violent ? À raconter… Et merde ! »

À côté de la fille qui faisait payer les entrées se tenait monsieur le commissaire Pertti Ström, agitant avec autorité sa carte de police. Il a réussi à la convaincre de le laisser passer, puis s'est tourné pour observer l'assistance avec la mine de ma mère découvrant des poissons d'argent dans un paquet de farine.

« C'est lui qui a arrêté Kimmo. Un emmerdeur de première », ai-je expliqué à Ange et Joke. Pertsa n'avait donc pas négligé cette piste. Peut-être l'avais-je sous-estimé, ou peut-être n'était-il finalement pas si convaincu que ça de la culpabilité de Kimmo. Je me rappelais ma propre expérience d'inspectrice, l'examen minutieux de tous les détails et la vérification de toutes les hypothèses. Pertsa n'était probablement pas monté en grade juste en jouant des coudes, il était sans doute aussi compétent.

Le début de respect que j'avais failli éprouver pour lui pendant deux minutes a volé en éclat quand il s'est approché de nous et a lancé comme première réplique :

« Tiens, Kallio, j'aurais dû deviner que tu défendais ce pervers parce que tu étais aussi obsédée que lui !

— Méfie-toi, c'est peut-être contagieux, ai-je dit d'un ton glacé. Quoique tu n'aies rien à apprendre question sadisme, à mon avis. »

Pertsa ne parvenait pas à détacher les yeux de ma jupe de cuir et de mes bas résille.

« Si j'avais su que tu avais un faible pour le latex, c'est toi que j'aurais arrêtée pour le meurtre de Mäenpää, au lieu de Hänninen. Tu voulais bien sûr te débarrasser d'elle pour pouvoir jouer à tes petits jeux avec lui. »

L'idée était si absurde que j'ai éclaté de rire au nez de Pertsa. « Pourquoi est-ce que je n'aurais pas aussi tué Antti, dans ce cas ? » ai-je demandé, et j'ai vidé le reste de ma deuxième bouteille de vin dans mon gosier, pour éviter de l'en asperger. Sans rien répondre, il s'est tourné vers Ange et Joke pour leur poser le même genre de questions que moi, mais sur un ton beaucoup plus rude. J'ai discrètement mis en marche mon petit magnétophone, consciente de ce que mon geste avait de répréhensible. Le vin circulait agréablement dans mes veines, je savais que j'étais déjà trop pompette pour rien faire d'utile et j'ai décidé de me conduire à partir de cet instant comme si je n'étais là que pour m'amuser.

Malgré mon ivresse, j'ai constaté que Pertsa posait ses questions avec plus d'habileté que je ne l'en aurais cru capable. Il ne tirerait pourtant sans doute rien de plus que moi de Joke et d'Ange, qui le considéraient avec réprobation. Joke était en train de lui rapporter mot pour mot un article écrit par Kimmo dans le bulletin du club quand j'ai de nouveau éprouvé le besoin d'aller aux toilettes.

Aux W-C, j'ai eu le temps de me rendre compte qu'il valait mieux que je rentre à la maison. J'ai décidé de passer juste dire au revoir à Ange, puis de filer.

Une silhouette en blouson de cuir sortie de l'ombre de la rangée de cabines m'a agrippé le bras.

« On ne se débarrasse pas si facilement de moi, Maria », a dit Sebastian en insistant d'un ton désagréable sur mon nom. Ses yeux brillaient de colère, et d'autre chose que je préférais ignorer.

« Bas les pattes ! » J'ai tenté de dégager mon poignet comme on l'apprend aux cours de self-défense, mais Sebastian me tenait d'une main solide. Il n'était cependant pas préparé au brusque coup de chaussure à talon aiguille qu'il a reçu entre les côtes et il est tombé à genoux sur l'asphalte en grognant, plié en deux de douleur.

« Ne t'en prends donc pas à n'importe qui, la prochaine fois », ai-je craché, et je suis rentrée en courant. Il n'avait rien de grave et la douleur serait vite passée, mais j'ignorais ce qu'il était capable de faire ensuite. Il valait décidément mieux que je m'en aille.

À l'intérieur, Pertsa continuait apparemment d'ennuyer Joke, qui avait l'air d'avoir besoin d'aide. Mais je n'étais pas d'humeur à jouer les bons samaritains et j'ai filé droit dans la salle du fond, où Ange bavardait avec quelques sculpturales lesbiennes vêtues de cuir. Sur scène, une drag-queen imitait Marilyn. Je me suis mêlée à la conversation, qui portait sur Kimmo et sur la police, et je n'ai pas refusé quand une fille au crâne rasé et aux yeux perçants m'a offert une gorgée de whisky de sa flasque.

« Vous avez vraiment toutes des tenues magnifiques », ai-je dit, et j'ai souri à un transsexuel qui passait en dansant devant moi, attifé jusqu'au bout des ongles comme une ménagère des années soixante. Les gens avaient des fantasmes bizarres – comment pouvait-on vouloir ressembler à une femme au foyer ? Exigeait-il aussi que ses partenaires portent des robes à fleurs orange criard et des fichus bleu électrique sur la tête ?

« J'espère que tu verras un jour Kimmo avec toute sa panoplie, a répondu Ange. Il est toujours un des hommes les mieux habillés de la soirée.

— Tu connais un certain Sebastian ? Il était un peu trop enthousiaste, j'ai dû le ramener sur terre. »

Ange a secoué la tête.

« Je ne connais de nom que les habitués. Ah, Joke a enfin échappé aux griffes du commissaire ! »

Il s'est approché de nous en se déhanchant au rythme de la musique. Pertsa n'avait plus l'air d'être là, ni heureusement Sebastian. Tout le monde dansait, et j'en ai fait autant, en enregistrant en même temps de-ci de-là des commentaires sur Kimmo. On le trouvait unanimement gentil et sympathique, personne n'imaginait qu'il puisse être un meurtrier. Je tournoyais parmi les vêtements noirs, les lèvres rouges et les chaînes clinquantes, j'ai dansé un rock endiablé avec Joke, j'ai même bu une bière pour étancher ma soif…

Jusqu'à ce que je m'aperçoive qu'il était deux heures et demie et que j'étais sérieusement éméchée.

Il n'y avait pas le moindre téléphone dans ce misérable entrepôt, et personne ne savait où était la station de taxis la plus proche. J'ai donc décidé de tenter d'attraper une voiture au vol sur la radiale Ouest.

Mes pas résonnaient sur l'asphalte usé. Le vieux policier en moi me disait qu'une femme ivre en tenue sexy dans un endroit isolé risquait d'avoir des ennuis. La vieille féministe, de son côté, me disait qu'une femme ivre en tenue sexy avait le droit qu'on lui fiche la paix. J'ai tenté sans succès de marcher sans chalouper.

« Maria ! Maaariiiaaa ! » Une voix d'homme a résonné, réverbérée par l'asphalte. Elle avait quelque chose de familier, mais l'écho la rendait étrange et effrayante. Sebastian ? Qui d'autre ? Je ne voulais pas le savoir et j'ai couru vers les lumières de la ville, aussi vite que mes talons aiguilles me le permettaient. Les cris ont retenti encore pendant un certain temps derrière moi. Je suis restée à attendre un taxi devant le centre culturel, mais tous ceux qui passaient étaient occupés.

Puis une Saab bleu foncé s'est arrêtée devant moi.

« Salut Kallio, pourquoi est-ce que tu ne m'as pas attendu tout à l'heure ? Monte ! » La voix était familière, rauque et autoritaire.

« Tu ne me feras pas monter de mon plein gré dans la même voiture que toi, Ström.

— Tu veux que je t'arrête ?

— Et pour quel motif ?

— Ivresse sur la voie publique et atteinte aux bonnes mœurs. Où vas-tu ? Tu habites Tapiola ? »

La Saab était tentante. Dans dix minutes, je serais sous la douche et dans mon lit. J'ai ravalé ma fierté et je me suis assise sur le siège avant, en tentant de me persuader qu'on avait le droit de profiter des emmerdeurs. En me laissant reconduire par Ström, j'économisais plusieurs dizaines de marks.

« Pourquoi as-tu quitté la police, au fait ? a-t-il demandé avec une amabilité étonnante tandis que nous franchissions le pont de Lauttasaari.

— Le métier ne me convenait pas.

— Parce que celui d'avocat te va mieux ? Tu avais plutôt l'air de jouer les détectives privés, ce soir.

— Qu'est-ce qu'une conseillère juridique dévouée ne ferait pas pour son client… Merde, Ström, tu as interrogé Kimmo sans moi. Que ce soit la dernière fois, ou je porte plainte contre toi !

— Il n'a pas exigé d'être assisté. Tu es tout à fait sûre que tu ne gaspilles pas tes talents ?

— En défendant Kimmo Hänninen ?

— Je veux parler de tout ce truc d'avocat. Tu veux rester assise trente ans derrière un bureau à remuer de la paperasse et compulser des bouquins de droit pour plaider dans des affaires toutes plus ennuyeuses les unes que les autres en disant exactement le contraire de ce que tu penses en réalité ? Ça te va mal. Tu as besoin d'action, il n'y a qu'à te voir ce soir. En plus c'est immoral d'essayer de faire passer un coupable pour un innocent.

— Je trouve beaucoup plus immoral d'essayer de mettre un innocent en prison à cause de je ne sais quelle idée fixe, au lieu de chercher le vrai meurtrier ! Tu n'as même pas vérifié toutes les autres possibilités, nom de Dieu ! » Malgré mon ivresse, je me rendais compte que je parlais trop, c'était à moi de résoudre cette affaire, au lieu de tuyauter Pertsa sur ce qui touchait à Sanna, par exemple.

« Quelles autres possibilités ? Kallio, si tu me caches des informations, tu vas bientôt rejoindre Hänninen en cellule.

— Je ne te cache rien, et ça suffit, les menaces. Laisse-moi descendre tout de suite ! »

Sans un mot, Pertsa s'est arrêté au mépris de toutes les règles sur le bord de l'autoroute. Nous étions déjà au niveau de la bretelle d'Otaniemi, je n'étais plus très loin à pied de la maison, mais je n'étais pas obligée de le lui dire. J'ai ôté mes chaussures et fait le reste du chemin en courant en chaussettes. Je savais qu'avec une tactique différente, et en ayant moins bu, j'aurais pu tirer beaucoup plus de ma soirée au Bizarre Club. Je m'en voulais, mais peut-être qu'en réécoutant mes enregistrements à tête reposée j'y trouverais des renseignements intéressants. Et dans l'ensemble, je m'étais quand même bien amusée.

9

Comme l'autre jeune fille

« Ma mémoire a peut-être flanché, mais tu ne peux m'accuser de rien d'autre », a aigrement protesté Mallu au téléphone. On était jeudi matin et j'avais enfin réussi à la joindre pour lui demander des précisions sur ses allées et venues le jour du meurtre d'Armi.

« D'ailleurs j'ai tout dit de mon emploi du temps à la police, et tu n'en fais pas partie, que je sache.

— Écoute, Mallu, est-ce qu'on pourrait quand même se voir ? » Je savais qu'elle avait raison, je n'avais aucun droit de l'interroger.

J'avais souffert de la gueule de bois toute la journée de mercredi. Après avoir à grand-peine réussi à m'acquitter de mes tâches de routine, j'avais somnolé toute la soirée devant la télévision avec un pot de crème glacée Mövenpick. Ce jeudi matin, je m'étais réveillée avec un sentiment de joie familier à quiconque a déjà eu mal aux cheveux : quel plaisir d'être enfin redevenu soi-même !

J'ai finalement réussi à convaincre Mallu de passer au cabinet dans l'après-midi. Puis j'ai pris ma bicyclette pour aller dans le centre de Tapiola m'acheter de quoi déjeuner avant mon prochain rendez-vous avec un client.

« Toujours contente de ton vélo ? » Make fumait une cigarette à la porte de son magasin. J'ai sursauté. Y avait-il de l'ironie dans sa voix – ou une menace voilée ?

« Pourquoi me demandes-tu ça ? Tu as quelque chose à voir avec ceci ? » Je lui ai montré les câbles de frein cassés qu'Antti m'avait aidée à réparer.

« Il t'est arrivé quelque chose ? » Make avait l'air authentiquement surpris.

« Juste mon guidon qui s'est détaché du côté de la jetée de Toppelund. J'ai atterri dans la mer. Quelqu'un avait dû tripoter l'écrou.

— Le guidon... Les voleurs dévissent plutôt la roue arrière, d'habitude. Mais je ne vois pas qui voudrait voler cette antiquité. Ce doit être des gosses qui ont trouvé ça drôle.

— Peut-être. Dis-moi, pendant combien de temps es-tu sorti avec Sanna, finalement ? »

Make a eu l'air étonné de ce brusque changement de sujet.

« Pas longtemps... Sanna est... morte... en mars. On s'était rencontrés un peu avant Noël, là, au bar du coin. » Il tentait de conserver un air décontracté, mais son ton blagueur était loin.

« Quatre mois... ce n'est pas si long. Mais tu as toujours l'air de porter son deuil. »

Make a répondu en triturant des mégots de cigarette sous la semelle de sa chaussure :

« Tu ne peux pas savoir ce que ça fait, de te rendre compte que ton amour ne suffit pas. Que la personne à laquelle tu tiens le plus se tue malgré toi. Et qu'en plus tu étais là et que tu n'as pas pu l'en empêcher.

— Aucun de nous ne peut rédimer son prochain. Chacun doit trouver seul son salut », ai-je dit d'une voix de prêcheur, et je me suis souhaité de me rappeler ces sages paroles la prochaine fois qu'Antti plongerait dans la déprime à cause de la rédaction de sa thèse.

« Sanna était merveilleuse… Elle était beaucoup plus intelligente que moi, elle parlait tout le temps de littérature et de philosophie. Elle était peut-être trop géniale pour ce monde, a dit tristement Make.

— Que sais-tu de ses précédents mecs ? Avec qui sortait-elle avant toi ?

— Elle était avec un salaud qui la battait. Il venait de prendre plusieurs années de taule pour trafic de drogue. Hakanen ou Hakala…

— Otso Hakala, peut-être ? ai-je suggéré.

— Oui, c'est ça. Sanna m'avait montré quelques photos, un brun avec une sale tête. Elle est allée le voir une ou deux fois, et je me rappelle que j'avais été un peu jaloux. Comment ça ? Pourquoi est-ce que tu poses toutes ces questions sur Sanna ?

— Ça m'intéresse. Je regrette de ne pas l'avoir fréquentée plus. J'éprouve peut-être moi aussi une certaine culpabilité. »

Le visage de Make s'est éclairé.

« Je comprends, maintenant… C'est toi qu'elle avait en tête quand elle parlait de la seule fille qui l'avait un tant soit peu comprise dans cette petite ville minière. Vous vous ressemblez, d'une certaine façon. C'est peut-être justement pour ça…

— Pour ça que quoi, ai-je demandé, tout en devinant la réponse.

— Eh bien que j'avais espéré... que tu ne serais pas casée », a-t-il dit en rougissant un peu, et il est rentré dans sa boutique.

Le centre de Tapiola grouillait de monde. Des écoliers faisaient des achats en prévision des vacances qui commençaient ce week-end, beaucoup de familles se préparaient à partir, la librairie faisait de la publicité pour les polars de l'été et les traditionnels cadeaux aux bacheliers. J'étais si habituée à ne pas prendre de congés en cette saison que je me sentais étrangère à toute cette agitation. Mes parents, tous les deux professeurs, attendaient pourtant la langue pendante la fin de l'année scolaire. Un de ces week-ends, je serais bien obligée de me traîner jusqu'à ma ville natale, au plus tard quand ma sœur, qui vivait toujours dans la région, aurait accouché de son premier enfant. Je trouvais bizarre de penser que je deviendrais tante. Quel effet cela faisait-il de porter en soi un autre être, de recevoir ses coups de pied, de sentir ses mouvements à l'intérieur de son propre corps ? Quel effet cela faisait-il de donner la vie ?

J'ai dépassé une femme qui poussait une voiture d'enfant. Le bambin, qui devait avoir un an, répétait avec détermination « maman » et « caca », martelant le montant de son landau avec sa pelle pour donner plus de poids à ses mots. J'ai pensé au bébé mort de Mallu. Avais-je envie d'être mère ? L'idée me faisait presque peur. Un enfant, moi, avec Antti ? Il serait terriblement soupe au lait et égoïste.

En même temps, l'idée d'avoir un enfant ne me semblait pas totalement exclue. C'était sans doute parfaitement naturel : mon horloge biologique tournait, j'aurais bientôt trente ans et je vivais pour la première fois depuis longtemps une relation de couple relativement équilibrée. « Relation de couple équilibrée », quelle expression à vomir ! On aurait dit un objet en promo, un nouveau canapé.

J'ai avalé un hamburger, consciente que je n'aurais pas dû, et de retour au bureau, j'ai eu le temps avant l'arrivée de mon client de téléphoner à mon espion personnel des services de police. Mon ex-collègue Koivu se trouvait par chance dans son bureau.

« Ici Maria Kallio, salut. Je te paie une bière, un de ses soirs, si tu peux me vérifier deux casiers judiciaires. Hakala, Otso, je n'ai pas sa date de naissance, mais il doit avoir la trentaine, au moins une condamnation dans une affaire de drogue, et Hänninen, Sanna, née le 2 mars 1962. Si Hakala est en prison, est-ce que tu peux voir s'il n'a pas eu des permissions de sortie le 2 mars de l'année passée et samedi dernier ? Comment ça va, au commissariat ?

— Rien de neuf sous le soleil. Hier Kinnunen était de nouveau bourré, et le chef fait l'important comme d'habitude. Je me demande si je ne vais pas demander ma mutation, maintenant que tu n'es plus là », a conclu Koivu.

J'ai souri. Mon ancien travail à la brigade criminelle du commissariat central de Helsinki ne me manquait pas. Pertsa avait tort – la profession d'avocat me convenait mieux.

J'avais préparé de nombreuses questions à l'intention de Mallu. Mais quand elle a franchi le seuil de mon bureau, flottant dans ses vêtements sombres, je n'ai pas su comment commencer. Je lui ai proposé du café, tout en songeant au roman policier d'Agatha Christie où une sculptrice travaille sur une statue de femme personnifiant la Douleur. Mallu aurait pu lui servir de modèle, avec sa robe noire trop grande et son visage marqué de rides tirant vers le bas le coin de ses yeux et de ses lèvres. J'avais l'impression qu'elle avait encore perdu des kilos depuis dimanche.

« Tu ne saurais pas où est ton ex-mari, Teemu ? J'ai essayé de le joindre mais personne ne répond.

— Je n'ai aucune nouvelle de lui, a déclaré Mallu d'un ton sec.

— Tu n'as pas cherché à le prévenir de la mort de ta sœur ? Et il ne s'est pas manifesté, en voyant l'annonce de son décès dans le journal ? »

Mallu semblait entièrement tournée vers elle-même, presque rêveuse, quand elle a répondu :

« Qu'est-ce que ça peut lui faire... Nous n'avons plus rien à nous dire. »

L'accident et la fausse couche s'étaient produits en mars, à peine trois mois plus tôt. Comment ces quelques mois avaient-ils pu couper toute communication entre les Laaksonen, effacer leurs années de vie commune ? Leurs liens avaient-ils été détruits par autre chose que la stérilité ?

« Pourquoi m'as-tu menti à propos de samedi dernier ? Tu n'es pas restée toute la journée chez toi, on t'a vue dans le centre de Tapiola.

— Maria ! Ma sœur avait été assassinée la veille. J'étais sous le choc, j'avais pris deux cachets de tranquillisants dimanche matin, pour tenir le coup. Ce n'était pas un mensonge, juste un oubli. Mais j'ai dit à la police que j'étais allée faire des courses à Tapiola. J'ai acheté du poisson surgelé en promo, malgré l'envie que j'avais de m'offrir des gyromitres.

— Armi voulait te téléphoner avant mon arrivée à deux heures. Est-ce qu'elle a eu le temps de t'appeler ?

— M'appeler ? » Mallu avait l'air sincèrement surprise. « Elle ne m'a pas téléphoné. D'où tiens-tu ça ? Mais elle a bien sûr pu appeler pendant que j'étais sortie.

— Tu m'as aussi parlé dimanche de Sanna Hänninen, tu soupçonnais quelqu'un de sa famille d'avoir trempé dans sa mort. Armi était convaincue que Sanna avait été assassinée, tu le savais ? »

Mallu a enfoui son visage dans ses mains. Elle ne paraissait pas vouloir masquer des sanglots, mais plutôt se concentrer pour réfléchir. Le soleil qui entrait à flot par la fenêtre faisait scintiller comme les cheveux d'ange d'un sapin de Noël les épaisses boucles grises de sa tête baissée.

« Tu veux dire qu'Armi aurait été assassinée parce qu'elle savait que Sanna... a marmonné Mallu entre ses mains.

— C'est une hypothèse. Ça te paraît possible ?

— En fait, oui. » Elle a relevé la tête et m'a regardée droit dans les yeux. « Je l'imagine très bien assénant au meurtrier de Sanna qu'elle connaissait la vérité, sans même se rendre compte qu'elle se mettait elle-même en danger. Et je ne parle pas de chantage. Elle aimait simplement avoir prise sur les gens.

— Qui aurait pu tuer Sanna, selon toi ?

— Je pensais surtout à son père. C'est un type si bizarre.

— Qu'est-ce que tu veux dire par là ? » Je n'avais rencontré Henrik Hänninen qu'une fois.

Je me souvenais d'une haute et mince silhouette, un peu voûtée, et d'épais sourcils noirs. D'une grande bouche, aussi, comme celle de Sanna, mais avec quelque chose de cruel.

« On dirait qu'il vit dans un autre monde, a poursuivi Mallu. Il a l'air froid et effrayant, comme les tueurs à gages des vieux films de gangsters. C'est peut-être à cause de ses sourcils... Mais il n'a pas pu étrangler Armi, il est en Amérique du Sud. Mais peut-être qu'il a tué Sanna et que quelqu'un d'autre, par exemple Kimmo, a assassiné Armi pour le protéger. »

Ou Annamari. Ou Risto. Si seulement le coupable pouvait être Otso Hakala !

« Au fait, est-ce que tu as vu en arrivant si ma bicyclette était encore debout contre le mur ? Je l'ai laissée un peu de travers, tout à l'heure, ai-je demandé à Mallu au moment où elle s'apprêtait à partir.

— Ta bicyclette ? Il n'y en avait qu'une, vert vif, qui avait l'air tout à fait normalement garée. » La mention de mon vélo n'a pas semblé l'émouvoir, ce n'était apparemment pas elle qui avait saboté mon guidon.

Un coup de téléphone de Koivu a fait s'écrouler ma belle théorie sur Otso Hakala. L'homme était sous les verrous, n'en avait pas bougé depuis un an et demi et en avait encore autant à tirer. Les casiers de Sanna et d'Otso étaient plutôt chargés et nous avons décidé de les examiner tranquillement dimanche soir devant une bière. Malgré la mise au rancart de mon hypothèse, j'étais contente de cette occasion de revoir Koivu. Notre dernière rencontre remontait à la fête que j'avais donnée pour l'obtention de mon diplôme de droit. Son embrassade enthousiaste avait éveillé chez Antti une légère jalousie tout à fait injustifiée.

Le téléphone a de nouveau sonné.

« Maria Kallio ? » a demandé une voix grinçante de vieux monsieur. Je lui ai assuré que c'était bien moi, et il m'a alors demandé si j'avais perdu ma carte de bus.

« Oui, lundi soir, apparemment, près de la jetée de Toppelund.

— C'est bien là que je l'ai trouvée, je l'ai là...

— Magnifique ! » Mes 150 marks n'étaient donc pas perdus. Heureusement que je ne m'étais pas encore occupée de me procurer une nouvelle carte. Nous avons convenu que je passerais chercher l'objet dans la soirée. Était-ce le signe que ma chance commençait à tourner ? Peut-être trouverais-je dans les papiers de Sanna un indice sur son meurtrier. Dommage que ses journaux intimes aient été brûlés.

Mais Eki avait été l'avocat de Sanna... Il devait donc y avoir des documents la concernant dans notre cabinet. Je suis allée dans la salle des archives, ou plus exactement dans l'atelier de bricolage d'Eki, où étaient rangés les dossiers de nos anciens clients. On n'y avait visiblement pas fait le ménage depuis une éternité, les grains de poussière dansaient dans la lumière qui filtrait des fenêtres situées au ras du plafond. J'ai trouvé le dossier rouge à sa place par ordre alphabétique, avec son nom, Hänninen, Sanna, soigneusement écrit en capitales sur la tranche. S'en apercevrait-on si je l'empruntais pour le week-end ? J'allais le tirer de l'étagère quand quelqu'un est entré dans la pièce.

Je ne sais trop pourquoi, je me suis accroupie pour me cacher derrière les rayonnages. En regardant par une fente, j'ai vu des chaussures gris clair à semelles de crêpe que je connaissais bien. Eki.

Je savais que j'aurais dû me montrer et prétendre par exemple avoir perdu une boucle d'oreille, mais je me suis au contraire glissée plus loin derrière les étagères. Eki a farfouillé dans le placard où il rangeait son matériel nautique. J'étais sûre qu'il pouvait m'entendre respirer. Quand il s'est dirigé droit vers moi, j'ai retenu mon souffle.

Il s'est arrêté au niveau du dossier de Sanna, a tiré un classeur de l'étagère et a fiévreusement feuilleté son contenu. Des grains de poussière ont volé vers mon nez. Zut, je n'allais pas tarder à éternuer. J'ai entendu Eki prendre un papier et, un instant plus tard, le froisser dans sa poche. Puis il a remis le dossier en place et quitté la pièce.

Je n'ai osé sortir de ma cachette que quelques minutes plus tard. Le cœur battant, je suis retournée au classeur de Sanna. J'ai tout de suite vu qu'il venait d'être déplacé : sur la planche, devant lui, la poussière avait disparu. Pourquoi Eki avait-il voulu supprimer un document des archives ? J'étais furieuse de ne pas être venue cinq minutes plus tôt, et mon irritation n'a fait qu'augmenter quand je me suis regardée dans la glace. Encore une lessive en perspective.

En pédalant vers Haukilahti, le soir venu, j'étais toujours d'aussi mauvaise humeur. En rentrant, j'avais trouvé un message de ma mère demandant que je la rappelle et, après avoir écouté pendant un quart d'heure sa litanie de « si tu venais enfin nous voir » et « si tu savais comme je m'inquiète, avec la grossesse d'Eeva », j'avais aussi téléphoné à ma plus jeune sœur Helena.

« Vous avez une grande maison, non, Antti et toi ? » m'avait-elle demandé de but en blanc. Quand j'avais admis que oui, elle m'avait annoncé qu'Eeva et elle, ainsi que leurs maris respectifs, avaient besoin d'un toit pour la nuit de lundi à mardi. Ils partaient tous ensemble en croisière à Stockholm, et ce serait aussi l'occasion de me voir...

Difficile de refuser. Je n'avais plus qu'à annuler le rendez-vous fixé depuis déjà deux semaines avec des copines de fac pour aller au cinéma lundi. J'étais curieuse de voir le gros ventre d'Eeva. En même temps, j'étais frustrée qu'on ne daigne me rendre visite qu'au passage. J'étais depuis des années déjà habituée à n'être pour mes parents et pour mes sœurs qu'une sorte d'étape, un gîte pour la nuit, près du port et de l'aéroport. J'étais aussi celle à qui on téléphonait pour l'envoyer acheter chez Stockmann des produits en promotion vantés dans le journal.

Un voyage à Stockholm avec mes sœurs et leurs ennuyeux maris aurait à coup sûr été une torture, mais j'étais malgré tout vexée qu'on ne nous ait même pas demandé, à Antti et à moi, si nous voulions venir. Eeva et Helena étaient certes beaucoup plus proches l'une de l'autre que de moi. Elles avaient à peine un an d'écart, alors qu'il y en avait plus de deux entre Eeva et moi. Maman n'avait pas dû avoir une minute à elle après la naissance de Helena, avec deux enfants au biberon et un troisième en plein âge du non. Et rien que des filles, hélas.

Comme j'étais l'aînée, et la plus aventureuse, j'avais en quelque sorte joué le rôle de garçon de la famille, et je continuais. J'habitais à des centaines de kilomètres d'eux, je ne les voyais que rarement et je ne leur racontais de moi que des choses superficielles. J'avais l'impression que personne, dans ma famille, ne me connaissait. Mais les connaissais-je ? Que savais-je, par exemple, de ce qu'Eeva pensait de sa grossesse ?

Peut-être étais-je incapable d'aller à la rencontre des autres. Même Antti avait besoin de changer d'air. En rentrant du travail, il m'avait annoncé qu'il prendrait le lendemain matin le bus pour Inkoo, il voulait aller camper seul dans la forêt.

« Je pensais aller en barque dans une île.

— Ah. De mon côté, je pensais aller danser un peu vendredi soir, après avoir passé le week-end dernier à travailler. »

Antti avait proposé que je le rejoigne samedi à Inkoo, nous pourrions passer la nuit ensemble sous la tente. Il m'avait convaincue qu'on pouvait laisser Einstein seul à la maison et j'avais accepté, par pure curiosité. Cela faisait très longtemps que je n'avais pas mis mes talents de campeuse à l'épreuve. Mais nous avions beau nous être entendus pour ne pas entraver nos activités réciproques, la manière d'Antti de me mettre devant le fait accompli – « moi je fais ci, toi tu fais ce que tu veux » – m'exaspérait.

Mon irritation est encore montée d'un cran à la vue d'un chien aux allures de gant de toilette mal lavé qui gambadait sur la piste cyclable au bout d'une laisse à enrouleur. Tendue entre l'animal et son maître, la longe barrait tout le chemin. À mon coup de sonnette furieux, le promeneur s'est retourné. C'était le docteur Hellström, le patron d'Armi. Je ne me rappelais pas avoir vu de chien chez lui.

« Tiens, Maria, bonjour. » Il avait l'air d'humeur sociable. « Il paraît que Kimmo Hänninen a été arrêté pour le meurtre d'Armi ? » Hellström a allumé une cigarette et tenté en vain de calmer l'animal qui aboyait après une corneille perchée dans un arbre. L'oiseau a répliqué en craillant et fait tomber sur nous une pluie d'aiguilles de pin séchées. Le chien tirait sur sa laisse. « J'ai du mal avec cette bête, s'est plaint le gynécologue, elle est à ma sœur, je l'ai en pension pour quelques jours. »

Il avait l'air trop chaudement habillé pour ce temps printanier : un gros manteau, une écharpe remontée presque jusqu'aux oreilles. Il a soudain éternué violemment. Sans doute une grippe. Médecin, guéris-toi toi-même, ai-je pensé, et j'ai répondu :

« Kimmo risque effectivement d'être accusé de meurtre.

— Triste histoire. Je pense à cette pauvre Annamari. D'abord la mort de Sanna, puis ceci.

— Annamari ne m'a pas l'air très équilibrée. Est-ce qu'Armi était en bons termes avec elle ? »

Hellström a eu un petit rire.

« Armi était en général en bons termes avec tout le monde. La réciproque était peut-être moins vraie, si tu vois ce que je veux dire. Je suppose qu'aucune belle-fille n'aurait trouvé grâce aux yeux d'Annamari. Elle couve beaucoup trop Kimmo, mais elle laissait Sanna faire n'importe quoi.

— Sanna Hänninen était aussi votre patiente ? » Je me rappelais qu'Eki avait parlé d'avortements et je pensais que Hellström savait peut-être quelque chose d'intéressant.

« Ma cliente. Oui. Pourquoi ? »

Je me suis soudain trouvée incapable de parler de la vie sexuelle de Sanna avec lui. Heureusement, le chien a décidé de chercher querelle à un lévrier qui arrivait et j'en ai profité pour me sauver.

Annamari virevoltait dans sa maison comme un papillon de nuit prisonnier d'une lampe. Elle était vêtue d'une sorte de tourbillon de tissu crème qui palpitait au rythme nerveux de ses mouvements. Elle avait pu voir Kimmo, ces derniers jours, et cela semblait lui avoir encore plus brouillé l'esprit.

« Je ne sais pas, pour ces papiers de Sanna, a-t-elle dit d'un ton hésitant. Il vaudrait peut-être mieux les détruire, comme ses journaux intimes. À quoi bon fouiller dedans ? Ne serait-ce pas préférable de laisser cette pauvre Sanna reposer en paix ? Elle a eu une vie difficile, pourquoi encore revenir dessus ?

— Est-ce que ces papiers sont tout ce qui reste de ses affaires ? Il n'y a plus rien dans sa chambre ? Des objets, des vêtements, des livres ?

— Nous avons transformé sa chambre en chambre d'amis, Matti et Mikko y dorment de temps en temps. Henrik a donné les vêtements de Sanna à Emmaüs. Aucun de nous n'aurait pu porter des guenilles pareilles. Kimmo a sans doute gardé une partie de ses livres et de ses disques. Je ne sais plus lesquels. Tu peux aller voir dans sa chambre.

— Je vais d'abord prendre ces papiers. » Je m'étais munie d'un grand sac à dos et de sacoches de vélo afin d'emporter toutes les affaires de Sanna. Heureusement que j'avais laissé les papiers chez les Hänninen lundi soir. Après un bain de mer, la plupart auraient été illisibles. Était-ce ce qu'Annamari aurait pu vouloir ?

« Tu crois vraiment que les lire va aider Kimmo ? Personne ne voulait tuer Sanna. Tu ne comprends pas, Maria, comme c'est difficile d'être une mère. Surtout quand on est seule, comme moi, avec Henrik toujours en voyage d'affaires. D'élever l'enfant de sa première femme et les deux miens. D'avoir toujours peur qu'il leur arrive quelque chose. Qu'ils se fassent écraser, par exemple, ou qu'ils aient de mauvaises fréquentations et fassent toutes sortes de bêtises. Et puis on s'aperçoit qu'on n'a pas réussi à l'empêcher. Le pire survient de toute façon, comme pour Sanna. On voudrait pouvoir oublier », a gémi Annamari au pied de l'escalier pendant que je cherchais les papiers dans le dressing.

J'ai ouvert la porte de la chambre de Kimmo. On n'y avait pas fait le ménage depuis le passage de la police. Le couvre-lit était froissé, la penderie fouillée, il traînait de-ci de-là des objets bizarres qui, vus de plus près, ressemblaient à des accessoires érotiques sadomasos : une cravache, un petit drap en latex, des cadenas... les enquêteurs de Pertsa avaient visiblement vidé par terre le contenu des tiroirs secrets de Kimmo.

« Est-ce que les policiers ont dit qu'il ne fallait toucher à rien ici ? ai-je demandé à Annamari qui regardait maintenant par-dessus mon épaule.

— Non... C'est juste que je ne voulais pas entrer. Je ne veux pas voir toutes ces horribles choses. »

En dehors de ces accessoires, la chambre de Kimmo ressemblait à celle de n'importe quel étudiant, avec sur la table un PC 386 avec lecteur de disquette externe et imprimante, au mur deux affiches représentant des paysages et une photo géante d'Armi, souriante dans une robe d'été à fleurs. Il y avait dans un coin de la pièce une chaîne hi-fi et une télévision, et dans la bibliothèque des ouvrages techniques, plus quelques best-sellers. À côté, les livres de Sanna étaient faciles à identifier : les œuvres complètes de Sylvia Plath, quelques Virginia Woolf et de la poésie anglaise plus ancienne. Les Plath étaient couverts d'annotations dans les marges. Je les ai emportés. Un crâne grimaçait parmi les livres.

« D'où sort-il ? ai-je demandé à Annamari réfugiée près de la porte.

— Sanna l'avait acheté je ne sais où, elle le gardait sur son bureau. Kimmo m'a empêchée de le vendre. Emporte donc cette abomination ! »

Puisqu'on me l'ordonnait, j'ai fourré le crâne dans mon sac. J'aurais aimé faire un peu de rangement dans la chambre de Kimmo, mais pas sous le regard d'Annamari.

Quand j'ai promis de rapporter les papiers, elle a agité la main en signe de refus.

« C'est inutile, brûle-les. Nous n'en voulons pas, de ces gribouillis de Sanna. Elle était douée, bien sûr, mais pourquoi ne pouvait-elle pas terminer ses études comme tout le monde ? Pourquoi boire et faire toutes ces horreurs et fréquenter des hommes aussi épouvantables ? J'avais parfois l'impression qu'elle était comme une étrangère, j'ai même dit une fois à Henrik qu'elle avait dû être échangée à la maternité… même si elle était son portrait craché.

— Il va venir en Finlande ? »

Annamari s'est remise à trembler.

« Peut-être la semaine prochaine. Il a tellement crié au téléphone, c'était terrible… Que c'était de ma faute, que je n'avais pas su élever les enfants. Mais il réussira peut-être à tirer Kimmo de prison. »

Annamari avait l'air d'avoir peur de son mari et je me suis rappelé les soupçons de Mallu à propos de Henrik Hänninen et de la mort de Sanna. Cet homme m'intéressait de plus en plus, il semblait planer comme une ombre sur sa famille.

Mon lourd sac à dos sur les épaules, j'ai repris mon vélo pour aller chercher ma carte de bus chez M. Herman Lindgren. Il habitait juste à côté de la jetée de Toppelund. Quand j'ai sonné à la porte, un chien s'est mis à aboyer d'une voix de grosse caisse à la peau détendue. Il s'est écoulé un long moment avant que quelqu'un vienne ouvrir.

M. Lindgren avait l'air d'être né au siècle dernier, et le labrador grisonnant à ses côtés aurait eu sa place dans une maison de retraite pour chiens. L'animal m'a pourtant reniflée avec curiosité, il sentait sûrement sur la jambe de mon pantalon aussi bien l'odeur d'Einstein que celle du chien d'emprunt de Hellström. Le vieil homme n'en était pas moins alerte et il m'a tendu ma carte de bus après m'avoir comparée en souriant à la photo.

« C'est bien vous.

— Vous vous êtes donné beaucoup de peine pour me retrouver, mon numéro dans l'annuaire n'est plus le bon, ai-je dit d'un ton d'excuse.

— La compagnie de téléphone m'a donné votre nouveau numéro. Et ce n'est rien, j'ai tout mon temps pour courir après les jolies filles. J'ai trouvé votre carte sur la plage, elle était presque dans l'eau, a-t-il déclaré d'un air interrogateur, et j'ai senti que je lui devais une explication.

— Je roulais un peu trop vite sur ma bicyclette, lundi soir, du côté de la jetée, et je suis tombée dans la mer. Ma carte a sûrement glissé de ma poche dans l'accident.

— Dans la mer ? Vous n'avez heureusement pas l'air d'avoir eu trop de mal. Vous auriez pu vous noyer, comme l'autre jeune fille.

— Quelle jeune fille ? » J'ai senti les battements de mon cœur s'accélérer.

« Celle qui s'est noyée sur la jetée, l'autre hiver. Je m'en souviens très bien, c'était le 2 mars. Ma femme est morte le même soir. »

Le vieillard semblait perdu dans le passé, dans ses souvenirs.

« C'était un soir de pluie, gris comme en automne, pas la moindre trace de neige, ni de glace sur la mer. Je suis sorti promener Karlsson vers sept heures et il est resté sur la plage à renifler quelque chose. Je suis allé voir ce qu'il fabriquait, il y avait un garçon blond couché là sur le sable. J'ai eu peur qu'il soit mort ou malade, mais il ronflait et, à son odeur, j'ai compris qu'il était soûl. On ne pouvait pas le laisser là, il faisait trop froid, mais que voulez-vous qu'un vieillard comme moi fasse tout seul. Il y avait deux personnes là-bas sur la jetée et je leur ai crié de venir m'aider, qu'il y avait un homme ivre. Une des deux, une jeune fille, s'est approchée en courant et m'a crié que c'était un ami à elle et qu'elle allait s'en occuper, que je pouvais y aller. Quand je suis rentré chez moi, j'ai trouvé ma femme par terre dans la cuisine. Son cœur avait lâché, a dit plus tard le médecin, et elle n'a pas souffert. Mais je n'aurais pas voulu qu'elle meure seule. »

Le chien a poussé un gémissement comme pour approuver ses paroles. Le vieillard s'est penché pour le caresser.

« J'ai moi-même passé un certain temps à l'hôpital, mon cœur faisait aussi des siennes, et j'ai ensuite habité un mois chez mon fils. Ce n'est que plus tard que j'ai appris par les voisins que cette jeune fille s'était noyée ce soir-là. Suicidée, paraît-il. Celle-là même qui courait là-bas sur la jetée.

— Je la connaissais, ai-je dit, incapable de contenir plus longtemps mon impatience. Je ne savais pas qu'il y avait quelqu'un d'autre avec elle sur la jetée, en plus du garçon endormi sur la plage. Qui était-ce ? Un homme ou une femme ? À quoi ressemblait-il ? »

Le vieil homme a secoué la tête d'un air désolé.

« Mon Dieu, ça fait déjà longtemps, et on n'y voyait pas bien avec le brouillard. Il avait un parapluie, et un long manteau noir. Peut-être un homme, peut-être une femme, qu'est-ce que j'en sais, les femmes sont si grandes, de nos jours. »

Le vieillard m'a soudain scrutée au fond des yeux comme s'il y avait cherché un petit objet précieux et a dit d'un ton solennel :

« En fait, je suis sûr que ce n'était pas un être humain. C'était la Mort. Elle était venue chercher ma femme, et ensuite cette jeune fille. Paroles de vieillard sénile, direz-vous peut-être. J'ai trois fois votre âge, mais j'ai toute ma tête. Il y avait vraiment quelqu'un sur la jetée avec cette fille qui s'est noyée.

— Je vous crois, lui ai-je assuré. Mais vous n'êtes pas allé raconter ce que vous aviez vu à la police ?

— Que vouliez-vous que je leur raconte, on était déjà presque en mai. Et les voisins m'ont dit que l'affaire était classée, qu'il s'agissait d'un suicide. Est-ce qu'elle n'avait pas aussi laissé une lettre ?

— Est-ce que vous seriez prêt à venir parler à la police, si c'était nécessaire ? Il se pourrait finalement qu'il ne s'agisse pas d'un suicide. Vous pourriez être un témoin clef...

— On se croirait dans ces drôles de séries américaines de la télévision. Un témoin clef... Mais pas de problème, j'ai tout mon temps, hein Karlsson. » De toute évidence pleinement revenu dans l'instant présent, il a caressé son chien.

Je ne savais comment remercier M. Lindgren, et j'ai décidé de lui envoyer un bouquet de fleurs dès le lendemain matin. J'étais sûre qu'il avait raison : la silhouette qu'il avait vue sur la jetée était bien la Mort. Pas la Faucheuse, non, mais le meurtrier de Sanna et d'Armi.

10
Dame Lazare

Vendredi soir, je me suis confortablement installée dans un fauteuil du séjour des Sarkela afin de parcourir le projet de maîtrise de Sanna sur Sylvia Plath. Les marges des feuillets tapés à la machine étaient pleines d'annotations, mais celles-ci ne concernaient que le sujet traité dans le mémoire, intitulé *Le langage du corps et les images d'autodestruction dans l'œuvre de Sylvia Plath*. Sanna avait au moins su choisir un thème qui lui ressemblait.

Je lisais ses papiers avec une application frisant la provocation. Je m'étais disputée avec Eki, dans la journée, à propos de l'enquête sur le meurtre d'Armi. Il m'avait dit sans ambages que je perdais mon temps.

« Dans ce métier, il faut savoir se concentrer sur ce qui en vaut la peine. À défaut de faire libérer le fils Hänninen, notre mission consiste à faire en sorte qu'il s'en tire avec le minimum de dégâts. Fouiller dans la triste vie de sa sœur ne nous avancera strictement à rien sur ce plan. »

Comme je ne partageais pas cet avis, Eki m'avait reproché de ne pas voir les choses sous le bon angle. J'avais malgré tout insisté pour emporter le dossier de Sanna à la maison. J'imaginais que s'il n'avait pas confiance dans mon jugement, mon patron ne prolongerait sans doute pas mon contrat de travail au-delà de ma période d'essai de trois mois. En même temps, s'il n'avait pas foi dans mes capacités, je ne voyais pas l'intérêt de continuer à travailler chez Henttonen et Associés. J'avais décidé de ne faire mon stage d'avocat que plus tard car il n'y avait tout simplement rien de disponible à Helsinki ou dans les environs, et je n'avais aucune envie d'aller m'enterrer dans je ne sais quel trou. Je ne voulais pas m'avouer que l'une des principales raisons qui m'empêchaient de m'éloigner était Antti. Après la griserie des premiers instants, nous en étions arrivés à l'apprentissage hasardeux de la vie commune et, si nous nous demandions au moins une fois par semaine si tout cela nous mènerait jamais à rien, nos interrogations n'avaient pas jusqu'à présent eu raison de notre désir d'être ensemble. Mais je m'en voulais de ma dépendance.

J'ai décidé de lire le mémoire plus en détail après avoir étudié le reste des documents. Je venais de finir de classer les papiers de Sanna et j'allais m'attaquer au dossier trouvé dans les archives d'Eki quand le téléphone a sonné. Je me suis précipitée dans l'entrée, pensant que ce pouvait être Antti qui voulait préciser quelque chose pour le lendemain.

« Résidence des Sarkela, Maria Kallio à l'appareil. »

Pendant un instant, il n'y a eu que du silence. Puis une voix rauque, étrangement désincarnée, a retenti à mon oreille :

« Ne te mêle pas de ce qui ne te regarde pas. Ou tu pourrais être la prochaine… » La voix s'est évanouie dans les airs, on a raccroché.

Pour le coup, mes vieux instincts policiers n'ont pas joué et j'ai reposé le combiné avant de penser qu'on aurait pu essayer de retracer l'origine de l'appel. Je suis retournée dans le séjour, furieuse. Quelqu'un voulait me faire peur. Ma bicyclette n'avait donc pas été trafiquée par un quelconque gamin mais par quelqu'un qui avait déjà tué deux personnes.

J'avais déjà été menacée, et même en danger de mort. Mais le péril avait toujours eu un visage ; lorsque j'avais procédé à des arrestations, j'avais toujours su qui j'avais en face de moi.

Un bateau à moteur est venu s'amarrer dans le port de plaisance, les rochers de la rive brillaient encore des traces d'une averse. La grande baie vitrée du séjour ne m'apparaissait plus, soudain, comme une agréable ouverture sur le paysage mais comme un élément de risque. N'importe qui pouvait à tout moment entrer en cassant un carreau…

Je me suis secouée. Je ne me laissais pas surprendre facilement, ainsi que Sebastian avait pu s'en apercevoir. Le meurtrier aurait été idiot de croire qu'il pouvait se débarrasser de moi comme d'Armi ou de Sanna. J'ai ouvert son dossier juridique et entrepris d'examiner cette partie de sa vie.

Les Hänninen étaient de bons clients du cabinet Henttonen. Eki avait eu du pain sur la planche pour éviter la prison à Sanna. Deux arrestations pour conduite en état d'ivresse, chaque fois à la limite du délit, une affaire de détention de cannabis, plusieurs séjours en cellule de dégrisement.

Sa première arrestation pour conduite en état d'ivresse avait été le résultat d'un contrôle de routine, alors que Sanna était en deuxième année de fac. La voiture de Henrik Hänninen était pleine de jeunes gens ivres et Sanna avait prétendu n'avoir bu qu'une bière.

« *Attitude exemplaire au tribunal. Bien habillée, l'air innocent d'une jeune fille de bonne famille* », avait noté Eki. J'imaginais sans mal Sanna à la barre, joliment arrangée, ses grands yeux bruns pleins de frayeur, sa voix encore plus enfantine que d'habitude. Cette affaire-là avait encore été facile.

Avant sa seconde arrestation au volant, Sanna avait été ramassée à plusieurs reprises par la police pour ébriété sur la voie publique. Elle avait aussi fini une fois au poste à la suite d'une dispute avec son copain de l'époque, qu'elle avait menacé avec un couteau de poche. Le jour où, avec 1,4 gramme d'alcool dans le sang, elle avait aplati la voiture de son père contre un réverbère de Westendintie, il avait déjà été plus difficile de la faire libérer. Eki avait expliqué son comportement par le chagrin que lui avait causé une rupture amoureuse et par le stress dû à ses études. Sa jambe cassée avait été, selon lui, une punition suffisante. Sanna s'en était encore une fois tirée avec une simple amende et une suspension de permis.

« *Se donne beaucoup de mal pour sauver sa peau. Sait jouer les innocentes mieux que personne. Graine de criminelle ?* » avait écrit Eki dans la marge. Je commençais à comprendre pourquoi il doutait des protestations d'innocence de Kimmo.

L'affaire de détention de cannabis était liée à l'arrestation d'Otso Hakala. Eki avait réussi à convaincre le tribunal que Sanna avait été totalement manipulée par cet homme, et l'accusation de complicité de trafic de drogue avait été abandonnée faute de preuves. Sanna avait quand même écopé de trois mois de prison avec sursis pour usage de stupéfiants.

Le dossier ne contenait aucun commentaire sur cette affaire. Était-ce ces notes qu'Eki avait récupérées ? Pourquoi ? Mara ou Albert se rappelleraient-ils ce qu'il y avait dans le classeur ? Je feuilletais des copies des minutes du procès et des déclarations de Sanna quand le téléphone a de nouveau sonné.

Sûrement encore des menaces. Cette fois, je laisserai le combiné décroché.

« Ici Ange, salut. Pas trop mal à la tête, mercredi matin ?

— Un peu. » Je ne savais pas si je devais me réjouir de cet appel.

« Voilà, il m'est juste venu à l'esprit qu'il y avait dans nos bulletins d'information quelques dessins de Kimmo. Est-ce qu'ils pourraient t'être utiles ? Ils représentent tous des femmes humiliant des hommes.

— Peut-être. Envoie-les-moi par la poste.

— Tu n'as pas le temps de venir les chercher ?

— En tout cas pas en début de semaine. » Je me suis demandé pourquoi je n'avais pas envie de voir Ange tout de suite. Je n'avais pourtant aucune raison d'avoir peur d'elle, que je sache ?

« Ton ami policier a demandé à Joke depuis combien de temps tu étais membre du club et il a refusé de le croire quand il lui a répondu que tu n'en faisais pas partie. Il voulait absolument savoir si tu étais sado ou maso, et Joke lui a dit qu'il n'avait malheureusement pas eu l'occasion de tester la chose... » La voix amusée d'Ange était toujours aussi agaçante.

« Et dans quelle catégorie me classerais-tu ? ai-je demandé à ma propre surprise.

— Je ne sais pas. Dangereuse, en tout cas. Il y a du neuf, pour Kimmo ? »

J'étais presque déçue qu'elle change de sujet et, une fois la conversation terminée, j'ai eu du mal à me concentrer de nouveau sur Sanna. Je n'avais jamais auparavant flirté avec une femme. Je m'étais par contre souvent fait traiter de gouine, comme toute femme policier devait sans doute s'y habituer. Ça ne m'avait pas dérangée, car je ne parvenais pas à considérer le mot comme une insulte. Mais l'intérêt non dissimulé d'Ange me mettait mal à l'aise. Il me flattait aussi, comme m'aurait flattée l'intérêt de n'importe qui d'autre.

Einstein est venu me rejoindre dans le séjour pour s'occuper de sa toilette. D'abord la figure : se mouiller la patte gauche d'un coup de langue, s'essuyer le museau, se remouiller la patte, se laver derrière les oreilles. Encouragée par son application, je me suis replongée dans les papiers de Sanna.

Des dissertations, des lettres, des notes de cours... La plupart des documents se rapportaient à ses études. Des photos. Sanna et Annamari vêtues à l'identique, Sanna à cheval, Sanna et

Kimmo sur un manège. Kimmo bébé dans les bras d'Annamari avec Henrik Hänninen derrière elle, telle une ombre noire. Drôle de famille. La première femme de Henrik, la mère de Risto, était morte d'un cancer. Annamari n'était pas la vraie grand-mère de Matti et Mikko, même si elle les dorlotait au moins autant que Marjatta Sarkela. Aurait-il fallu, pour aimer un enfant, y reconnaître ses propres traits, sentir qu'il était de sa chair et de son sang ?

Le plus intéressant était une lettre inachevée, vieille de quelques années, adressée à Kimmo alors qu'il faisait son service militaire. Pourquoi Sanna l'avait-elle conservée ?

« *Tu avais peut-être raison de me conseiller de me séparer d'Otso. Je ne suis pas encore si accro à la drogue ou aux médicaments, mais tu as sans doute vu juste, à ta dernière permission, quand tu m'as crié que je le serais bientôt. En même temps, j'ai peur d'Otso. Merci en tout cas de m'avoir offert ton aide, mais ni toi ni Risto n'y pouvez rien, s'il décide par exemple de me tuer. Il doit pourtant sans doute aussi exister des hommes bien. Tu ne frappes pas Armi, après tout.*

« *Je devrais peut-être consulter un psychiatre, comme Henttonen l'a suggéré. Je m'interroge parfois sur ce qu'il attend de moi. Je suppose qu'il s'inquiète juste à mon sujet, comme tu l'as dit.*

« *En ce qui concerne notre père, de toute façon, tu as raison. Il ne s'intéresse à aucun de nous. Je me demande parfois comment était Leila, la mère de Risto, parce que lui ressemble à papa et nous à maman. Tu peux t'estimer heureux de ne pas avoir de complexe paternel comme moi. Peut-être recherchons-nous toi et moi la douleur parce que nous pensons, sinon, ne pas avoir mérité l'amour. Mais est-ce si simple ? Pourquoi devrais-tu renoncer à une partie de ta sexualité à cause d'Armi ? »*

Cette lettre avait été écrite quelques semaines avant que Sanna soit arrêtée en compagnie d'Otso. Sa seconde affaire de conduite en état d'ivresse se situait au printemps précédent. Eki et elle avaient donc apparemment été en contact dans l'intervalle. Mais ça n'avait rien d'extraordinaire, tout le monde se connaissait, à Tapiola. Peut-être lui avait-elle juste demandé conseil au sujet de Hakala. Ou y avait-il autre chose ? Qu'est-ce qu'Eki cherchait à me cacher ?

Je me suis replongée dans le mémoire de Sanna. Au bout de quelques pages, je suis allée chercher un dictionnaire d'anglais dans le bureau d'Antti. Le sujet était passionnant, Sanna écrivait avec intelligence et vivacité. J'aurais aimé savoir à quel moment elle avait rédigé ce texte.

Dans le milieu du mémoire, il y avait une analyse détaillée de l'un des poèmes les plus connus de Sylvia Plath, *Dame Lazare*. C'était celui qui se trouvait sur le bureau de Sanna le jour de sa mort, et qui avait laissé penser qu'elle s'était suicidée.

L'interprétation qu'elle en donnait prouvait tout autre chose.

« *On a expliqué* Lady Lazarus *(Dame Lazare) de diverses manières, en y voyant entre autres une description de l'holocauste, de l'aliénation des femmes et bien entendu de la vie de Sylvia Plath elle-même, et en particulier de sa relation au père. Tous ces points de vue se fondent sur des arguments solides, mais les commentateurs ont à mon avis négligé le thème le plus essentiel de ce poème, le rapport entre autodestruction et sensualité.*

« Le titre même du poème indique qu'il s'agit d'une résurrection. Une femme sort du tombeau, défait son linceul, tombe en cendres et renaît. Les images du texte évoquent la mort et la décomposition, mais débordent aussi de vie.

« En lisant le poème, on en vient à se demander ce qui a tué Dame Lazare. Ses précédentes morts, telles qu'elles sont décrites, s'accordent avec le roman The Bell Jar *(La Cloche de détresse) de Plath, ainsi qu'avec sa biographie. Mais qui est, ou qui sont, Herr Doktor, Herr Enemy, Herr God et Herr Lucifer, auxquels s'adresse la narratrice ? Plath utilise des appellatifs en allemand dans de nombreux poèmes traitant de son rapport au père ; dans* Daddy, *elle établit un parallèle entre son père et les nazis. À la fin, le père et le mari se rejoignent dans la trahison. On peut donc supposer que Dame Lazare a été écrit à l'intention d'un homme aimé mais parjure dont la narratrice se venge à la fin. »*

En marge de ce paragraphe, Sanna avait griffonné quelque chose d'une écriture à peine lisible. J'ai scruté un moment la note, sans pouvoir me détacher de son contenu et des associations d'idées qu'il éveillait en moi. « *Comme E et moi* », était-il marqué sur le bord de la page.

Herr Enemy ? Eki ? La Mort que le vieux monsieur Lindgren avait vue sur la jetée… Quand même pas ! Mais tout aurait été tellement logique, la mauvaise volonté mise par mon patron à défendre Kimmo, les menaces destinées à m'effrayer. Qu'avait dit Sanna à propos de complexe paternel ? Peut-être voyait-elle en Eki un protecteur, un avocat tout-puissant qui l'avait sauvée quand elle était en détresse.

« *Sa troisième résurrection marque à l'évidence un tournant pour Dame Lazare. Elle maîtrise la situation, bien qu'elle revienne de chez les morts. Le poème exprime une insolente confiance en soi, une volonté de laisser le passé derrière soi et de se dresser contre ses ennemis – ennemis aux yeux desquels le corps de Dame Lazare est attirant et que l'on peut, du fait du terme* Herr, *clairement identifier comme des hommes. Dans le dernier vers* And I eat men like air *(Et je dévore les hommes comme l'air),* men *désigne de toute évidence l'homme au sens du mâle, pas de l'être humain en général.* »

J'ai relu le poème. J'étais d'accord avec Sanna, il ne s'agissait pas d'un désir de mort. Elle y avait vu un hymne à la résurrection, à l'occasion de ses trente ans. Mais elle n'avait finalement pas réussi à avaler Herr Enemy, c'était lui qui l'avait tuée.

Incapable de rester plus longtemps assise, je me suis levée d'un bond, faisant tomber mon sac à dos par terre. Le crâne de Sanna a roulé sur le sol, Einstein s'est précipité pour le renifler. J'avais la nausée. Comment Armi avait-elle su pour Eki ? Make ne se doutait-il vraiment pas que Sanna avait un autre amant ? Eki avait été, dans son hypocrisie, jusqu'à lui éviter une inculpation pour non-assistance à personne en danger. Mais peut-être n'avait-il pas tué Sanna exprès et l'avait-il poussée à l'eau dans un accès de colère. Quoi qu'il en soit, même une accusation d'homicide involontaire aurait signifié la fin de sa carrière d'avocat.

On était heureusement vendredi et j'avais deux jours devant moi avant de devoir retourner au bureau. Je pourrais rassembler tranquillement mes pensées et réfléchir à la tactique à adopter. Eki avait dû maudire la malchance qui l'avait fait m'embaucher. Mais nous nous serions de toute façon rencontrées un jour ou l'autre, Armi et moi, et peut-être m'aurait-elle de toute façon parlé, que je travaille ou non au cabinet d'avocats d'Eki.

J'ai ramassé le crâne qu'Einstein avait enfin abandonné. Je me suis demandé tout ce qu'il avait pu y renifler. Portait-il encore l'odeur de son propriétaire ? Ou le parfum de Sanna ? Pourquoi celle-ci le gardait-elle sur son bureau ? Avait-elle médité comme Hamlet, être ou ne pas être ? Mais quelqu'un d'autre avait choisi pour elle, et pour Armi.

Sanna et Armi. Deux femmes bien différentes, l'une maigre et brune, l'autre ronde et blonde. Malgré sa droiture presque exaspérante, Armi était curieuse et cherchait à tirer profit des informations qu'elle détenait. J'avais eu l'impression qu'elles ne s'aimaient pas beaucoup, toutes les deux. Par une étrange ironie du sort, c'était pourtant à cause de Sanna que quelqu'un d'autre avait considéré Armi comme une poisse. Eki ?

Il était déjà dix heures passées. Je devais prendre le car pour Inkoo le lendemain matin à sept heures, mieux valait aller me coucher. Peut-être un petit verre d'alcool bien tassé m'aiderait-il à m'endormir. J'ai éteint la lumière du séjour et admiré un moment les derniers rayons du soleil, au-dessus de l'horizon, qui teignaient en rouge la mer et les quelques nuages égarés dans le ciel. Les jours continueraient de rallonger pendant encore deux bonnes semaines. Je suis allée dans la cuisine plongée dans la pénombre et j'allais allumer la lumière quand j'ai entendu du bruit à la porte d'entrée.

Cette fois, mes réflexes de flic ont joué : je me suis figée sur place et j'ai saisi comme arme la première chaise venue. J'ai entendu la clef tourner dans la serrure, puis quelqu'un entrer. Je me suis glissée vers le râtelier de couteaux accroché au-dessus du plan de travail. Attrapant un tranchelard d'une main droite mal assurée, j'ai reposé la chaise que je tenais de la gauche.

J'ai tenté de me persuader que ce n'était qu'Antti qui, pour une raison ou une autre, était revenu d'Inkoo, mais la peur me nouait la gorge. Quoi de plus facile pour Eki que de subtiliser mes clefs, d'en faire un double et de les remettre dans ma poche. J'avais même, en partant aujourd'hui, dit en riant à Annikki que j'avais l'intention de passer une soirée tranquille à la maison avec Einstein pour seule compagnie. Peut-être Eki m'avait-il entendue.

Des pas ont traversé l'entrée. Je me suis approchée de la porte de la cuisine. Je voulais voir qui me menaçait. Je me suis juré, les mains tremblantes, qu'on ne m'aurait pas aussi facilement que Sanna et Armi. Au moment où j'allais me faufiler vers le séjour, j'ai entendu le déclic de l'interrupteur, puis une voix :

« Bonjour Einstein. Gentil chat. On ne t'a pas emmené à Inkoo ? »

J'étais vraiment la reine des froussardes. Je n'étais pas guettée dans le séjour pas un dangereux meurtrier mais par ma quasi-belle-sœur Marita, qui avait bien sûr les clefs de la maison. Je suis entrée dans la pièce en faisant volontairement du bruit. Marita, penchée pour caresser le chat, s'est redressée d'un bond effrayé.

« Qui… Ah, Maria ! Il n'y avait pas de lumière, j'ai cru que tu étais toi aussi à Inkoo. Tu m'as fait une de ces peurs ! J'étais juste venue emprunter le corsage en soie bleu de maman parce que le mien est taché et que je dois aller demain à au moins trois remises de diplôme.

— Ah oui, les garçons et toi êtes en vacances demain. Tu dois être contente.

— Je vais conduire Matti et Mikko à Inkoo dimanche. J'espère qu'ils y oublieront Armi et Kimmo. Ils sont assez grands pour comprendre qu'on n'est pas dans une série télé mais dans la vraie vie, qu'Armi a été tuée et que Kimmo est en prison à cause de ça. Déjà la mort de Sanna avait été difficile à leur expliquer, parce qu'ils avaient toujours cru que seules les vieilles personnes mouraient », a soupiré Marita. Ses grandes mains maigres tripotaient nerveusement le bas de son sweat-shirt. « Et puis j'ai l'impression que les gens me regardent quand je me promène dans le centre de Tapiola. Je suis contente de pouvoir m'éloigner un moment. En même temps, ça m'ennuie de laisser Risto seul avec Annamari, mais je crois que Henrik rentre la semaine prochaine. Où peut être ce corsage ?

— Les affaires de ta mère sont dans le dressing, allons voir. » Nous avons trouvé la blouse en question, qui avait l'air trop grande pour Marita.

« Tu crois que c'est ta taille ?

— Attends, je vais l'essayer. » Elle a enfilé le corsage de soie sur son sweat-shirt. Quand elle a levé les bras, une bande de peau nue est apparue au-dessus de la taille de son pantalon. J'ai aussi cru voir des bleus sur ses côtes, mais je n'ai pas eu le temps de regarder plus attentivement, le vêtement est venu tout cacher.

« Mais oui, ça ira très bien si je rentre le bas dans ma jupe. Est-ce que tu sais quand aura lieu le procès de Kimmo ?

— Sans doute pas avant plusieurs mois.

— C'est affreux. Henrik devrait emmener Annamari en Équateur. Elle ne reprend ses cours à l'université populaire qu'à l'automne, et elle pourrait même demander une année sabbatique.

— Et abandonner Kimmo en prison ? ai-je dit d'un ton plus agressif que je ne l'aurais voulu. C'est une habitude, chez les Hänninen, oublier les membres gênants de la famille ? Même parler de Sanna semble être interdit.

— Sa mort a été un choc terrible pour toute la famille. Tu pourrais faire preuve d'un peu plus de tact, dans une situation pareille. Je ne comprends pas ce que tu t'imagines gagner en remuant ces vieilles histoires. Sanna s'est suicidée, tout le monde a appris à l'accepter. On ne te demande rien d'autre que d'aider Kimmo à se tirer de cette histoire d'Armi avec le moins de casse possible.

— Je pense que c'est à moi de décider de ce qui est important. Tu es tombée, au fait, pour avoir des bleus un peu partout ? »

Le visage de Marita s'est figé un instant, puis elle a rougi.

« Tombée ? J'ai dû trébucher le soir de la fête, le cognac peut être traître. Et j'attrape facilement des bleus, comme Antti, si tu as remarqué », a-t-elle expliqué, plus longuement et plus vite que nécessaire, avant de se diriger vers l'entrée comme si elle avait peur que je me mette à examiner ses ecchymoses de plus près.

Le cerveau en ébullition, je me suis versé une généreuse rasade de la vodka-citron de madame Sarkela mère. Pourquoi fallait-il que tout le monde soit tout le temps en train de me dire ce que j'avais le droit de faire ou pas ? Ce n'était pas par plaisir que je fouillais dans le linge sale des Hänninen. Ils auraient dû être contents que ce soit moi et pas Ström, par exemple.

J'aurais donné cher pour savoir où en était son enquête, d'ailleurs. Je ne connaissais malheureusement personne d'autre que lui dans la police d'Espoo et je n'avais donc aucun moyen d'obtenir des informations. Avait-on trouvé quoi que ce soit d'intéressant dans la maison d'Armi, quelque chose ayant un lien avec Sanna, par exemple ? Oserais-je demander directement de l'aide à Tom Sawyer ?

Le problème était que je n'avais aucun pouvoir. Rien ne m'autorisait à interroger les gens et à fouiner dans l'appartement d'Armi. J'ai ramassé les papiers de Sanna sur le plancher du séjour et lu encore un moment son mémoire pour m'endormir, sous le regard du crâne posé sur ma table de nuit. Je pensais aux bleus de Marita. Avait-elle pu se les faire en se battant avec Armi ?

Sanna m'a poursuivie dans mes rêves. Je ne m'étais même pas rendu compte que je m'étais endormie quand je l'ai vue, assise au bord de mon lit.

« Salut, Maria. Tu ne savais sans doute pas que j'étais ton ange gardien, a-t-elle dit.

— Quelle chance !

— J'ai bien fait mon travail, lundi. Tu ne t'es pas noyée. On peut fumer, ici ? » Sanna s'est roulé une cigarette sans attendre ma réponse et m'a soufflé la fumée droit dans les yeux.

« Pourquoi est-ce toi mon ange gardien ?

— Il faut bien que je serve à quelque chose. Tu n'as qu'à frotter ce crâne pour me faire apparaître… » a dit Sanna, et elle s'est envolée par la fenêtre. Ses ailes étaient bordées de brun et, en s'élevant dans les airs, elle a presque heurté un poteau électrique.

11
Koivu et Kallio

J'étais étendue sur le dos au bord de la mer, sur un rocher lisse et chaud. Le soleil brillait haut dans le ciel, me forçant à garder les yeux fermés, caressant mon corps nu. Je m'étirais voluptueusement quand quelque chose de froid et de mouillé s'est posé sur mon ventre. La main d'Antti sortant de l'eau.

« Tu n'as pas l'intention de faire iiiii ? a-t-il demandé une fois allongé à côté de moi.

— Iiiii, ai-je docilement couiné en lui embrassant l'épaule d'un geste paresseux. Tu es tout froid, tout à l'heure tu étais encore chaud comme un radiateur... »

Nous avions joué toute la matinée à Adam et Ève sur cette île déserte, à quelques kilomètres au sud-ouest de la villa des parents d'Antti. Nous y étions venus en barque le soir précédent, avions planté notre tente et étions restés assis tard à la lueur d'un feu de camp, avec une bouteille de vin, à refaire le monde. L'île était suffisamment loin des meurtres et des soucis quotidiens, nous nous étions retrouvés l'un l'autre, la vie avait un goût de vin blanc doux et de peau salée chauffée par le soleil.

« Je ne voudrais pas te presser, tu as l'air de te trouver bien là, mais j'ai promis hier à maman qu'on serait de retour pour déjeuner.

— Et si on restait là ? On dira que les rames sont tombées à l'eau ou que la barque est partie toute seule à la dérive. » Je me suis pelotonnée contre Antti et je l'ai embrassé un peu partout sur le corps, dans l'espoir d'une petite répétition de nos activités matinales.

Il était midi passé quand nous avons rassemblé nos affaires. Tandis que j'enroulais les piquets de tente dans leur plastique, j'ai demandé à Antti :

« Est-ce que tu as jamais pensé que Risto pouvait maltraiter Marita ?

— Bien sûr que non ! Où as-tu été pêcher une idée pareille ? » Peu à peu, son air stupéfait s'est fait soucieux. « Mais je sais que Henrik frappait aussi bien Annamari que les enfants. Je l'ai entendu dire par Marita comme par Kimmo. »

J'ai parlé à Antti des bleus de sa sœur.

« J'ai retenu de mon passage dans la police que ce genre de pratiques avaient une fâcheuse tendance à se perpétuer. Et chez les gens de bonne famille, comme on dit, elles restent secrètes, les querelles ne percent pas à travers les murs de leurs belles maisons. »

Antti a pris un air angoissé.

« Merde, si c'est vrai, on ne peut pas laisser faire ça. Je dois parler à Marita ! »

Ses paroles m'ont vaguement fait penser au récit de Kerttu Mannila. « Je ne peux pas fermer les yeux plus longtemps, ce serait immoral. » Armi aurait-elle pu s'adresser à Risto ?

« Ce ne sont que des soupçons, ai-je dit pour tranquilliser Antti. Ne parle pas tout de suite à Marita, je vais d'abord poser la question à Kimmo. Mais dis-m'en plus sur Henrik Hänninen.

— Je n'en sais pas grand-chose. » Il n'aimait visiblement pas colporter des ragots. « Il semblerait qu'il soit violent quand il se met en colère et il a eu des heurts réellement sérieux avec Risto à l'époque de son adolescence. Sanna a aussi pris une fois une sévère raclée alors qu'elle essayait de protéger sa mère. »

Je me suis abstenue de reprocher à Antti de ne me le dire que maintenant. J'étais déjà bien contente qu'il parle.

Quand nous avons rejoint la plage des Sarkela, à une allure digne d'un équipage olympique, il était deux heures cinq. Dans le jardin de la villa, une autre voiture était garée aux côtés de la Saab des parents d'Antti et, à en croire les cris que l'on entendait, il y avait au moins là Matti et Mikko. J'étais à la fois honteuse et irritée des mots peu aimables que j'avais échangés vendredi avec Marita, et j'avais peur qu'Antti ne sache pas se comporter avec naturel face à sa sœur après les révélations que je lui avais faites.

À table, la conversation a roulé sur les bulletins de notes de Matti et Mikko et les projets de vacances de chacun, comme si Armi et Kimmo n'avaient pas existé. Je regardais Risto, cherchant sur son visage une ressemblance avec Sanna. Ses yeux avaient la même forme que ceux de sa demi-sœur, grands et ronds, et conféraient un côté enfantin à son visage anguleux d'adulte. Son regard et sa lèvre inférieure boudeuse avaient aussi donné un air de gamine à Sanna. Risto était mon plus proche quasi-parent, parmi les Hänninen, mais je me rendais compte que j'en savais beaucoup moins sur lui que sur Kimmo ou Sanna. Il avait, malgré sa jovialité, quelque chose de distant, de glacé, presque. Peut-être son père était-il comme lui.

« Est-ce que papy va nous rapporter de vrais arcs indiens d'Équateur ? a demandé Matti la bouche pleine de parfait glacé.

— Il ne faudra pas être trop déçus s'il oublie. Il a dû partir un peu précipitamment, a prévenu Marita. Mikko, ne prends pas d'aussi grosses cuillerées, tu vas en faire tomber la moitié sur ton T-shirt !

— Combien de temps Henrik a-t-il l'intention de rester en Finlande ? a demandé Tauno Sarkela à Risto.

— Ça dépendra. Papa a encore beaucoup à faire avec ce projet en Équateur avant de partir à la retraite, il n'a sans doute pas vraiment le temps de prendre des vacances.

— Ah oui, il aura soixante-cinq ans à l'automne, n'est-ce pas ? a brièvement demandé Marjatta Sarkela en garnissant les assiettes des jumeaux d'une seconde portion de parfait. Reprends-en, Antti, tu dois avoir faim après avoir autant ramé. Toi aussi, Maria. » Elle nous a tendu le dessert.

« C'est vrai qu'on a fait de l'exercice », a déclaré Antti en me donnant un coup de pied sous la table. Nous avons pouffé comme des gamins de quinze ans partis en cachette camper et faire l'amour pour la première fois de leur vie. Le courant continuait de passer entre nous, le contact de nos doigts sur le bord du plat était électrique.

Matti et Mikko ont englouti leur part de parfait et demandé la permission de sortir. Eux partis, la conversation a changé de nature et j'ai été bombardée de questions. Kimmo niait-il toujours sa culpabilité, pourquoi voulais-je fouiller dans les affaires de Sanna, quand aurait lieu le procès, était-il possible que la police se trompe dans une affaire aussi grave que l'arrestation d'un meurtrier ? Au bout d'un moment, j'étais prête à jurer que jamais on ne me ferait épouser un Sarkela.

« C'est très bien que tu mettes autant d'énergie à défendre Kimmo, a dit Risto. Mais nous devons quand même oser regarder la vérité en face. Kimmo a des... euh... tendances sexuelles perverses et, sous leur emprise, sûrement sans le vouloir, il a tué Armi. Je n'arrivais pas non plus à croire, au début, que Sanna était à moitié alcoolique et mêlée à un trafic de drogue. Il a bien fallu l'admettre, pourtant. »

Matti et Mikko jouaient aux Indiens dans le jardin, l'un attachait avec entrain l'autre à un arbre. Je me suis demandé si cela éveillait en d'autres que moi les mêmes associations d'idées.

« Heureusement, Annamari a quand même encore les jumeaux, a soupiré Marita.

— Comment ça, encore ! Pourquoi parlez-vous de Kimmo comme s'il était mort ? Vous voulez le rejeter comme vous l'avez fait de Sanna ? Vous seriez sans doute soulagés s'il se suicidait en prison, vous vous diriez juste tant mieux, l'affaire est réglée, on peut oublier jusqu'à son existence ! »

J'ai quitté la table en courant comme une adolescente en révolte contre les horaires imposés par ses parents. Quelle engeance ! Comme si les gens étaient des objets : zut, une assiette cassée, heureusement il en reste encore onze. Infirmière, cet enfant a un défaut de fabrication, il n'a pas de zizi. Nous pouvons l'échanger, n'est-ce pas ? C'est sans doute ce que mes parents auraient voulu dire à ma naissance. J'espérais qu'Eeva leur offrirait ce garçon tant désiré.

« Maria, attends ! » Antti courait derrière moi, sautant par-dessus les souches de toute la vitesse de ses jambes d'un mètre de long.

« Merde ! Si seulement on pouvait ne pas avoir de famille ! Pense un peu à mes parents, par exemple, si j'ai fait du droit, c'est surtout parce qu'ils ne trouvaient pas le métier de policier assez chic. Non, notre fille doit aller à l'université ! Comment peut-on seulement songer à faire des enfants quand on voit comment ça se passe ?

— Mets un peu la sourdine. Tu es vraiment obligée de toujours ouvrir la bouche avant d'avoir réfléchi jusqu'au bout ? a dit Antti d'un ton grave.

— Je ne supporte pas cette indifférence et cette fuite devant les responsabilités ! J'ai l'impression d'être la seule à m'inquiéter vraiment pour Kimmo.

— C'est faux. Ils essaient seulement de se préparer au pire.

— À le voir souffrir pendant des années en prison ? Ou à la honte sociale ?

— Arrête, Maria. Moi aussi je suis en colère. Mais ça n'avance à rien. La seule chose qui serait d'une quelconque utilité serait d'établir les faits.

— Désolée. C'est mon propre sentiment de culpabilité qui me fait m'insurger. Pourquoi est-ce que je n'ai pas essayé de faire quelque chose pour Sanna, pourquoi est-ce que je n'ai pas demandé à Armi de quoi elle voulait me parler… » J'ai donné un coup de pied furieux dans une pierre couverte de mousse. Elle a bougé, et deux vermisseaux se sont réfugiés, paniqués, sous la pierre voisine. Ils m'ont fait pitié. Qu'avais-je besoin d'effrayer des innocents.

Nous avons eu le temps de nous promener deux heures dans la forêt avant d'aller prendre le car. En ramassant mes affaires, j'ai marmonné à contrecœur des excuses à l'intention de la famille d'Antti. Le comportement de Risto me donnait en tout cas à penser qu'il voulait protéger quelqu'un d'autre que Kimmo, mais qui ? Lui-même ?

J'avais rendez-vous à huit heures au Corona avec Koivu. Je suis descendue du bus à l'arrêt de Lapinrinne et j'ai parcouru à pied le court trajet qui me séparait du bar, longeant un square silencieux. Un instant, j'ai eu la nostalgie de mon vieil appartement de Töölö, à distance de marche de tout, des cliquetis de vaisselle de la cafétéria de l'université, du spectacle des passants sur l'Esplanade.

À Tapiola, tout était différent. C'était un monde à part, beaucoup plus homogène et ennuyeux que Helsinki, qui fourmillait d'une population de plus en plus variée. Tapiola était à la fois un village et une métropole, tout le monde y avait fréquenté la même école et joué au basket ou au hockey dans la même équipe. J'avais remarqué qu'Antti se disait toujours originaire de Tapiola et non d'Espoo, comme si la ville se limitait à ce quartier.

Bizarrement, je m'y étais moi aussi acclimatée en l'espace de deux mois, peut-être parce que la maison et le cabinet d'avocats étaient si proches l'un de l'autre. Je me rendais maintenant compte que ce pouvait aussi être angoissant.

Quand je suis arrivée au Corona, mon ex-collègue l'inspecteur Koivu était déjà assis à vider une chope de bière à l'une des tables près de la fenêtre. Le voir m'accueillir d'un large sourire, avec ses airs d'ourson blond, m'a fait chaud au cœur. Si j'avais eu un frère, j'aurais aimé qu'il lui ressemble.

Nous avons échangé quelques nouvelles. Koivu travaillait toujours à la brigade où je l'avais rencontré un an plus tôt. Les problèmes du commissariat central semblaient avoir encore empiré depuis l'été dernier et je ne regrettais pas mon départ.

« Je me demande si je ne devrais pas me faire muter à la campagne, histoire de ne plus m'occuper qu'à faire souffler les fermiers dans le ballon », a déclaré Koivu. Il était originaire d'une petite ville du Kainuu, comme moi je l'étais des confins du Savo et de la Carélie.

« Tu en as déjà assez des joies de la capitale ?

— Les grandes forêts me manquent. En plus j'ai rencontré une chic fille qui devrait terminer ses études d'infirmière au printemps prochain. Elle est de Kuopio et elle aimerait trouver du travail quelque part dans la région.

— Et tu veux la suivre ? Mais ça m'a l'air sérieux, ça, Koivu.

— Ma foi oui… Il serait quand même peut-être temps que je pense à me marier », a déclaré mon cadet de quatre ans. Puis il est passé à des sujets plus professionnels :

« Qu'est-ce que tu vas faire du casier de Hakala ?

— Sans doute rien, puisqu'il ne peut absolument pas être le meurtrier que je cherche. Ça m'aurait pourtant facilité la vie. J'aimerais savoir ce que tu penses de ma théorie. » J'ai entrepris d'exposer à Koivu mes conclusions sur le meurtre d'Armi. Nous avions formé une bonne équipe, lui et moi, et j'étais contente de pouvoir bavarder avec quelqu'un d'extérieur, dépourvu de tout lien affectif avec les événements et les personnes dont il était question.

« J'ai eu un certain nombre de fois affaire avec Ström, l'hiver dernier, il est vraiment pénible, m'a confié Koivu. Ce n'est pas que ce soit un mauvais policier, à mon avis, mais il est incapable de travailler en équipe. J'aurais bien aimé te voir habillée en cuir. » Il a jeté un regard déçu sur ma tenue de loisirs habituelle, jean, T-shirt et baskets.

« Je te promets de venir habillée comme ça à ton mariage. Qu'est-ce que tu en dis ?

— Inutile de réfléchir à mon mariage avant que j'aie fait ma demande à Anita.

— Je veux parler de ma théorie, idiot ! Est-ce que ça te paraît trop tiré par les cheveux d'imaginer que Sanna et Armi ont été assassinées par une seule et même personne et que cette personne pourrait être mon cher patron ?

— C'est un peu tiré par les cheveux, mais on a vu des choses plus étranges, dans ce métier, a dit Koivu avec l'air blasé d'un vieux vétéran. Je pense à deux ou trois choses. Il y a le mari de la sœur d'Armi, Teemu. S'il a cru voir Armi au volant, au moment de l'accident, il aurait eu une bonne raison de la tuer. Et puis les avortements de Sanna. Ce serait intéressant de savoir qui était le père, et si c'était le même les deux fois. Qui pourrait être au courant ? »

Je me suis rappelé que c'était Eki, justement, qui m'avait parlé des IVG de Sanna, et j'ai eu un haut-le-cœur. Était-ce lui le responsable de sa dernière grossesse ?

« Elle était la patiente de Hellström, et donc en un sens d'Armi ! C'est sans doute là qu'est la solution, d'ailleurs : c'est comme ça que cette dernière a su qui avait assassiné Sanna ! Koivu, tu es génial ! Je vais aller parler à Hellström dès demain, bien que ça ne m'amuse pas d'évoquer ce genre de sujets avec ce vieux vicelard. Devine ce qu'il a dit de moi ! » Je lui ai raconté la conversation que j'avais surprise le jour de l'anniversaire de Risto et la façon dont j'étais intervenue. Il en a tellement ri qu'il a failli avaler sa bière de travers.

« Je regrette souvent tes réparties à la brigade, surtout quand le chef vient m'enfumer avec son cigare. »

De la salle de billard parvenaient des bruits de chahut plus intenses que d'habitude, mais nous n'y avons guère prêté attention sur le moment.

« Vivement les vacances, pour moi ce sera en juillet. Je pars une semaine en Grèce avec Anita, à Skopelos. Ensuite je pensais… »

Les explications de Koivu ont été interrompues par un beuglement plus fort que les précédents, suivi d'un choc sourd et d'un brouhaha général.

« Putain de bordel de merde, a braillé une voix d'homme, je vais t'apprendre à la ramener.

— Mieux vaut appeler la police, a glissé une serveuse à une autre, il y en a un qui a un couteau. »

Nous n'en étions qu'à notre première chope, donc encore en état d'agir. Koivu a montré sa carte de police au barman et lui a conseillé d'appeler quand même une patrouille.

Le centre de l'arrière-salle était dégagé, les clients étaient massés en cercle près des murs et des billards, comme pour un match de boxe. Il s'agissait pourtant d'un autre sport, plus typiquement finlandais, la bagarre au couteau. Un homme était à demi couché, la nuque contre une table de billard. Un grand costaud à la mine patibulaire le maintenait d'une main, appuyant de l'autre sur sa gorge un cran d'arrêt dont la lame brillait d'un éclat menaçant. D'un simple mouvement de poignet, il pouvait lui trancher la carotide avec la dextérité d'un boucher chevronné. Les deux protagonistes auraient pu être frères : la même constitution robuste, les mêmes yeux rougis par la bière.

« Police. Pose ce couteau », a ordonné Koivu d'un ton uni. Je le sentais sur le qui-vive, tendu comme un ours guettant sa proie, prêt à attaquer au besoin.

« Putain ! Ce porc triche au billard ! » L'homme au couteau a craché dans les yeux de sa victime, qui n'osait pas bouger un cil.

« D'accord, mais calme-toi et pose ce couteau. » J'ai fait quelques pas sur le côté, puis deux en avant, afin qu'il me voie bien. Souvent, les fauteurs de troubles obtempéraient plus facilement à l'ordre d'une femme que d'un homme. Cette fois, ma tentative est restée sans effet. L'homme au couteau était visiblement soûl, et les personnes en état d'ébriété étaient encore plus imprévisibles que les autres. C'est en tout cas ce qu'on nous avait appris à l'école de police.

« Si vous faites un pas de plus, je lui ouvre la gorge », a-t-il menacé. Sur le visage de la victime, de la sueur et des larmes de peur se mélangeaient au crachat.

J'ai quand même continué d'avancer, la main tendue dans un geste d'invite, en tentant de capter le regard de l'homme au couteau. En même temps, j'ai vu Koivu s'approcher à pas de loup dans son dos. Il n'avait quand même pas l'intention de tenter une attaque surprise ? C'était inutilement dangereux, il y avait bien trop de risques que la victime ou lui soient blessés. Mieux valait s'en tenir à la tactique de la négociation.

« Tout le monde dehors, ai-je ordonné. Patron, faites évacuer la salle ! » La foule des spectateurs ne ferait vraisemblablement qu'inciter l'homme au couteau à commettre une bêtise ; s'il n'y avait que quelques personnes présentes, il lui serait plus facile de céder sans perdre la face.

Il ne s'était écoulé que quelques dizaines de secondes, mais j'avais eu le temps de me demander combien de temps la voiture de patrouille mettrait pour arriver et comment il était possible de tricher au billard. Est-ce qu'on n'expédiait pas les boules dans les trous au vu et au su de tous ?

Les curieux n'étaient évidemment pas pressés de se disperser. Pourquoi se priver d'un divertissement gratuit, dans le meilleur des cas on assisterait en direct à la fabrication d'un macchabée. J'ai entendu quelqu'un murmurer qu'on se serait cru au cinéma. Ils croyaient peut-être que la victime avait du ketchup dans les veines.

J'étais déjà tout près de l'homme au couteau. J'ai lentement fait le tour de la table de billard, je voulais retenir toute son attention afin que Koivu puisse approcher par-derrière. Pour quelqu'un d'aussi grand et musclé, il se déplaçait sans bruit, plus comme un chat que comme un ours.

« Putain de merde ! Tu prétends être fliquette ? » L'homme au couteau m'a regardée pour la première fois droit dans les yeux. « Tu as un flingue, aussi, tu as l'intention de me tirer dessus ? » Il y avait déjà un peu d'incertitude dans sa voix.

« Si tu poses gentiment ce couteau sur la table et que tu lâches cet homme, il ne t'arrivera rien », ai-je promis en le fixant sans ciller, comme un charmeur de serpent regarde son reptile. J'ai vu Koivu prêt à attaquer : dès que l'excité lâcherait son cran d'arrêt, il se jetterait sur lui.

L'homme m'a observée un moment. D'une brusque détente du poignet, il a envoyé le couteau se planter dans le drap vert de la table de billard, à une vingtaine de centimètres de moi. Il lui en coûtait visiblement de céder. J'ai ramassé l'arme blanche pour la mettre de côté. Au même instant, Koivu a bondi et renversé l'homme sous lui. Je me suis précipitée pour l'aider. Nous n'avions ni menottes ni autres accessoires, mais nous avons réussi à le maintenir immobile pendant les deux minutes qu'il a encore fallu à la voiture de police pour arriver.

« C'est quoi, vos noms, déjà ? nous a demandé le chef de patrouille après avoir embarqué l'homme au couteau.

— Inspecteur Pekka Koivu et Maria Kallio, ex-inspecteur principal, a vivement répondu Koivu. Je suis de la brigade criminelle, division de police judiciaire du commissariat central, tu peux me joindre là-bas si tu as besoin de renseignements complémentaires.

— Vous vous êtes interposés alors que vous n'étiez pas en service ? » s'est étonné le patrouilleur. Apparemment, il n'avait pas fait attention au « ex » glissé avant mon grade.

« Parce qu'on aurait dû rester les bras croisés à regarder un homme se faire trancher la gorge ? » ai-je demandé d'un ton mordant. En réalité, je n'avais aucun droit de me mêler de cette affaire, je n'étais plus habilitée à agir depuis que j'avais quitté la police à l'automne dernier.

Le patrouilleur nous a remerciés sans enthousiasme pour notre aide. Nous sommes retournés au bar.

« Eh, Starsky et Hutch ! Excusez-moi, je n'ai pas entendu vos noms. La maison vous offre le reste de vos consommations de la soirée, a crié le barman.

— Parfait, vous avez du Dom Pérignon ? Ou une pinte de Guinness, à défaut », ai-je commandé. Koivu a pris une chope de Karjala. L'adrénaline bouillonnait encore dans mes veines, je tournais en surrégime. Nous avons échangé quelques blagues avec le personnel. Les clients, par contre, nous regardaient comme des phénomènes de foire. Peut-être la police était-elle à leurs yeux quelque chose de bizarre et de déplaisant, et un représentant de la loi n'avait pas à avoir l'air normal, ou en tout cas pas à boire une bière dans un bar. Je me suis demandé si nous ne ferions pas mieux de changer d'endroit, mais ici, au moins, notre soirée ne nous coûterait rien.

Koivu a levé sa chope dans ma direction.

« À notre travail d'équipe ! » Nous avons entrechoqué nos verres sans le moindre égard pour les bonnes manières.

« Écoute, Maria... je regrette de ne plus t'avoir comme collègue. Pourquoi as-tu quitté la police ? Tu n'es pas du genre à avoir peur. On peut te faire confiance.

— Oh si, j'ai peur, tout à l'heure encore, j'étais morte de trouille à l'idée que ce type finisse en charpie.

— Peut-être, mais ça n'influe pas sur ta capacité de jugement. Tu sais comment c'est, avec Saarinen ou Savukoski. Ils ont tellement les chocottes, par moments, qu'ils ne sont plus bons à rien, et Saarinen est tellement décati, en plus, que c'est tout juste s'il arrive encore à courir. Et puis avec ta formation, tu pourrais aller loin, dans la police.

— Qu'est-ce qui te prend de parler comme ça, tout d'un coup ? »

J'étais troublée. Trop de gens, ces derniers jours, avaient douté de mon choix de carrière. D'abord Pertsa, ce dont je me fichais bien, puis Koivu. Et il fallait bien avouer que moi-même, par moments...

« Tu es un des meilleurs policiers que j'aie jamais rencontrés. C'est un plaisir de bosser avec toi. » Le discours de Koivu lui ressemblait tellement peu que je commençais à me poser des questions.

« Tu as suivi un stage de communication interhumaine à l'américaine, où on vous conseille de passer chaque jour de la pommade à quelqu'un ? »

Koivu a joliment rougi.

« C'est juste que maintenant qu'on sort chacun de son côté, je peux te faire des compliments sans avoir peur que tu croies que je te drague… »

Nous avons ensuite parlé de nos projets pour l'été et je l'ai invité à venir chez nous à Tapiola avec Anita, pendant leurs vacances, pour une soirée sauna. Malgré les boissons gratuites, nous avons vite décidé de rentrer nous coucher. J'étais fatiguée, après ma brève nuit sous la tente avec Antti, et la baisse de mon taux d'adrénaline m'avait brusquement donné un violent mal de tête.

Il faisait encore clair et, au lieu d'aller directement à l'arrêt de bus, j'ai fait le tour par Lapinlahdenkatu et le cimetière de Hietaniemi. Je voulais voir la tombe de Sanna. Antti m'avait dit qu'elle était enterrée dans le caveau de la famille de sa mère, les Hallmann, dans la partie la plus ancienne du cimetière. J'ai trouvé deux stèles qui auraient pu être les bonnes, mais aucune ne portait le nom de Sanna. Évidemment. Les Hänninen ne voulaient même pas se rappeler son existence par une inscription funéraire, ai-je songé ulcérée, et mon mal de tête s'est encore accru.

Quand je suis rentrée à la maison, Antti était au piano. Ses sonates de Scarlatti m'ont un peu apaisée, malgré les pensées qui continuaient à s'agiter sous mon crâne. J'ai avalé deux ibuprofènes, pris une douche et parcouru les extraits de casier judiciaire d'Otso Hakala et de Sanna que m'avait apportés Koivu. Ils ne contenaient rien de très neuf, si ce n'est que le curriculum de Hakala était encore plus fourni que je ne l'aurais cru. Quelques affaires de drogue, des vols et des agressions. Le suspect idéal pour un meurtre, mais pourquoi diable fallait-il qu'il soit derrière les barreaux ? Dans un polar de Dorothy L. Sayers, il aurait réussi à s'évader sans que personne s'en aperçoive juste le jour des meurtres de Sanna et d'Armi et même à retourner mine de rien en prison, une fois ses forfaits accomplis. Ou alors, celui qui était sous les verrous ne serait pas lui, et le véritable Otso gambaderait en liberté, le menton glabre et les cheveux teints en blond, déguisé par exemple en Make Ruosteenoja…

Antti est entré dans la cuisine alors que je me préparais une infusion de camomille puisée dans les abondantes réserves de produits naturels de Marjatta Sarkela.

« Teemu Laaksonen a téléphoné. Il a dit qu'il serait en ville demain et qu'il pourrait te voir par la même occasion. Comment va l'inspecteur Koivu ? »

Antti a froncé les sourcils quand je lui ai raconté ma soirée.

« Tu mènes une vie plus dangereuse que quand tu étais dans la police.

— Chassez le naturel… J'ai été formée pour réagir au danger, je suis incapable de rester sans rien faire.

— Je n'aimerais pas te perdre, Maria. Si tu pouvais juste être un peu plus prudente, pour moi. » Antti m'a regardée avec des yeux dans lesquels il y avait encore beaucoup de la chaleur de ce matin et, sans protester, je me suis blottie contre lui comme un chat familier.

« Je vais voir mon prof demain pour lui soumettre deux nouveaux chapitres de mon travail, a ensuite dit Antti. S'il n'a pas trop de commentaires à faire, je devrais pouvoir soutenir ma thèse en novembre.

— Et tu reprendrais tes cours à l'université après Noël ?

— Je ne sais pas. Je pourrais théoriquement conserver mon poste d'assistant pendant encore dix-huit mois, mais... Au départ, j'avais prévu de partir à l'étranger après ma thèse, aux États-Unis ou au Danemark. Il faut aussi que j'en parle avec mon prof.

— Quand est-ce que tu partirais ? Dès le début de l'année ? » Je ne voulais pas fuir la réalité, malgré mon mal de tête lancinant.

« Sans doute, ou peut-être seulement à l'automne suivant... Ça dépend aussi un peu de toi, Maria. Je voulais déjà t'en parler hier, et ce matin, mais ç'aurait été dommage de gâcher l'ambiance. Si je pars, que feras-tu ? Tu m'accompagneras ? Tu m'attendras ? Mon départ à l'étranger ne mettrait quand même pas fin à notre relation ? »

Je ne savais que répondre. Jusqu'ici, nous avions vécu sans trop faire de projets, nous avions même emménagé ensemble presque par accident. J'aimais Antti, bien sûr, mais jusqu'où étais-je prête à m'engager ? Un jour à la fois, ou pour le restant de ma vie ?

« Je viens de décrocher du travail et je n'ai pas l'intention d'y renoncer tout de suite, en tout cas, ai-je dit sans prendre la peine d'ajouter que si Eki était le meurtrier, je serais bientôt de toute façon au chômage. Il faut aussi que je trouve le temps de faire mon stage, à un moment ou à un autre. Je ne peux pas tout simplement partir comme ça avec toi à l'étranger. Et qu'est-ce que tu veux dire par attendre ? Rester assise à la maison pendant que tu sillonnes l'Amérique, en espérant que tu veuilles encore de moi à ton retour ? »

J'ai regretté ma dernière phrase avant même de l'avoir finie.

« Mais non, andouille, ce n'est pas ce que je voulais dire ! Je me demandais juste... Mais ce n'est peut-être pas le moment d'en parler, si tu es de mauvaise humeur.

— Désolée. J'ai mal à la tête. »

Nous avons bu notre tisane en silence. J'ai tenté de penser à autre chose qu'à nous.

« Tu le connais bien, Teemu Laaksonen ? ai-je demandé après avoir vidé ma première tasse.

— Je l'ai rencontré un certain nombre de fois. Pourquoi ?

— Il est comment ?

— Tout à fait ordinaire. Calme et gentil, comme Kimmo. Ou moi. Absolument pas du genre à assassiner les gens. Parce que c'est à ça que tu veux en venir, non ?

— Sans doute... Je me disais que s'il avait vraiment vu Armi au volant de cette voiture, le jour de l'accident... Mais je ne vois pas comment ce serait possible, si elle n'avait même pas le permis.

— D'où tiens-tu qu'elle ne l'avait pas ? Bien sûr que si, je suis même monté une ou deux fois en bagnole avec elle. »

J'ai pris une profonde inspiration et je me suis ébrouée.

« Répète ça ! Mais pourquoi donc Mallu a-t-elle prétendu qu'Armi ne savait pas conduire ? » me suis-je exclamée tout en sachant la réponse. Pour détourner mes soupçons. Et moi, comme une idiote, je n'avais même pas vérifié l'information, prenant les affirmations de Mallu pour argent comptant !

Malgré la camomille et les cachets, mon mal de tête ne faisait qu'empirer. J'allais avoir beaucoup de choses à faire le lendemain. J'avais le sentiment que je commençais à brûler, la solution était proche, même si l'éventail des possibilités était encore large.

« Dommage que tu t'intéresses plus aux crimes qu'à nous, a dit Antti en se levant d'un air blessé. Tes sœurs arrivent à quelle heure, demain ? »

Merde, j'avais oublié Eeva et Helena ! Il allait aussi falloir préparer leur arrivée, faire au moins le ménage et prévoir quelque chose pour le dîner. Je n'aurais donc pas le temps d'en faire autant que je l'aurais voulu, demain. J'espérais en tout cas ne pas trop avoir affaire avec Eki…

Avant de m'endormir, je me suis dit qu'Antti avait tort. Je ne m'intéressais pas plus aux crimes qu'à nous, c'était juste que dans l'affaire du meurtre d'Armi, j'avais plus de chances de trouver des réponses claires. Le mystère de mes propres sentiments était beaucoup plus difficile à percer.

12
Un châle de femme

À notre réunion du lundi matin, au bureau, j'ai eu du mal à me comporter normalement envers Eki. Albert était déjà parti en vacances et il n'y avait plus, à part nous, que Mara et Annikki. Je me suis efforcée de rester calme quand nous avons abordé le cas de Kimmo.

« Ce n'est pas à moi de donner des conseils à la police, mais je pense que l'alibi de Kimmo Hänninen devrait être plus soigneusement vérifié. Ne serait-il pas possible d'engager un détective privé afin d'interroger les voisins ? Nous avons besoin de quelqu'un qui puisse témoigner qu'il était chez lui avant midi.

— Les enquêteurs de la police n'ont trouvé personne ? a demandé Mara.

— Je ne sais même pas s'ils ont essayé de vérifier l'heure à laquelle Kimmo est rentré chez lui, et je n'ai pas le temps, dans les prochains jours, d'aller moi-même questionner les gens du quartier. L'affaire Palmgren passe vendredi en première instance, ai-je soupiré. Je dois travailler dessus toute la semaine.

— Est-ce que la date d'audience préliminaire de l'affaire Hänninen a été fixée ? » a poursuivi Mara. Eki a secoué la tête. Je l'ai regardé, pensive. Grassouillet, le cheveu rare, la cinquantaine bien entamée. Pas du tout désagréable, mais pas particulièrement beau, et encore moins séduisant. Capable au besoin d'être aussi bien brutal qu'aimable. Qu'avait pu voir Sanna en lui ? La sécurité ? Une figure paternelle ? Eki avait deux fils adultes, à peine plus jeunes que moi. Qu'avait-il attendu de Sanna ? N'était-il pas conscient de l'extrême danger d'une liaison avec une cliente, du risque d'y laisser sa réputation ?

Le téléphone a sonné dans mon bureau. J'ai entendu mon répondeur délivrer son message, puis mon correspondant commencer à parler :

« Ici Teemu Laak...

— Excusez-moi, c'est urgent ! » Je me suis ruée sur l'appareil. Teemu était heureusement encore en ligne, nous avons pris rendez-vous pour trois heures et demie. L'interrogatoire de Kimmo reprenait à une heure, et ce matin, après nos palabres, j'aurais encore le temps d'essayer de joindre Hellström.

Dans la salle de réunion, Eki parlait d'un ton tranquille d'une affaire de partage de biens dont il s'occupait. Il a annoncé qu'il partirait en vacances à la Saint-Jean, pris un troisième croissant, demandé à Annikki comment allait sa vieille mère... J'avais du mal à croire qu'il puisse tuer quelqu'un de sang-froid. Je me laissais sans doute trop influencer par Sanna : Plath, le crâne et le reste s'étaient emparés de mon imagination et avaient paralysé mes capacités de réflexion.

Peut-être Hellström pourrait-il m'aider. À moins que la solution vienne de Teemu Laaksonen, si Armi avait vraiment conduit cette voiture.

Une fois Eki parti pour le tribunal de première instance de Helsinki, j'ai décidé de vérifier à toutes fins utiles son alibi du matin du meurtre d'Armi. Il avait déclaré s'être embarqué sur son voilier dès le matin. Mais que voulait-il dire par là – pour moi, midi était encore le matin. À quelle heure avait-il quitté son domicile ? Je n'osais pas aller parler face à face avec sa femme, mon maladroit mensonge aurait été trop visible, et j'ai donc téléphoné à l'étage au-dessus.

« Ici Maria Kallio, bonjour. Eki est déjà parti ? Tu peux peut-être m'aider quand même. Kimmo Hänninen a affirmé vous avoir fait signe en croisant votre voiture quand il est rentré à bicyclette de chez Armi le matin du meurtre. Vers midi et demie. Votre bateau est bien amarré dans le port de Haukilahti ?

— Oui, mais... Nous ne sommes finalement partis qu'à deux heures et demie. Eki avait une gueule de bois terrible, et un peu après une heure il est allé acheter de la bière. Je me suis même demandé s'il était en état de conduire. Il est peut-être passé en stocker à bord par la même occasion. Tu ferais mieux de lui poser la question quand il sera de retour.

— Je crains que Kimmo se soit... trompé. Inutile d'embêter Eki avec ça, ce garçon est si désespéré qu'il inventerait n'importe quoi », ai-je bafouillé en espérant qu'Eila Henttonen oublierait réellement mon coup de fil. J'avais envie de lui demander si elle était au courant de la relation entre son mari et Sanna, mais même moi j'en étais incapable.

Chez Hellström, un répondeur m'a annoncé qu'il serait joignable à partir de midi. J'ai décidé d'aller bavarder à ce moment-là avec lui, que ça lui convienne ou non. Malgré la honte qui me taraudait pour mes mensonges de tout à l'heure, je me suis efforcée de me concentrer sur d'autres dossiers. J'ai étudié pendant près de deux heures les lois relatives à la diffamation. Mon travail dans la police m'avait habituée à une certaine schizophrénie, on était obligé de s'y occuper de plusieurs affaires à la fois. J'ai mis cet art à profit et, en même temps qu'aux insultes et aux calomnies, j'ai eu le temps de réfléchir à ce que je servirais à dîner à mes sœurs. Antti avait heureusement promis de faire le ménage après son rendez-vous avec son professeur. Mon efficacité n'allait pourtant pas jusqu'à essayer de résoudre aussi nos problèmes de couple.

Le cabinet de Hellström, au deuxième étage de l'immeuble de Heikintori, sentait le désinfectant. La secrétaire du centre médical m'a expliqué qu'elle s'occupait provisoirement de ses rendez-vous et qu'il était assisté au besoin par une des infirmières présentes sur place. Après le passage des policiers, il avait fallu engager une femme de ménage supplémentaire pour remettre de l'ordre, car ils avaient tout retourné de fond en comble dans l'espoir de trouver des indices susceptibles d'éclairer la mort d'Armi.

« Quelle histoire affreuse, Erik a vieilli de plusieurs années d'un coup, se lamentait la secrétaire quand Hellström est arrivé.

— Excusez-moi, vous avez une minute ? » Il a acquiescé avec raideur avant de se moucher bruyamment.

« Encore un rhume épouvantable, s'est-il plaint. Je ne comprends pas où j'attrape toutes ces maladies. Viens dans mon bureau. »

L'endroit ressemblait à tous les cabinets de gynécologie. Un bureau avec un terminal d'ordinateur, une bibliothèque, deux fauteuils pour les clients, un lavabo, une table à instruments avec des pinces, du coton et des gants en latex, un paravent derrière lequel attendait le terrible divan d'examen. J'ai songé qu'il était totalement idiot que les patientes se déshabillent hors de la vue du médecin alors qu'elles s'allongeaient de toute façon sans culotte pour se faire ausculter. Je me suis assise dans un des fauteuils, presque prête à entendre Hellström m'interroger sur mes règles douloureuses. Mais cette fois, c'était à mon tour de poser des questions.

« Je suis venue vous parler de Sanna Hänninen. Elle était votre patiente, comme sa mère et Mallu Laaksonen ?

— Tu ne veux pas me tutoyer, Maria ? Je suis un ami de la famille, je connaissais Armi depuis qu'elle était haute comme trois pommes. » Il m'a adressé un sourire enrhumé mais charmeur, et je me suis sentie troublée. La lumière du soleil entrait par la fenêtre et les rayons réfléchis par l'argent de ses cheveux ont un instant entouré sa tête d'une auréole de saint. « Oui, Sanna Hänninen était ma cliente. Pourquoi ?

— Elle a eu plusieurs IVG, n'est-ce pas ? Avez-vous… As-tu une idée de l'identité du père de ces enfants ?

— Ces informations sont confidentielles, même en cas de décès !

— Il s'agit d'une enquête criminelle », ai-je dit comme autrefois, tout en sachant que je n'avais pas pour autant le droit d'exiger des renseignements. Je n'étais plus dans la police. « Je veux dire qu'il est possible que la mort de Sanna Hänninen ait aussi été un meurtre. Je suis consciente que ces informations sont confidentielles. Mes soupçons le sont aussi. Je n'ai encore aucune preuve. J'ai besoin d'aide. »

Peut-être la configuration classique de la scène – Hellström derrière son bureau, avec sa blouse blanche et son air paternel – faisait-elle son effet. Je parlais avec plus d'audace.

« Sanna aurait été assassinée ? Mais pourquoi ? » Il s'efforçait de se montrer intéressé. Après tout, il était habitué à écouter les femmes exposer leurs soucis.

« J'ai l'impression qu'elle avait une liaison avec quelqu'un à qui cela posait un problème. Un homme marié. Y a-t-elle jamais fait allusion ? »

Cette fois, Hellström a eu l'air authentiquement troublé.

« Un homme marié ? Mais elle sortait avec le jeune Ruosteenoja, avant son décès. Le responsable de sa dernière grossesse était un certain Hakala, qui est en prison depuis environ dix-huit mois pour une affaire de drogue. Sanna était mêlée à cette histoire. La première fois, le père était un autre bon à rien. Je lui ai prescrit des abortifs sans aucune hésitation. Il n'était pas question qu'elle élève des enfants, avec ses études en cours et des pères dont il n'y avait rien à tirer.

— De quand date sa dernière IVG ?

— Un instant, je vais vérifier la date exacte dans son dossier. » Hellström a fait pivoter l'écran de l'ordinateur afin que je ne puisse pas le voir, a lancé un programme et l'a interrogé.

« Septembre, six mois environ avant sa mort. »

Donc peu de temps avant qu'Otso Hakala se retrouve sous les verrous. Sanna n'aurait-elle eu un nouvel amant qu'entre lui et Make ? Avait-elle cherché à se consoler auprès d'Eki ?

« Est-ce que Sanna est ensuite revenue vous… te voir à ton cabinet ? Pour des contraceptifs, la pilule, par exemple ? Est-ce qu'elle t'a parlé d'une relation sérieuse ? » Quelque chose me retenait de mentionner Eki par son nom, mais j'espérais de tout cœur que Hellström comprendrait à demi-mot. Pour ce que je savais des mœurs de ces messieurs, ils étaient bien capables, entre amis, de se vanter de leurs conquêtes.

« Sanna est bien sûr revenue pour des visites de contrôle. Et quand elle a commencé à fréquenter Make Ruosteenoja, j'ai fait tout mon possible pour qu'elle suive un traitement contraceptif.

— Son suicide t'a surpris ?

— Pas vraiment. C'était quelqu'un de désespéré. Je crois que ses proches savaient qu'elle ne vivrait pas vieille. Non, je n'ai pas été surpris, mais attristé, bien sûr. » Les mains de Hellström tremblaient, il a fouillé dans ses poches comme s'il cherchait ses cigarettes, puis a eu l'air de se rendre compte qu'il ne pouvait pas fumer dans son cabinet.

« On a bien sûr interrogé Make Ruosteenoja, et il a fallu tout le doigté de ton patron pour lui éviter d'être accusé d'homicide involontaire, a poursuivi Hellström. Mais tous ceux qui connaissaient Sanna étaient convaincus que c'était un suicide ou un accident. Henrik et Annamari ont préféré croire à cette dernière théorie. Et quelle importance, maintenant, que ç'ait été l'un ou l'autre ? Ça fait déjà longtemps. Qu'est-ce qui te fait supposer que sa mort serait liée au meurtre d'Armi ? Tu pensais à un homme marié en particulier ? » Hellström m'a lancé un regard inquisiteur.

« Non. Je me demandais juste... Il y a aussi Mallu Laaksonen. Tu l'as fréquentée de près. Sa fausse couche a été une véritable tragédie. Est-ce qu'elle t'a jamais dit qu'elle soupçonnait Armi d'avoir provoqué cet accident ? »

Hellström a soupiré.

« Ce n'est pas Mallu qui m'en a parlé, mais Armi. C'était un pur non-sens, à mon avis, personne, dans une telle situation, ne peut avoir le temps de voir qui est au volant, surtout dans l'obscurité. Je pense que Mallu a fait une sorte de fixation réflexe, une sublimation de sa jalousie envers sa sœur. » Hellström a esquissé un faible sourire. Le téléphone sur son bureau a sonné.

« Excuse-moi, Maria, j'ai une cliente qui attend. Mais appelle-moi, ou passe me voir, si tu as d'autres questions. » Son sourire d'adieu charmeur s'est perdu dans un éternuement.

En pédalant vers Nihtisilta, je me suis fait la réflexion que Hellström n'avait finalement pas la langue si bien pendue que ça. Dommage. J'ai évité de justesse un couple de dames qui zigzaguaient sur leurs bicyclettes et maudit l'imbécillité des responsables de la voirie. Pourquoi la piste cyclable s'arrêtait-elle brusquement pour continuer de l'autre côté de la route ? Pourquoi les bords des trottoirs étaient-ils si hauts qu'on ne pouvait pas les franchir à vélo sans risquer la chute ? Pourquoi la circulation était-elle conçue pour le seul confort des automobilistes ? J'étais dans un état d'exaspération propice pour affronter Ström, mais j'avais oublié que Kimmo était actuellement interrogé par un substitut du procureur. Les questions revenaient sans cesse sur le même sujet, elles ne semblaient pas avoir d'autre but que de fatiguer Kimmo, de l'amener à se couper afin de tenter de prouver sa culpabilité. L'enquête tournait visiblement en rond. Personne ne pouvait démontrer que Kimmo était le meurtrier, mais tant que le vrai responsable n'aurait pas été découvert, il restait le principal suspect. Le substitut, plus raisonnable que Pertsa, a cependant admis que la police n'avait encore trouvé personne qui se souvienne de manière probante des allées et venues de Kimmo. Quand je lui ai suggéré de passer des annonces dans les journaux ou de poser des affiches, il a accueilli la proposition avec scepticisme.

« Il aurait fallu trouver un témoin tout de suite. Maintenant, n'importe qui peut s'imaginer avoir vu n'importe quoi. Le commissaire Ström a recueilli toutes sortes de dépositions, mais aucune ne semble vraiment déterminante.

— Ah bon ? Et pourquoi la défense n'en a-t-elle pas été informée ? Nous sommes en droit d'être avisés de l'existence d'éventuels témoins à décharge !

— Ström a manifestement commis une erreur sur ce point…

— C'est le moins qu'on puisse dire ! Je veux voir ces dépositions, et tout de suite ! »

Ma colère a porté ses fruits : il y avait dans le butin de Pertsa au moins trois témoignages qui valaient la peine d'être vérifiés. Un couple de Haukilahti se rappelait avoir croisé Kimmo sur le pont de Suvisilta à midi vingt, et un promeneur de chien affirmait l'avoir vu sur la plage de Toppelund à midi et demie. Les heures ne concordaient pas exactement, mais la seule existence de ces déclarations aurait dû suffire à mon avis à faire libérer Kimmo. J'en voulais férocement à Pertsa de ne pas avoir jugé ces informations dignes d'être divulguées. Le substitut du procureur semblait lui aussi trouver cela étrange.

« Ne t'en fais pas, tu seras bientôt libre, ai-je promis à Kimmo quand nous sommes restés à bavarder après le départ du substitut. Je vais aller interviewer ces témoins, et j'ai déjà réuni tellement d'éléments sur de nombreux autres coupables possibles que nous ne tarderons pas à coincer le bon. »

Kimmo avait l'air d'avoir besoin d'encouragements. Cela faisait quelques jours que je ne l'avais pas vu et il avait l'air de plus en plus déprimé. Je savais que Risto et Annamari avaient pu le voir pendant le week-end.

« Papa rentre après-demain, m'a-t-il annoncé. L'enterrement d'Armi aura lieu jeudi en huit, à ce qu'il paraît. Est-ce que je vais seulement pouvoir y assister ?

— Bien sûr, même détenu, tu en aurais le droit, sous la surveillance de la police, mais tu seras libre dimanche prochain, lui ai-je promis comme une mère promet qu'il guérira bientôt à un enfant atteint de la rougeole.

— Tu crois ? Écoute, Maria, j'ai décidé que si je m'en tirais, je renoncerais définitivement à tous ces trucs sadomasos.

— Et en quel honneur ? Pourquoi cherches-tu à te punir ? Ah oui, c'est vrai, tu es maso, ai-je lancé, me rendant compte moi-même que la blague était lamentable.

— Je ne comprends pas comment la vie peut continuer sans Armi », a pleurniché Kimmo.

Qu'aurais-je pu répondre à ça ? Qu'elle continuait quand même, mais différemment ? Ou autre chose d'aussi banal. J'ai préféré changer de sujet de conversation et m'intéresser aux petits copains de Sanna.

« Ils défilaient à un tel rythme que j'avais parfois du mal à suivre. Sanna a habité un moment dans le quartier de Punavuori, à Helsinki, et un moment chez Otso, elle n'est revenue à Haukilahti qu'au cours de l'été qui a précédé sa mort, parce qu'elle avait des problèmes d'argent insurmontables.

— Qui a-t-elle fréquenté durant son dernier hiver ? Est-ce qu'elle a revu Hakala, après qu'il a été incarcéré ? Est-ce qu'il y a eu quelqu'un entre lui et Make, ou un autre homme en même temps que ce dernier ? »

Kimmo réfléchissait si fort qu'on entendait presque cliqueter les rouages sous ses boucles blondes clairsemées.

« Tu penses à ce qu'Armi a dit de la mort de Sanna ? Que c'était un meurtre. Je commence à me dire que ce n'est pas impossible, tout compte fait. Tu connaissais ma sœur. Elle était tellement emportée qu'il lui arrivait de provoquer une rage aveugle chez les gens. Otso, par exemple. Elle n'a été le voir en prison qu'une fois. Elle cherchait désespérément à se débarrasser de lui, depuis déjà longtemps. C'est sans doute pour ça qu'elle a avorté, alors qu'elle disait souvent qu'elle voulait des enfants. Mais pas de lui. Elle aimait Make, par contre, elle voulait commencer une nouvelle vie avec lui. »

Kimmo semblait retrouver un peu d'entrain en réfléchissant à autre chose qu'à lui-même. Un léger rose lui est monté aux joues.

« Sanna a commencé à fréquenter Make peu de temps après qu'Otso s'est retrouvé en prison. Je crois qu'elle a aussi eu une autre histoire pendant un certain temps, mais je ne sais pas avec qui. Il y avait quelque chose de louche là-dedans, Sanna voulait que ça reste secret.

— Est-ce que tu as jamais remarqué quoi que ce soit entre elle et Eki Henttonen ? »

Kimmo a eu l'air abasourdi.

« Tu veux dire ton patron ? Jamais ! Tu crois qu'elle et lui... Non, quand même pas... » Il a secoué la tête.

« Mais qu'est-ce que j'en sais, après tout, a-t-il dit au bout d'un moment. Sanna avait déjà connu des hommes plus âgés, quand elle était au lycée. Et elle parlait toujours de son complexe paternel. »

Je me suis rappelé la lettre de Sanna. Un complexe paternel ? Curieux que je n'en aie pas, moi qui n'avais jamais été acceptée par mon père. Ou peut-être le mien se manifestait-il autrement que par des aventures avec des hommes mûrs ?

« Encore une chose. Est-ce que tu es à cent pour cent sûr qu'Armi n'a pas pris le volant la nuit où Mallu a fait sa fausse couche ?

— J'y ai repensé des centaines de fois. Teemu et moi avions trop bu. En fait, je me suis endormi tout de suite après le départ des Laaksonen. J'avais emprunté la voiture de papa, elle était garée devant la maison – laisse-moi finir – mais pourquoi Armi l'aurait-elle prise, surtout qu'elle avait elle aussi bu pas mal de vin ?

— Mais en théorie ç'aurait été possible...

— En théorie, oui. Je dormais comme une souche. Mais elle n'aurait pas fait ça. Elle ne supportait pas les gens qui prenaient le volant après avoir bu. Elle n'arrêtait pas de faire la morale à Sanna à ce sujet. Et elle n'aurait jamais laissé sur le bord de la route quelqu'un qu'elle aurait heurté. Elle était quand même infirmière.

— OK, je te crois. Qu'est-ce que c'était comme voiture ?

— Une Opel Astra blanche. »

En partant, j'ai promis à Kimmo de revenir le voir le lendemain, sauf contrordre. En pédalant vers la maison, je maugréais encore contre Pertsa. Devais-je l'attaquer pour faute professionnelle ? En aurais-je la force ? Je me sentais soudain terriblement fatiguée et, pour me détendre, j'ai décidé de passer par le chemin de randonnée Mankkaa-Tapiola. Les dernières anémones des bois s'obstinaient à fleurir en lisière de la forêt, les bergeronnettes sautillaient sur la piste cyclable, semblant jouer à qui oserait s'approcher le plus de mes roues. À Visamäki, je me suis arrêtée un instant pour bavarder avec un adorable chat dont la queue rayée de roux et de blanc ressemblait à un sucre d'orge. J'ai partagé avec lui une barre de chocolat au riz soufflé. La friandise et l'aimable compagnie féline m'ont insufflé l'énergie nécessaire pour reprendre le travail.

Quand Teemu Laaksonen est entré dans mon bureau, peu après trois heures et demie, j'ai tout de suite compris pourquoi il n'avait pas répondu à mes messages téléphoniques de la semaine passée. Son visage, sous ses cheveux bruns, était hâlé par le soleil, il revenait visiblement d'un pays du Sud. La main qui a serré la mienne était rêche et solide, l'homme sur son quant-à-soi.

« Je suis désolé de ne pas vous avoir rappelée plus tôt, j'ai passé la semaine à Ibiza à jouer au tennis, a-t-il expliqué. Je voulais m'évader un peu du quotidien, on a organisé une sorte de tournoi, avec des copains.

— Quand êtes-vous partis ?

— Samedi dernier. Le jour de la mort d'Armi. À quatre heures de l'après-midi. Personne ne m'a prévenu. Mallu ne me parle plus, et mon père n'a pas voulu gâcher mes vacances, paraît-il. Est-ce que Mallu va bien, au moins ? Dès qu'elle entend ma voix, elle me raccroche au nez. Ce sont mes beaux-parents qui m'ont appris ce qui s'était passé. » Teemu s'est levé pour aller à la fenêtre. On voyait à la souplesse de ses mouvements qu'il jouait au tennis.

« Quand avez-vous vu Armi pour la dernière fois ?

— Ce samedi-là, justement. Sans doute peu de temps avant sa mort.

— Hein ? À quelle heure ? » J'ai moi aussi sauté sur mes pieds. Teemu me fixait sans comprendre le sens de mes questions. Puis sa mine s'est assombrie :

— Si tu crois que je…

— Il ne s'agit pas de ça, mais de l'innocence de Kimmo. À quelle heure as-tu vu Armi ? Et pourquoi ?

— Je suis allé là-bas vers midi et demie, à la recherche de Mallu. Je voulais la voir avant de partir. Elle n'était pas chez elle. J'ai essayé de téléphoner chez ses parents d'une cabine, mais personne n'a répondu, alors j'ai décidé de faire un saut chez Armi.

— Mais Mallu n'y était pas ? Y avait-il quelqu'un d'autre ?

— Non. Kimmo venait de partir, paraît-il, et Armi attendait une visite. Elle m'a dit qu'elle avait justement l'intention de téléphoner à Mallu à propos de sa fausse couche mais qu'elle préférait encore en parler avec moi. Elle m'a de nouveau demandé pourquoi je m'imaginais l'avoir vue au volant.

— Et qu'est-ce que tu as répondu ? » J'avais la bouche sèche de curiosité.

« Que je ne le savais pas moi-même. C'était juste une impression du moment, et j'avais pas mal bu. J'avais même oublié mes clefs chez Armi. Mallu avait heureusement les siennes. Nous avons voulu traverser la route. Elle a glissé et failli passer sous cette voiture. Celle-ci n'a fait que l'effleurer, mais elle aurait quand même dû pouvoir l'éviter… Je veux dire que cet accident n'était pas uniquement de la faute du conducteur, c'était aussi de la nôtre, mais il aurait dû ralentir... »

Au ton de sa voix, on voyait qu'il avait dû se repasser le film des événements des centaines de fois, sans aucun résultat. Il n'avait toujours pas réussi à se libérer de son sentiment de culpabilité.

« Mais qu'est-ce que tu as vu ? » ai-je insisté. Je me suis rendu compte que nous étions insensiblement passés au tutoiement, Teemu et moi. Les gens de notre génération étaient sans doute devenus incapables de se vouvoyer, même dans un cadre professionnel.

« Des cheveux blonds et... je pourrais jurer que le conducteur portait autour du cou exactement le même châle rose qu'Armi. Un grand carré de laine couleur cyclamen qu'elle utilisait en hiver. Elle l'avait acheté à Santorin. C'est pour ça que je l'ai reconnu, je n'avais jamais vu personne d'autre avec le même. J'ai souvent repéré Armi dans la foule grâce à ce châle, justement.

— Et tu t'es dit qu'elle avait pris la voiture des Hänninen, qui était garée devant la maison, pour te rapporter tes clefs, mais qu'elle avait perdu le contrôle du véhicule. »

Teemu a fendu l'air du bras comme s'il aurait voulu expédier le plus loin possible une balle de tennis invisible.

« Je sais bien que c'est impossible. Armi n'aurait pas fait ça. Elle se serait arrêtée, même si ce n'avait pas été sa propre sœur. Mais comment en convaincre Mallu ?

— C'est pour ça que vous avez divorcé – parce que tu n'arrivais pas à la convaincre ?

— Nous ne sommes pas divorcés, juste séparés ! Et d'ailleurs je ne veux pas divorcer, je veux reprendre notre vie commune ! » Teemu me fixait, le regard vide dans son visage bronzé. « C'est elle qui m'a jeté dehors. Elle a dit qu'elle n'en pouvait plus, d'essayer de faire un enfant, de notre mariage, de tout. Elle a besoin d'aide. Je voudrais m'occuper d'elle, mais elle ne me laisse pas faire. Elle s'imagine toutes sortes de choses. Qu'elle n'a aucune valeur à mes yeux parce qu'elle ne pourra peut-être jamais avoir d'enfant. Que je lui en veux pour cet accident. J'ai beau protester, je n'arrive pas à la persuader du contraire. »

Teemu a de nouveau battu l'air des mains. Il y avait dans ses gestes une rage désespérée, comme s'il avait voulu déchirer la pellicule qui isolait Mallu...

« Et maintenant, tu as peur qu'à cause de ses idées fixes, elle ait tué Armi. » C'était plus un constat qu'une question.

« Peut-être, oui. Et c'est de ma faute, pourquoi a-t-il fallu que j'aille lui raconter mes élucubrations. »

J'ai regardé Teemu. C'était l'archétype même du trentenaire débordant de santé, et j'ai repensé au portrait de Mallu, heureuse à ses côtés, devant le sapin de Noël. Ils formaient un beau couple, comme tout droit sorti des pages d'un roman-photo italien. Mais leur histoire ne semblait pas devoir finir bien.

« Écoute, Teemu, le mieux serait que tu contactes directement la police, le commissaire Ström, pour lui expliquer que tu étais chez Armi vers midi et demie. C'est vital pour Kimmo, ça peut lui permettre d'obtenir sa libération. Téléphone-lui – je lui ai donné le numéro de Pertsa – et dis-lui que tu as des informations importantes à propos du meurtre d'Armi. Si tu veux, je pourrai t'accompagner quand il voudra t'interroger. Quand as-tu quitté Jousenkaari, et pour où ?

— Je suis parti pour l'aéroport vers une heure moins le quart.

— Une heure moins le quart... Tu es sûrement le dernier à avoir vu Armi en vie – à part bien sûr son meurtrier. Est-ce que quelqu'un peut confirmer ton emploi du temps ?

— Attends... Il y avait des embouteillages sur la Rocade n° 1, un accident à Leppävaara, et je ne suis arrivé à l'aéroport qu'à deux heures. Les copains peuvent en témoigner, ils commençaient à paniquer à l'idée que j'allais rater l'avion. »

Teemu est parti en me laissant sa nouvelle adresse à Matinkylä et je suis restée à réfléchir à son récit. Était-il convaincu, au fond de lui, d'avoir vu Armi au volant ? Il voulait renouer avec Mallu. Aurait-il pu accuser Armi d'être la cause de leur séparation ? Était-il capable de tuer dans un accès de colère ?

Armi avait eu un emploi du temps chargé, le jour de sa mort. Pas mal de monde avait défilé chez elle et, pour y voir clair, on aurait eu besoin des petites cellules grises d'un certain détective belge. Kimmo disait être parti de chez Armi à midi et quart, Kerttu Mannila s'était présentée à une heure avec ses pirojki, j'étais arrivée à deux heures. Il y avait aussi eu au moins Teemu et le meurtrier. J'ai repensé à M. Hercule Poirot, pour qui j'avais une grande admiration, et j'ai décidé d'établir selon les règles une chronologie des événements du samedi du meurtre.

12 h 15	Départ de Kimmo
12 h 30 (environ)	Coup de téléphone de Sari à Armi
12 h 30 – 12 h 45	Visite de Teemu, à la recherche de Mallu
13 h 00	Arrivée de Kerttu Mannila, qui apporte des pirojki et entend une dispute
13 h 30	Coup de téléphone sans réponse de Kerttu Mannila
14 h 00	Arrivée de Maria

D'après ce tableau, Armi avait été tuée entre une heure et une heure et demie. Facile. Il me suffisait de demander à la police de déterminer où se trouvait à ce moment-là chacun des principaux suspects. Personnellement, je le savais déjà. Mallu se promenait dans le centre de Tapiola, de même qu'Annamari, Make et Eki. Teemu était en route pour l'aéroport, mais personne ne pouvait en témoigner. Peut-être trouverait-on dans les archives de la police un compte rendu de l'accident qui avait embouteillé la Rocade n° 1. Mais pourquoi aucun des voisins d'Armi n'avait-il rien vu ?

Le cabinet d'avocats était désert. Avec le sentiment de culpabilité d'un alcoolique qui ouvre une bouteille alors qu'il a juré de rester sobre, je suis allée dans le bureau d'Eki. Je voulais voir son agenda. Sanna avait fêté ses trente ans le 2 mars de l'année dernière. Elle était du signe des poissons, comme moi, même si je ne croyais pas à l'astrologie. Y aurait-il quelque chose de noté à la date de son anniversaire ? Ou d'autres rendez-vous avec elle ?

J'ai trouvé le vieil agenda d'Eki dans le tiroir du haut de son bureau. Je l'ai feuilleté d'une main tremblante. Mars, 2 mars – KENYA. La semaine entière était barrée d'un seul mot. KENYA. Je savais ce que ça voulait dire. J'avais vu des photos de safari dans une réserve du Kenya, ce voyage avait visiblement été une des expériences les plus inoubliables de la vie des Henttonen. Eki n'avait donc pas poussé Sanna à la mer. Peut-être n'y avait-il eu personne sur la jetée, et le vieil homme s'était-il juste imaginé cette silhouette vêtue de noir dans laquelle il avait pensé reconnaître la Mort. Peut-être avait-il une imagination encore plus fertile que la mienne, ai-je songé découragée.

13

Des sœurs assassines

Fourbue, je suis passée faire des courses avant de rentrer à la maison. L'idée d'accueillir mes sœurs m'angoissait. Au supermarché, mes nerfs ont failli définitivement lâcher, j'aurais eu envie de hurler sur le dos des gens qui se bousculaient comme des poules devant les légumes en promo. Je détestais les magasins d'alimentation, ma bicyclette zigzaguant sous le poids des sacs et la meute de gamins qui encombrait la piste cyclable.

Kimmo était innocent, mais qui avais-je à proposer à la place ?

Antti était en train de faire le ménage dans l'entrée. J'ai failli me prendre les pieds dans l'aspirateur, son bruit affreux m'a déchiré les oreilles. Pourquoi cet idiot n'avait-il pas pu s'y prendre plus tôt ? J'ai entassé la vaisselle sale dans la machine et je me suis attaquée à la confection d'une salade grecque et d'une tarte au roquefort et à l'ananas. Des recettes faciles que même moi je ne pouvais pas rater.

« Est-ce qu'on peut te parler ? » Antti a prudemment passé le nez dans la cuisine, et je n'ai pas pu m'empêcher de rire. Il avait apparemment lu sur mon visage que j'étais d'une humeur massacrante.

« Il y a autre chose pour votre service, madame ?

— Si tu pouvais préparer la chambre de tes parents pour les invités et mettre des couvertures dans le séjour, j'avais l'intention d'y installer Helena et Petri. Qu'est-ce que ton prof a dit ?

— Il aimerait que j'anime un séminaire à la fac, au printemps, sur le sujet de ma thèse. Il m'a conseillé de ne partir à l'étranger qu'à l'automne prochain. »

J'ai continué à émincer les oignons avec tant d'énergie que les larmes me sont montées aux yeux. À l'automne prochain seulement... ça nous laissait le temps de nous organiser.

« Les choses commencent à s'arranger un peu pour Kimmo, ai-je dit en essuyant mes pleurs. Teemu Laaksonen peut témoigner qu'il n'était plus chez Armi à midi et demie. Et quelques autres personnes l'ont vu rentrer chez lui avant cette heure-là.

— Les enquêteurs ont découvert autre chose ? Qui est le coupable, si ce n'est pas lui ?

— Ils n'ont rien, ai-je répondu tout en coupant des olives noires. Ils vont bien être obligés d'y réfléchir, une fois Kimmo hors de cause. Ça veut dire que tout le cirque va reprendre à zéro, si je ne trouve pas la solution d'ici là.

— Ça ne te suffit donc pas, de réussir à faire libérer Kimmo ? Rappelle-toi, Maria, tu n'es plus inspectrice de police. Tu es avocate. Ce n'est pas parce que tu connaissais Armi que tu dois pousser le zèle jusqu'à essayer de résoudre cette affaire. Je ne veux pas que tu prennes de risques.

— Oui, oui », ai-je marmonné à la sauce de salade que j'étais en train de préparer. Je ne voulais pas discuter avec Antti. J'ai rapidement vérifié l'état de la maison, je me suis changée et j'ai tenté de maîtriser mon début de panique. Le train de mes sœurs était arrivé, bientôt leur taxi serait là. Pourquoi fallait-il que je joue devant elles les parfaites maîtresses de maison ? Après tout, j'étais celle d'entre nous qui savait manier la hache et le marteau. Eeva était un parangon de vertus ménagères, Helena l'incarnation de la beauté et le bébé de la famille. La répartition de nos rôles était exceptionnellement claire.

Antti avait fait la connaissance d'Eeva et de Jarmo quand nous étions allés skier chez mes parents ce printemps. Il n'avait pas encore eu l'occasion de rencontrer Helena et Petri. Peut-être se trouverait-il avec ce dernier des centres d'intérêt communs, après tout, mon beau-frère était lui aussi mathématicien, il venait d'achever ses études et cherchait un poste de prof. Helena s'apprêtait quant à elle à enseigner l'anglais dès qu'elle aurait terminé son mémoire et son stage. Je devrais d'ailleurs penser à lui demander des précisions sur certaines expressions qui m'échappaient dans le texte de Sanna sur Sylvia Plath.

Un taxi s'est arrêté devant la maison. J'étais terriblement tendue. J'avais vu Eeva pour la dernière fois au printemps, quand sa grossesse était encore à peine apparente, et Helena à Noël, lorsque mes sœurs, leurs maris et moi avions fêté le réveillon chez mes parents. Antti avait rempli comme à l'accoutumée son rôle de père Noël auprès de Matti et Mikko et, dans la nuit, nous nous étions amoureusement entretenus au téléphone. Ce n'était pas la première fois que je passais Noël chez mes parents à jouer la cinquième roue du carrosse, mais jamais je n'avais eu quelqu'un avec qui échanger de longs coups de fil nostalgiques.

Eeva était en train de s'extraire du siège avant du taxi quand j'ai ouvert la porte d'entrée. Elle mesurait quelques centimètres de plus que moi et pesait normalement cinq kilos de moins, mais elle avait l'air d'avoir enflé de partout. Son ventre était énorme, son visage bouffi. Elle avait beau être ma cadette de deux ans, elle paraissait plus âgée et plus respectable que moi.

Nous nous sommes précipités, Antti et moi, pour porter les bagages, nous pliant avec formalisme aux règles du savoir-vivre. Eeva et Jarmo, surtout, semblaient à l'aise dans toutes les situations. Ma sœur était depuis déjà deux ans professeur de suédois et d'allemand, et peut-être était-ce son travail qui lui conférait son évidente gravité d'adulte. Son mari était ingénieur chimiste, mais s'occupait essentiellement de relations publiques et avait de ce fait le contact facile.

Nous avons fait le tour du propriétaire, admiré un couple de cygnes voguant sur la baie et ri d'Einstein qui crachait d'un air frustré à travers la vitre en direction des oiseaux. Je lorgnais sur le ventre en forme de ballon de football d'Eeva, drapé dans une ample tunique. Ce n'était certes pas la première fois que je voyais une femme enceinte, mais le fait qu'il s'agisse de ma propre sœur rendait la chose bizarrement excitante. Il y avait après tout, dans cet enfant, un bon paquet de gènes identiques aux miens ! Qui sait s'il n'aurait pas par exemple mon nez en trompette. À première vue, Eeva et moi n'avions pas grand-chose en commun, elle ressemblait à maman, moi à papa, mais à y regarder de plus près, les similitudes étaient nombreuses. La ligne des sourcils, le haut du nez, le sourire moqueur… La benjamine de la famille était un mélange de nous deux, en plus joli.

« C'est vraiment superbe, vous pensez continuer à vivre ici ? » a demandé Helena sans même chercher à masquer la jalousie qui perçait dans sa voix. Elle et Petri habitaient un minuscule deux-pièces acheté l'année précédente, en partie grâce à de l'argent qu'il avait hérité, et ils avaient à rembourser un emprunt énorme par rapport à leurs revenus. Connaissant ses goûts en matière d'hommes, je savais qu'elle ne trouvait pas Antti particulièrement beau ni bien habillé, mais la maison des Sarkela le faisait à l'évidence remonter dans son estime.

« Ça dépendra des projets des parents d'Antti », ai-je répondu sans insister, et j'ai invité mes sœurs à passer à table dans la cuisine. Elles avaient refusé ma proposition d'un sauna, déclarant qu'elles auraient l'occasion d'y aller sur le bateau.

« Comment comptes-tu te débrouiller à Stockholm avec ton gros ventre ? Ce n'est pas épuisant à coltiner ? ai-je demandé à Eeva.

— C'est vrai que je suis plus fatiguée que d'habitude. Je resterai assise dans un café et je laisserai Jarmo courir les boutiques de vêtements pour enfants, a-t-elle répondu avec un sourire. C'est Antti qui a mis la main à la pâte, ou tu t'es convertie à la cuisine, Maria ? a-t-elle poursuivi quand j'ai sorti ma tarte au roquefort du four.

— C'est sûrement bourré de calories. Je me contenterai de salade, a annoncé Helena.

— Il vaut effectivement mieux que tu jeûnes si tu veux pouvoir te goinfrer sur le bateau », a ironisé Petri. Helena était la plus mince de nous trois mais surveillait constamment sa ligne. C'était bien la peine de trimballer des tonnes de courses, ai-je songé amèrement, pour que personne ne veuille de mon dîner. Jarmo semblait lui aussi se contenter de pignocher. Peut-être n'aimait-il pas le roquefort.

Les hommes parlaient football, y compris Antti, à ma grande surprise. J'ignorais que les pages sportives du journal faisaient partie de ses lectures. Peut-être s'était-il préparé en cachette à cette rencontre avec mes beaux-frères.

« Tiens, Saku est réveillé. La tarte te plaît ? » Il m'a fallu un moment pour comprendre qu'Eeva parlait à l'enfant qui bougeait en elle. « Doucement, les coups de pied, chéri ! Regarde, Maria, comme il remue ! »

On voyait nettement des mouvements à l'intérieur de son gros ventre, l'arrondi se déformait, semblant même par moments se distendre.

« Vas-y, touche, a dit Eeva en riant, et elle m'a pris la main pour la poser sur son ventre. Ça c'est le derrière de Saku... Et ça son genou, avec lequel il aimerait bien me transpercer.

— Ça fait drôle de penser qu'il y a vraiment quelqu'un de vivant là-dedans. Ça ne te fait pas un peu peur ?

— Comment ça ? C'est la chose la plus naturelle au monde. » Eeva a souri comme si elle possédait un savoir secret dont je n'avais pas la moindre idée. Et c'était sans doute le cas. Comment aurais-je su l'effet que cela faisait d'être enceinte ? J'étais déjà incapable, une fois guérie, de me rappeler à quoi ressemblait une terrible toux, ou d'imaginer en été le froid mordant de l'hiver.

« Vous l'appelez Saku ? Vous préféreriez un garçon ? ai-je demandé en regardant Jarmo.

— Peu importe, du moment qu'il est en bonne santé », a-t-il répondu comme il se doit. Je n'ai pas voulu polémiquer, mais j'ai pensé à mes parents, dont je savais en tout cas qu'ils espéraient un petit-fils.

« Je pourrais emmener Jarmo et Petri boire une bière à la terrasse du Balloons, comme ça vous pourrez bavarder tranquillement toutes les trois », a suggéré Antti. Je lui ai lancé un regard noir. Ça ne cadrait absolument pas avec le scénario que j'avais prévu. D'autant plus que j'aurais eu moi aussi besoin d'une bière.

« Juste une, alors, j'ai l'intention de me coucher tôt, a déclaré Eeva, et elle a fait la grimace en avalant une bouchée de salade grecque. Il y a du vinaigre dans cette sauce, j'en étais sûre. Je vais de nouveau avoir des brûlures d'estomac terribles.

— Désolée, je ne pouvais pas savoir... » Je me suis efforcée de rester polie, tout en me disant qu'on mettait en général du vinaigre dans la vinaigrette et que si quelqu'un n'aimait pas ça, il n'avait qu'à faire attention. Je ne pouvais pas non plus tout savoir sur le régime alimentaire des femmes enceintes.

Les hommes sont partis faire un tour. J'ai refait du thé et je me suis installée au salon avec mes sœurs. Einstein a reniflé prudemment Eeva, puis Helena, qui a poussé un cri et chassé d'un geste le chat effrayé :

« Il m'a mordu !

— Ça m'étonnerait. Il n'a jamais mordu personne, il s'est peut-être juste un peu frotté les gencives, tu dois avoir une odeur particulièrement intéressante. Tu n'aurais pas par hasard mis le pied dans une crotte de chien ? »

J'en avais plus qu'assez. Mes sœurs n'auraient pas pu choisir un plus mauvais moment pour me rendre visite. Comment pouvaient-elles se croire permis de débarquer ainsi sans même me demander mon avis ! J'aurais voulu avoir ma propre maison où pouvoir me cacher sans que personne ne me demande rien, le téléphone débranché et la couverture remontée sur les oreilles, loin du monde cruel...

« Ça a l'air sérieux, avec Antti, a commencé Eeva.

— Pourquoi disais-tu qu'il n'était pas beau, il est tout à fait regardable, lui a reproché Helena.

— Ce n'est pas mon type, c'est tout, il est beaucoup trop grand et maigre. Mais Maria a toujours aimé ce genre d'hommes taillés à la hache.

— C'est aussi bien de ne pas avoir les mêmes goûts, ça évite la concurrence », ai-je perfidement glissé. Il était arrivé, au lycée, que mes sœurs s'entichent du même garçon, et la lutte avait été sanglante. Heureusement, une troisième fille avait emporté le morceau, et elles s'étaient mises avec un bel ensemble à détester leur ancienne coqueluche.

Je me sentais exclue. Eeva et Helena se voyaient beaucoup, elles habitaient la même région, connaissaient les mêmes personnes, rendaient régulièrement visite à nos parents. Mais quelle raison avaient-elles de me détester, pourquoi venaient-elles m'ennuyer jusqu'ici ?

« Et ton travail, au fait ? m'a demandé Eeva. C'est comme dans *La Loi de Los Angeles* ? C'est bien payé, au moins ?

— Eh bien, je ne me promène pas toute la journée en tailleur chic à défendre des célébrités, si c'est ce que tu veux savoir. Je reste assise au bureau à brasser de la paperasse. Le salaire est tout à fait correct, suffisant pour mes besoins. » Je me suis abstenue de préciser que je touchais nettement plus qu'une enseignante fraîche émoulue.

« C'est une bonne chose que tu finisses par trouver un peu de stabilité. Un travail régulier et une relation durable. Est-ce que tu ne devrais pas aussi songer à faire des enfants ? Tu auras trente ans au printemps prochain. J'ai remarqué que tu commençais enfin toi aussi à avoir des rides », a dit Eeva en riant.

Je lui ai fait une grimace. On m'avait souvent prise pour la plus jeune de nous trois. C'était sans doute dû à ma façon de m'habiller. Mes sœurs avaient eu l'air de dames dès l'âge de vingt ans, tandis que je me baladais en baskets et laissais flotter mes cheveux.

« Je ne vous comprends pas ! ai-je éclaté. Pourquoi vouloir si vite finir ses études et se caser ? Ça vous convient peut-être, mais il n'y a aucune raison pour que je fasse pareil !

— C'est toi qui passes ton temps à dire aux autres ce qu'ils doivent faire, a répliqué Helena. À donner des conseils et des ordres et à te fâcher quand on ne les suit pas. L'archétype de la grande sœur omnisciente. Ça te convient sûrement à merveille, d'être avocate, on te paie pour te disputer avec les gens ! »

Je l'ai fixée avec des yeux stupéfaits. Je m'imaginais au contraire être celle, dans la famille, à qui on demandait toujours de s'adapter. « N'embête pas tes petites sœurs, Maria ! » « Donne cette poupée à Eeva, tu es assez grande pour t'amuser avec autre chose. » « Porte ces tapis dehors, toi qui es si costaud. » « Ne joue pas de musique maintenant, Eeva et Helena font leurs devoirs. Elles ne sont pas aussi rapides que toi. »

Une remarque de ma mère à une de ses amies m'était restée en mémoire. Je n'avais jamais su si elle était destinée ou pas à mes oreilles :

« Eeva et Helena ont besoin de moi. Ça n'a jamais été le cas de Maria, elle a toujours été si forte et si indépendante. Et c'est sans doute vrai que les mères ont plus d'amour pour ceux de leurs enfants qui ont le plus besoin d'elles. »

Ce jour-là, je m'étais demandé pourquoi mes sœurs avaient soi-disant besoin de maman, elles qui étaient si sages et si bien élevées ; c'était moi qui étais écorchée vive et qui faisais des bêtises à l'adolescence. Mais mes parents s'étaient laissés abuser par mon blouson de cuir et ma dégaine de garçon manqué, et ils n'avaient même pas pris la peine de regarder plus loin, s'imaginant me connaître parfaitement. Ils n'avaient vu en moi que ce qu'ils avaient voulu. Et j'étais peut-être en train de devenir comme eux, à vouloir obstinément voir en Eki un meurtrier et un débauché abusant des femmes.

« Mais qu'est-ce que vous pensez de moi, au fond ? » ai-je demandé d'un ton de défi. Peut-être valait-il mieux crever l'abcès, laisser s'exprimer toute l'amertume que je nourrissais envers elles et envers mes parents parce qu'ils ne s'intéressaient pas à moi et me tenaient à l'écart de leur cercle.

« Ne le prends pas mal, Maria. Helena et moi avons beaucoup parlé de tout ça ces temps-ci, de nous et de notre enfance. Je suppose que ce sont des choses qui remontent forcément à la surface quand on attend soi-même un enfant. On se demande si on fera les mêmes erreurs que ses parents, a dit Eeva d'un ton tranquille. Nous avions toutes les deux un complexe par rapport à toi. Tu étais bonne en classe, tu te débrouillais toujours. Tu ne revenais jamais en pleurant parce que les garçons t'avaient embêtée dans la cour...

— Je l'aurais bien fait, si on me l'avait permis, l'ai-je interrompue. Je vous enviais, surtout toi, Helena, parce qu'on vous dorlotait et qu'on vous chouchoutait et qu'on vous traitait comme des bébés. Moi, on me poussait dehors et on me laissait me dépatouiller toute seule.

— Il faut toujours que tu m'interrompes ! Laisse-moi parler de moi, pour une fois. Tu crois que c'est facile d'acquérir son indépendance quand on vous a toujours considérée comme la petite dernière de la famille ? Pour toi, je n'ai pas de cervelle, et pour Eeva je suis une empotée qui n'est même pas capable de faire cuire des pommes de terre. Et tout le monde s'étonne que je réussisse mon bac et mon examen d'entrée en langues à l'université. » Helena a fiévreusement battu des cils sous son mascara violet, ses larmes n'étaient pas loin, les miennes non plus.

« J'ai été contente de te voir choisir l'école de police et pas la fac de médecine, par exemple, a ajouté Eeva. Tu n'étais finalement pas aussi exceptionnelle qu'on voulait bien le dire. Je me rappelle comme papa et maman étaient désolés, quand les gens leur demandaient ce que tu faisais comme études, d'être obligés de répondre que tu te préparais à entrer dans la police. Ne dis rien, Maria, je pense moi aussi que les parents ne devraient pas soumettre leurs enfants à une telle pression, mais malgré tout ç'a été un soulagement pour Helena et pour moi. Je n'ai eu que des notes moyennes au bac mais j'ai quand même été immédiatement admise à l'université, et ils ont été fiers de moi – et l'année suivante de Helena.

— Mais après, tu as décidé de faire du droit, et c'est presque aussi chic que médecine, a repris Helena. Nos études de langues ne valaient rien, à côté.

— Est-ce que ça s'est vraiment passé comme ça ? Je n'avais jamais imaginé que je puisse donner des complexes à qui que ce soit. J'ai quand même le droit de vivre ma vie, non ? Tout ce que je vous demande, c'est de me laisser tranquille !

— As-tu seulement envie de nous voir ? a demandé Helena d'une voix pointue. Est-ce que ça signifie quoi que ce soit, pour toi, d'avoir des sœurs ? »

Je regardais au loin, vers la baie où un canard attardé nageait en direction de la roselière teintée de prune par le soleil couchant. L'image s'est soudain brouillée, les roseaux se sont fondus en une masse violette.

« Comment peux-tu poser une question pareille ? Une famille est une famille. Elle est toujours là, même quand on essaie de l'oublier. Et je n'ai rien contre vous, c'est juste que j'ai toujours cru que... que vous n'aviez aucun conflit avec papa et maman. Que les difficultés ne venaient que de moi. De ce que je n'étais pas ce qu'ils auraient voulu, de ce que je n'étais pas un garçon... »

La porte d'entrée s'est ouverte, trois hommes ont déboulé. En un instant, l'atmosphère est passée d'une agressivité feutrée à une aimable convivialité. Je me suis occupée des arrangements pour la nuit, tout en me demandant si j'étais fâchée ou soulagée de l'interruption de notre conversation. Avec ce qui avait été dit, j'avais de quoi réfléchir pour de nombreux jours.

« Je dois courir plusieurs fois par nuit aux toilettes, j'espère que je ne vous dérangerai pas, a dit Eeva au moment de se coucher.

— On n'entend rien, de notre chambre. Comment va Saku ?

— Il fait sa gymnastique du soir. »

J'ai soudain eu envie de serrer ma sœur dans mes bras. Elle avait l'air très belle, avec son gros ventre et son nez gonflé.

« Je peux encore toucher ? » J'ai posé la main sur son ventre et, un instant plus tard, j'ai senti gigoter furieusement sous ma paume.

« Bonjour bébé, c'est tante Maria, me suis-je entendue dire. Laisse quand même maman dormir un peu.

— Pourquoi étais-tu si nerveuse, ta famille est tout à fait sympathique, a dit Antti tandis que je me glissais dans le lit à côté de lui. Vous avez passé une bonne soirée ?

— Bonne n'est pas tout à fait le terme exact, disons plutôt instructive. On en reparlera demain », ai-je dit, et j'ai éteint la lumière.

La clarté de la nuit d'été entrait dans la chambre à travers les fins rideaux, révélant la silhouette d'Einstein, qui a sauté à mes pieds et s'est mis à nettoyer sa fourrure. Il a commencé par la patte arrière gauche. J'ai glissé ma jambe sous sa queue et je me suis concentrée sur le lapement obstiné de sa langue et sur la respiration régulière d'Antti près de mon oreille gauche. J'essayais de ne pas penser à mes sœurs, mais plutôt à Armi, Sanna et Kimmo. Ce dernier serait bientôt libre. Qu'avait-il éprouvé à la mort de sa sœur ? Avait-il ressenti un soulagement mêlé de tristesse, Sanna lui manquait-elle ? Peut-être m'aurait-il été plus facile de vivre avec un frère qu'avec des sœurs, sans me regarder sans cesse dans leur miroir. Ou aurais-je été encore plus jalouse d'un petit frère ? Probablement. Les frères et sœurs peuvent-ils se haïr au point de s'assassiner ? En songeant à Mallu, je me suis demandé si je pourrais nourrir des hantises à propos d'Eeva et de Helena…

Avant de m'endormir, j'ai tenté sans succès de m'imaginer ce que je ressentirais si un enfant se trémoussait dans mon ventre.

14
Secrets de famille

Mardi, je suis partie au travail plus tard que d'habitude, car le taxi de mes sœurs ne les a emmenées qu'un peu après neuf heures. Au matin, il n'y avait plus trace des tempêtes de la veille, nous étions pressées et un peu sur nos gardes, mais nous avons réussi à éviter de nous chamailler comme les jours d'école, quand nous faisions la queue pour l'unique salle de bains de la maison.

« Et n'oubliez pas de venir voir Saku ! » a crié Eeva par la fenêtre du taxi. Nous avons promis de leur rendre visite à la mi-juillet, pendant ma semaine de congé.

La porte de la boutique de Make était ouverte et j'ai décidé d'y faire un saut, quitte à être encore plus en retard au bureau. Il n'y avait personne à l'intérieur, la radio jouait seule une vieille romance du ténor Mauno Kuusisto. Ça m'a de nouveau fait penser à Sanna. Elle était présente, la seule fois où je m'étais aventurée, encore mineure, dans le pire bouge de ma ville natale. Le reste de la bande était en âge de se faire servir de l'alcool, je m'étais glissée à l'intérieur mêlée aux autres. Sanna avait mis cet air de Kuusisto dans le juke-box, encore et encore, à mon grand étonnement. Je l'aurais mieux vue écouter du hard rock ou du Dylan, par exemple. J'ai repensé à son sourire cynique, à sa chope de bière, à ses cheveux noirs tombant sur ses yeux. Pourquoi donc aimait-elle cette chanson ?

« Qu'est-ce que ce sera ? » Make est sorti de l'arrière-boutique les bras chargés de chaussures de foot. « J'ai d'excellents crampons à petit prix.

— Je ne joue pas encore en ligue féminine, mais je devrais peut-être. » Make s'est figé, il avait sans doute reconnu la chanson.

« C'était un des morceaux préférés de Sanna, non ? » ai-je demandé, et j'ai poursuivi en le voyant hocher la tête. « Encore une fois, Make, et ensuite je te promets que je ne te parlerai plus jamais de Sanna si tu n'y tiens pas : qu'est-ce qu'elle prenait comme substances ? Du shit, des drogues plus dures, des médicaments ? Où est-ce qu'elle se fournissait ? »

Make a repoussé une mèche qui lui tombait sur le front. Il avait les mâchoires serrées, ses mains tripotaient nerveusement les crampons des chaussures de foot.

« Elle ne se droguait plus quand on a commencé à sortir ensemble. Elle buvait, et elle prenait des tranquillisants, de l'oxazépam, je crois. Je ne sais pas qui les lui fournissait. Je suppose qu'on en trouve où on veut. Il suffit d'aller chez le médecin et de demander.

— On peut en avoir à la salle de muscu ? Il y a forcément des produits qui circulent.

— Personne n'est venu m'en proposer, a aigrement répliqué Make.

— Ce n'est pas Armi qui lui en procurait ? »
Il m'a regardée comme une demeurée.
« Armi ? Elle n'était du genre à trafiquer des médicaments.
— Je ne suis plus sûre de rien », ai-je déclaré sur un ton mélodramatique, et je suis sortie du magasin. Et si les morts d'Armi et de Sanna étaient deux crimes distincts, et l'accident de Mallu sans aucun rapport avec eux ? Peut-être m'étais-je encore imaginé trop de choses.
Quand je suis arrivée au bureau, Eki était assis dans la salle de réunion, une part de gâteau roulé au chocolat à la main. Je me suis mentalement donné un coup de pied au cul. Comment avais-je pu voir en lui un double meurtrier ?
« Le commissariat a appelé. L'affaire Hänninen va être réexaminée aujourd'hui. Il y a de nouveaux témoignages à la lumière desquels il apparaît peu probable qu'il ait été chez Mäenpää au moment du meurtre, m'a-t-il expliqué d'un air détaché, comme s'il n'avait jamais dit le contraire.
— Teemu Laaksonen a donc trouvé le temps de prendre contact avec le commissaire Ström. À quelle heure est l'audience ?
— À trois heures. Il vaut peut-être mieux que ce soit moi qui y aille, en tant qu'ami de la famille et patron de ce cabinet. Donne-moi donc les derniers détails. »
Pendant un instant, j'ai fixé Eki, muette. Merde, c'était moi qui avais fait tout le travail, et il avait maintenant l'intention d'en recueillir la gloire ! Je me suis redonné un coup de pied virtuel au cul pour ne pas éclater et je lui ai résumé l'essentiel. Même la police ne parviendrait pas à m'arracher

mes autres informations, pas avant que je sois parfaitement sûre de la signification de tous les éléments dont je disposais.

Sale coup, malgré tout. J'avais eu le temps de m'imaginer comment je libérerais Kimmo et comment je sortirais main dans la main avec lui du commissariat. Quelle idiotie ! Et dire qu'Eki n'avait même pas cru à son innocence ! Je devrais peut-être quand même vérifier les dates de ce voyage au Kenya...

Heureusement, un coup de téléphone d'un de mes clients m'a obligée à ravaler ma rage. Il s'agissait d'un partage de succession, compliqué par une dissimulation de biens. Je me suis demandé si mes sœurs et moi nous nous déchirerions avec autant de hargne pour l'héritage de nos parents, et j'en ai tiré prétexte pour téléphoner à Mallu.

« Ici Maria Kallio, salut. »

Sa réaction m'a paru peu enthousiaste.

« Est-ce qu'Armi t'a jamais donné sans ordonnance des tranquillisants qu'elle aurait pris dans les réserves du cabinet ou ailleurs ?

— Des médicaments ? Peut-être une fois... C'est toujours le médecin qui me les prescrit, en petites quantités. Pourquoi cette question ?

— Je me demandais juste...

— Pourquoi as-tu encouragé Teemu à me harceler ? Qu'est-ce que tu lui as raconté ? Je ne veux plus jamais le voir ! Il est venu frapper à ma porte comme je ne sais quel héros consolateur. Qu'il aille au diable !

— Est-ce qu'il t'a dit que Kimmo allait être libéré aujourd'hui grâce à son témoignage ? Il était passé chez Armi vers midi et demie, à ta recherche, et

Kimmo n'y était plus. Teemu voulait te voir avant de partir en voyage...

— Je n'ai pas le temps de papoter ! J'ai rendez-vous dans une demi-heure au cabinet de Hellström, il doit me donner des résultats d'analyses qui vont encore une fois confirmer que je ne pourrai jamais avoir d'enfant.

— Mallu, il faut absolument qu'on parle ! Est-ce que je peux passer te voir à cinq heures, par exemple ?

— Pourquoi ? Ah oui, maintenant que Kimmo est disculpé, tu t'imagines sûrement que c'est moi qui ai tué Armi. Mais viens si tu veux, il ne me manquait plus qu'une accusation de meurtre. » Elle m'a raccroché au nez.

Après avoir travaillé comme une folle pendant deux heures, j'ai décidé d'aller à l'heure du déjeuner à la salle de musculation. Là, je me suis acharnée rageusement sur la presse à abducteurs en faisant la grimace à mon reflet qui, dans le miroir, brassait l'air avec des poids de trente-cinq kilos. Bande de crétins ! Qu'Eki récolte les lauriers de la libération de Kimmo, et que Pertsa élucide tout seul son meurtre, ai-je songé en tirant pour la trentième fois sur la poulie à deltoïdes. Au moindre prétexte, je prendrais un malin plaisir à l'humilier. Peut-être allait-il maintenant reporter ses soupçons sur moi, après tout j'étais arrivée la première sur le lieu du crime. La police avait-elle jamais trouvé les gants de ménage d'Armi, et étaitelle sûre que le meurtrier avait les mains gantées de caoutchouc ?

J'ai fermé les yeux et revu Armi étendue sur la pelouse, le visage violacé, Sanna en train de vider sa bouteille de vin, une voiture filant dans la nuit, conduite par une blonde portant un châle rose…

Commence par le commencement, Maria, me suis-je enjoint. Par Armi. Par ta première supposition, selon laquelle elle a été tuée parce qu'elle savait quelque chose qui ne devait pas être ébruité. Que savait-elle ? À quel propos voulait-elle te demander conseil ?

La magie du sport a de nouveau fait son effet. Après une heure d'efforts, à demi morte, j'avais retrouvé mon calme. Au bureau, j'ai entamé une bouteille d'un litre de yaourt liquide à zéro pour cent de matières grasses et je m'étais attelée à préparer mon audience du lendemain quand on a frappé à la porte.

« Maria ! Qu'est-ce que tu fais là, l'examen de l'affaire de Kimmo va bientôt commencer. » Il y avait de l'étonnement dans la voix de Marita. Risto se tenait derrière elle.

« Eki y est allé, ils n'ont pas besoin de moi, ai-je répliqué amèrement.

— Ils vont être obligés de le libérer, paraît-il, c'est une bonne nouvelle, a dit Risto avec un sourire. Merci à toi, Maria. »

Curieusement, ses remerciements m'énervaient plus qu'autre chose. Je me demandais ce qu'ils faisaient au cabinet au lieu de courir à Nihtisilta dérouler le tapis rouge devant Kimmo et Eki.

« Si Kimmo est innocent, qui a étranglé Armi ? s'est finalement interrogée Marita.

— Tu n'en as aucune idée ? Demande à Risto », ai-je lancé. Elle a soudain eu l'air aussi désemparée qu'effrayée. Elle avait encore derrière l'oreille un reste d'ecchymose jaunissante, mais on n'en voyait heureusement pas de nouvelles. À moins qu'il n'y en ait caché sous ses vêtements ?

« Que pourrais-je en savoir ? »

Je n'avais jamais entendu Risto prendre un ton aussi menaçant. Je me suis levée, je leur ai fait signe d'entrer dans mon bureau et j'ai fermé la porte. Mara avait un client qui n'avait pas besoin d'entendre notre conversation.

« Armi a été assassinée parce qu'elle savait quelque chose. Elle avait découvert que quelqu'un avait tué Sanna et commis d'autres actes sur lesquels elle ne pouvait pas fermer les yeux. Peut-être le meurtrier d'Armi et de Sanna avait-il l'habitude de battre sa femme, comme toi, Risto. Ou est-ce ton père qui a poussé Sanna à l'eau ? Est-ce que c'était un accident ? Il a pu y avoir une dispute, et elle était ivre. »

Marita avait l'air terrifiée, le visage rouge et baigné de transpiration, et Risto ressemblait soudain beaucoup à Kimmo, juste après son arrestation, angoissé et perdu.

« Cesse de mêler Sanna à cette histoire ! Encore une accusation sans fondement, et je ferai en sorte que tu sois virée de ce cabinet !

— Tu n'irais quand même pas jusqu'à me frapper ? Ou m'étrangler, comme tu as étranglé Armi ? »

Marita a pris une inspiration apeurée et fait un pas vers moi comme pour échapper à Risto. Ce dernier a regardé un instant sa femme avant de comprendre qu'elle s'imaginait que j'avais raison.

« Marita ! J'espère que tu n'en crois pas un mot ! Qu'est-ce que tu as été raconter à Maria ? » Sa voix était si lourde de menace qu'à la place de Marita j'aurais moi aussi tremblé.

« Elle ne m'a rien dit, je suis capable de tirer mes propres conclusions. Pourquoi bats-tu Marita ?

— La battre ? Tous les couples se disputent de temps en temps... Et nos relations ne te regardent pas, Maria. Ni en tant qu'avocate, ni en tant que membre de la famille. »

J'ai jeté au coup d'œil aux mains de Risto. C'étaient celles d'un homme habitué à travailler dans un bureau, joueur de tennis occasionnel. Leur dos s'ornait de quelques rares poils noirs, l'alliance, à l'annulaire, faisait presque un demi-centimètre de large. Était-ce avec ces mains qu'Armi avait été étranglée ?

« Parle, Risto, si tu sais quoi que ce soit à propos de ce que dit Maria », a murmuré Marita comme si obliger les mots à sortir exigeait un effort insurmontable. Il l'a regardée, elle s'est encore rapprochée de moi.

« Je ne sais rien sur rien, et je ne vous écouterai pas une minute de plus, je vais chercher mon frère à la prison ! » a crié Risto, et il a pris la porte. Marita s'est effondrée dans le fauteuil destiné aux clients et n'a commencé à parler que quand elle a entendu hurler dehors les pneus de la voiture.

« Ce n'est pas ce que tu crois, Maria. Risto ne me donne pas souvent de coups. Il est juste tellement stressé, ces derniers temps, son entreprise est en difficulté, comme presque toutes en ce moment... Il ne le fait pas délibérément, et j'ai la peau qui marque si facilement.

— Seigneur ! Marita ! Tu n'y crois pas toi-même ! Tu dois te faire aider. On ne peut pas accepter ce genre de comportement. Est-ce que Risto frappe aussi les garçons ?

— Non… Je ne le laisserais pas faire. » Marita a secoué la tête à la manière d'Antti quand il était angoissé. « La plupart du temps, il est charmant. Et il m'arrive à moi aussi de m'énerver et de lui faire des reproches, et c'est là qu'il me gifle.

— Ne prends pas la faute sur toi ! Est-ce que tu en as parlé à quelqu'un ?

— J'ai bien essayé de suggérer une thérapie familiale au moment de la mort de Sanna, Risto était vraiment déprimé à l'époque. Il a refusé, il craignait pour sa réputation. Tu n'as rien dit à Antti, j'espère ? » Cette perspective semblait lui faire encore plus peur que d'imaginer son mari en meurtrier.

« Si. Et il voudrait t'en parler.

— Maman et papa sont aussi au courant ? a-t-elle demandé en reniflant.

— Non. Armi savait ?

— Oui. » Marita a de nouveau secoué la tête. C'était étrange de voir faire par quelqu'un d'autre ce geste si familier d'Antti. « C'est elle qui m'a conseillé une thérapie familiale. Elle a dit que Risto pouvait être… guéri. Que la maltraitance était comme une maladie contagieuse, que Risto l'avait attrapée de Henrik et qu'il fallait la soigner avant qu'elle ne contamine les garçons… et que Sanna et Kimmo étaient aussi atteints, à leur manière. Que voulait-elle dire par là ?

— Sanna était attirée par des hommes ressemblant à son père, des hommes qui la battaient. C'est à cause de la violence de Henrik qu'Annamari et lui vivent séparés ? Et qu'elle est si craintive ? »

Marita a hoché la tête. Les larmes lui étaient montées aux yeux, son mascara bleu foncé coulait sur ses joues livides. J'ai sorti un mouchoir propre du tiroir de mon bureau et je le lui ai tendu avant de poursuivre :

« Je crois que Sanna est morte parce qu'elle voulait guérir, échapper à ce cycle de haine et d'humiliation. Elle avait enfin osé tomber amoureuse d'un homme qui ne cherchait pas à la dominer. Mais ça contrariait les plans de quelqu'un.

— Tu veux dire Risto ?

— Je n'en suis pas encore tout à fait sûre. Marita, il faut absolument que tu mettes fin à ces mauvais traitements ! »

J'ai pensé à Antti, déjà fatigué par la rédaction de sa thèse. Pouvais-je le charger de ce fardeau supplémentaire ? Mais il s'agissait de sa sœur, après tout. « Parle à Antti. Il t'aidera. Tu peux y aller tout de suite si tu veux. En général il fait une pause à cette heure-ci.

— Je crois bien que je vais y aller, tu as raison. » Marita s'est essuyé les yeux et s'est levée, il y avait de la détermination dans les mouvements de son corps anguleux. « Antti est gentil, a-t-elle dit d'une voix d'enfant. Sois gentille avec lui, toi aussi.

— Dis-lui de ma part que je rentrerai vers sept heures », ai-je crié derrière elle. J'ai bu le reste de ma bouteille de yaourt et je me suis emparée du dernier morceau de gâteau roulé au chocolat qui restait dans la salle de réunion. Je n'avais plus le temps de faire du café, peut-être Mallu Laaksonen m'en offrirait-elle.

À cinq heures pile, j'étais à sa porte à Tonttukumpu. Le temps semblait suspendu, il n'y avait personne aux alentours. La sonnette a tinté comme dans le vide, et je me suis rappelé les murs nus et le mobilier incomplet de l'appartement.

Pas de réponse. J'ai sonné à nouveau, en pensant à la fois où j'avais carillonné à la porte d'Armi sans que personne vienne ouvrir. Soudain saisie de peur, j'ai traversé la pelouse pour jeter un coup d'œil par la fenêtre de la cuisine. Personne. J'ai fait le tour de l'immeuble jusqu'à la baie vitrée du séjour, à travers laquelle j'ai vu les quelques meubles restants du salon et la télévision esseulée, mais aucun signe de vie. Je me suis précipitée à la fenêtre de la chambre. Elle était plus haute que celle de la cuisine, j'ai presque dû escalader la façade pour regarder à l'intérieur.

Mallu était sur son lit, couchée sur le dos, les yeux fermés et l'air inerte, avec autour d'elle les signes classiques d'un suicide : un flacon de médicaments vide abandonné sur le sol, une bouteille de vin blanc à moitié bue et un bout de papier.

Je suis retournée en courant à la fenêtre du séjour, j'ai ramassé par terre une pierre de bonne taille et je l'ai jetée dans le carreau du bas. Une fois que le verre a cessé de pleuvoir sur le plancher, j'ai écarté le plus gros des débris avec la pointe de ma chaussure et je me suis glissée à l'intérieur. J'ai trouvé le téléphone, qui était heureusement un modèle sans fil, et j'ai composé le numéro des secours. Avant qu'on réponde et que je puisse demander une ambulance, j'ai eu le temps de jeter un coup d'œil à la boîte de médicaments et de tâter le pouls de Mallu. Son cœur battait encore, mais à un rythme ralenti, et sa respiration semblait irrégulière. J'ai essayé en vain de la réveiller.

Le bout de papier blanc gisait toujours sur le sol. Je l'ai saisi à travers le tissu de mon T-shirt. L'écriture de Mallu était petite, les lignes nettement descendantes. *Je n'en peux plus. La mort d'Armi est de ma faute. Mallu.* Je me suis demandé si je ne pouvais pas déchirer la seconde phrase et ne garder sur le papier que la première, avec la signature, mais c'était impossible. Aussi ai-je fourré le tout dans ma poche. Quand les ambulanciers sont arrivés, je leur ai donné le numéro de téléphone des parents de Mallu, en ajoutant que je passais là par hasard. Les voisins commençaient à s'attrouper et quelqu'un a promis de prévenir le gérant pour la vitre cassée.

Alors que les ambulanciers s'occupaient de transférer délicatement Mallu sur une civière, j'ai quitté les lieux en courant. Sa lettre de suicide me brûlait la poche. J'aurais dû la porter à Pertsa. Mais non. Je n'arrivais pas à croire que Mallu soit le meurtrier que je cherchais.

J'ai sauté sur ma bicyclette et j'ai commencé à rouler, sans but précis. Une goutte de liquide rouge et poisseux est tombée sur ma sandale beige. J'ai regardé mes mains. À mon poignet gauche, une égratignure saignait. Je m'étais apparemment blessée en pénétrant par la fenêtre du séjour.

Sans doute Mallu savait-elle qu'on ne meurt pas d'un flacon entamé de tranquillisants légers et d'une demi-bouteille de vin blanc. Qu'avait-elle voulu faire ? Que signifiait sa lettre ?

Il me fallait réfléchir tranquillement. D'instinct, je me suis dirigée vers la mer, en passant d'abord sous la radiale Ouest par Särjenportti, puis devant la salle polyvalente en forme de coquillage, avant de m'engager sur le sentier envahi d'herbes menant à la jetée.

Antti m'avait raconté que quand il était petit il venait souvent s'asseoir à l'extrême pointe de l'enrochement, s'imaginant être sur un bateau de pirates en route vers de nouvelles aventures. Celles de Sanna s'étaient terminées au pied de cette même jetée. Il avait dû faire terriblement froid et noir, le soir de sa mort, sans même un peu de neige pour éclairer le paysage hivernal. Elle s'était sans doute engourdie presque instantanément dans l'eau mêlée de cristaux de glace, surtout si elle était ivre.

Je me suis avancée à pied jusqu'à mi-chemin de la jetée et j'ai trouvé entre les blocs de pierre un petit creux abrité dans lequel j'ai pu me blottir pour réfléchir. Le granit rose était frais sous mes doigts, de la mousse verdoyait dans ses fissures, aussi douce que la fourrure d'Einstein. On apercevait au large deux voiliers et un surfeur solitaire.

La lettre d'adieu de Mallu était-elle un aveu, ou une allusion à Teemu ? J'ai sorti le papier de ma poche, mais il ne contenait rien de plus que les mots que j'avais déjà lus et relus : *Je n'en peux plus. La mort d'Armi est de ma faute. Mallu*. Et si quelqu'un avait essayé de tuer Mallu en simulant un suicide, dans l'espoir de réussir aussi bien que pour Sanna ? Mais qui ?

J'ai posé ma joue contre le rocher tacheté de lichen couleur bronze et continué à réfléchir. Les événements tournoyaient dans mon cerveau comme les fragments d'un kaléidoscope. La longue silhouette en manteau noir qui se trouvait avec Sanna sur la jetée. Son amant. L'oxazépam. Le Herr Enemy du projet de mémoire de Sanna. La personne blonde au volant de la voiture, avec le châle d'Armi autour du cou. L'étrangleur à qui cette dernière avait offert un verre de jus de fruit. Le cercle d'hommes en train de parler de moi à l'anniversaire de Risto. La voix qui m'avait menacée au téléphone, une voix masculine, j'en étais sûre.

Des visages d'homme dansaient dans mon esprit : Kimmo, Risto, Make, Hellström, Eki, Teemu... Le poème de Sylvia Plath résonnait dans ma tête. J'ai repoussé les cheveux emmêlés que le vent chassait dans mes yeux et vu le kaléidoscope s'ordonner peu à peu en une image limpide.

Herr God, Herr Lucifer, beware, beware – prenez garde, oui, prenez garde. Je savais maintenant ce qui s'était passé. Je me suis levée pour aller rendre visite au meurtrier d'Armi.

15
Herr Lucifer

Je suis arrivée essoufflée à la porte du meurtrier. J'ai sonné d'un geste impérieux et, quand il est venu m'ouvrir, je me suis forcée à sourire.

« J'espérais bien te trouver chez toi. Je peux entrer ? »

L'appartement était silencieux, il ne semblait y avoir personne d'autre. C'était aussi bien. Ce match n'avait pas besoin de spectateurs. L'assassin m'a fait entrer dans la cuisine. Je me suis assise sur une chaise près de la porte et j'ai mis en marche le magnétophone que j'avais dans mon sac.

J'avais du mal à conserver une apparence de calme. Quand j'avais compris de quoi il retournait, j'avais d'abord exulté. Puis était venue la rage. De quel droit cet homme avait-il tué Armi et Sanna, de quel droit avait-il bouleversé la vie de tous leurs proches ? Je m'étais juré que je le confondrais, mais je savais que cela ne nous sauverait pas pour autant. Tout meurtre marquait définitivement de son sceau ceux qui y étaient mêlés.

« Tu veux du café ? »

J'ai secoué la tête. Il s'en est servi une grande tasse, puis a sorti du placard une bouteille de cognac et deux verres.

« Et un petit alcool ? Ça s'impose, non, pour fêter la libération de ton client. »

Il a rempli plus de la moitié d'un ballon ventru, l'a vidé sans s'attarder à le savourer. Le soleil entrant par la fenêtre illuminait sa chevelure.

« Merci, j'en prendrais volontiers une goutte. »

Je l'ai regardé verser dans l'autre de ses verres à l'air coûteux une généreuse rasade de liquide de la couleur de mes cheveux. J'y ai prudemment trempé les lèvres : je devais rester capable d'agir. L'entaille de mon bras avait cessé de saigner. Quand je l'ai effleurée de mon doigt mouillé de cognac, la blessure m'a picoté.

« Je ne ferai la fête que quand la vérité aura été établie », ai-je dit, et j'ai regardé l'homme droit dans les yeux. Ses longs cils noirs ont papilloté, il a détourné le regard.

« Et tu penses que je pourrais t'aider d'une manière ou d'une autre à la découvrir ? » Il tentait d'avoir l'air amusé, mais j'ai vu son corps se raidir.

« Ma journée n'a pas été qu'une partie de plaisir. Je viens de faire transporter Mallu Laaksonen à l'hôpital. Tentative de suicide. Mais tout va bien, ai-je dit comme il avait bondi de sa chaise, apparemment prêt à courir aussitôt la voir à l'hôpital. Elle va s'en tirer.

— Pourquoi a-t-elle tenté de se suicider ? » Il a avalé le reste de son cognac et s'en est resservi un verre.

Je lui ai rapporté le contenu de la lettre d'adieu de Mallu. Il a eu l'air stupéfait.

« Elle aurait réellement tué Armi ? Mais pourquoi ? » J'ai vu ses épaules commencer à se détendre.

« Non. Elle pensait que quelqu'un d'autre l'avait tuée à cause d'elle. Elle voulait protéger son mari. » J'ai bu une gorgée de mon verre en essayant de réfléchir à la manière dont je tisserais autour du meurtrier un entrelacs de mots dont il ne parviendrait pas à se dépêtrer. « Mallu était persuadée qu'Armi conduisait la voiture responsable de sa fausse couche.

— C'est pour ça qu'elle serait morte ? » Il paraissait sceptique.

« Non. Ce n'était pas Armi le chauffard, mais c'est lui qui l'a tuée. Elle savait qui portait son châle rose autour du cou le soir de l'accident. »

Il m'a fixé d'un regard incrédule.

« On ne tue pas des gens pour ça.

— Ce n'était pas la seule raison. Elle savait autre chose sur cet homme. Elle savait qu'il était l'amant de Sanna Hänninen et qu'il l'avait tuée parce qu'elle voulait le quitter. Je ne sais pas exactement ce qui a finalement décidé Armi à parler, peut-être la séparation des Laaksonen. Elle pensait sans doute que Sanna était au moins en partie responsable de son sort, mais que Mallu et Teemu étaient innocents. »

Le meurtrier m'observait d'un regard de plus en plus sombre. J'ai vu les muscles de sa nuque se raidir de nouveau, mais il a tenté de prendre un ton badin :

« Quelle imagination. J'attends avec impatience que tu me dévoiles le nom du méchant de l'histoire.

— Comme si tu ne le savais pas, Herr Doktor. Je suis vraiment idiote de ne pas avoir tout de suite compris que c'était toi l'amant de Sanna. »

Je regardais ses cheveux noirs, ses séduisantes tempes argentées, le dos ridé de ses mains jaunies. Herr Doktor, Herr Lucifer, la Mort en personne. Le brusque mouvement de ses doigts m'a fait sursauter, mais ils ne visaient que son paquet de cigarettes dans sa poche de chemise. Il s'est écoulé un moment avant qu'il réussisse à en allumer une de ses mains tremblantes. Sa voix est cependant restée ferme.

« La défense de Kimmo Hänninen t'a nerveusement épuisée, dirait-on. Il vaudrait mieux que tu laisses enquêter la police, elle trouvera peut-être quelque chose de plus convaincant. » Hellström parlait comme s'il prescrivait un traitement.

« Prends donc un peu d'oxazépam, c'est bon pour les hallucinations, c'est ça ? C'est bien sûr toi qui fournissais Sanna en médicaments. Comment as-tu pu être assez bête pour avoir une liaison avec une de tes patientes ? Je la connaissais, je sais à quel point elle pouvait être irrésistible, mais quand même… »

Le regard perdu dans le vide, Hellström n'a rien répondu. On a entendu passer, dehors, une bande de gosses à bicyclette. À leurs mots de suédois se mêlaient des jurons en finnois.

« Sanna menaçait de révéler votre aventure ? Ç'aurait été dangereux, personne ne devait savoir que tu profitais d'une de tes patientes, que tu la contraignais à des relations sexuelles en échange de médicaments. Ça a sans doute commencé au moment de son deuxième avortement, juste avant que Hakala se retrouve en prison. Elle ne pouvait pas se passer de tranquillisants, elle n'a pas dû avoir beaucoup de mal à te convaincre de lui en donner.

— J'ai peut-être prescrit des médicaments à Sanna. Mais ça n'a rien de criminel, c'est le rôle d'un médecin.

— Mais ce n'est pas le rôle d'un médecin de coucher avec des patientes psychologiquement fragiles.

— Elle savait très bien ce qu'elle faisait ! » Hellström commençait à perdre son sang-froid. « Je n'étais qu'un jouet entre ses mains. J'étais si rassurant, disait-elle, comme un second père ! Ce qui l'intéressait, c'était les médicaments, pas moi. Et puis, elle est tombée sur le petit Ruosteenoja et elle a soi-disant décidé de changer de vie. Comme si on pouvait arrêter comme ça l'alcool et les tranquillisants !

— Elle voulait essayer, en tout cas, mais tu ne lui en as pas laissé la possibilité. » Je sentais la colère monter de nouveau en moi. Hellström me regardait avec curiosité, comme s'il attendait ce qui allait suivre.

« Et cette histoire de voiture ? Qu'est-ce que tu as imaginé pour l'expliquer ? » La fureur perçait sous la jovialité factice de sa voix.

« Teemu Laaksonen a dit avoir vu au volant quelqu'un de blond qui portait le châle rose d'Armi. Sous un certain angle, la lumière fait ressortir le gris de tes cheveux, qui peuvent avoir l'air carrément blancs. Et tu t'es plaint d'un rhume, le lendemain de l'accident, quand tu as soigné Mallu. Tu as sans doute trouvé le châle dans ton bureau et tu l'as noué autour de ta gorge irritée. Et quand Armi a commencé à réfléchir, elle s'est rappelé l'avoir justement oublié au cabinet ce jour-là.

— Je suis médecin. Je me serais forcément arrêté, dans une telle situation.

— Sans doute, sauf si tu avais trop bu. J'ai aussi entendu dire que tu prenais trop de médicaments. Je crois que tu avais soigné ta grippe à coups de cachets et d'alcool et que tu n'étais pas en état de conduire. Tu n'as pas cherché à savoir ce qui était arrivé à Mallu, et tu n'as certainement même pas remarqué que c'était elle. Non-assistance à personne en danger, c'est un grave délit pour n'importe qui, mais encore plus pour un médecin. »

En repensant au visage vieilli avant l'âge de Mallu, à la vie comme arrêtée de la maison de Lippajärvi, j'ai compris Armi. Elle voulait me demander conseil sur la manière de procéder.

Hellström a maladroitement allumé une nouvelle cigarette.

« Tu n'as aucune preuve à l'appui de tes délires. » Il y avait maintenant clairement de la peur dans sa voix.

« J'ai deux témoins. L'un t'a surpris en train d'embrasser Sanna dans ton cabinet, l'autre t'a vu avec elle sur la jetée. Il devrait pouvoir t'identifier. Il paraîtra pour le moins étrange que tu n'aies pas dit l'avoir vue le soir de sa mort.

— Reconnaître un an plus tard quelqu'un qu'on a aperçu à une centaine de mètres ? Peu probable. Avec le brouillard, le vieux n'a sans doute pas distingué grand-chose.

— Comment sais-tu que mon témoin est un vieillard ? » J'ai serré entre mes doigts la courroie de mon sac à dos. Il y avait à l'intérieur le petit magnétophone que j'avais mis en marche en arrivant. Hellström était pour la première fois tombé dans le panneau et j'avais tout enregistré – illégalement – sur ma bande.

« Jeune ou vieux, peu importe. Tu devrais savoir qu'un témoignage aussi vague ne tiendra pas devant un juge.

— J'ai d'autres preuves, par exemple le projet de mémoire de Sanna. Le personnage central d'un poème de Sylvia Plath qu'elle analyse en détail s'appelle Herr Doktor, Herr Enemy. Dans la marge, elle a écrit : *comme E et moi*. E comme Erik. Si on la lit bien, l'analyse de Sanna est une preuve de sa liaison avec toi. C'est pour ça que ce poème était posé en évidence sur sa table le jour de ses trente ans, qui a aussi été celui de sa mort. Ce n'était pas un message d'adieu, ce texte symbolisait pour elle le début d'une nouvelle vie.

— Sornettes, a déclaré Hellström, balayant mes propos comme ceux d'une hypocondriaque s'imaginant avoir un cancer de l'utérus. Et comment Armi aurait-elle su tout ça ? Pourquoi n'aurait-elle pas parlé plus tôt du meurtre de Sanna ?

— Elle a vérifié les stocks de médicaments et le livre d'ordonnances et additionné deux et deux. Elle était aussi au courant de ta liaison avec Sanna, elle y a même fait allusion devant Annamari, mais celle-ci a refusé d'y croire. Armi avait l'habitude d'engranger des informations, à toutes fins utiles. Et le moment de s'en servir est arrivé. Tu sais sans doute mieux que moi pourquoi. »

Je fixais les yeux bruns d'Erik Hellström. On n'était plus dans son cabinet, c'était à mon tour d'établir le diagnostic. J'avais enfin identifié tous les symptômes du mal.

« J'avais depuis le début l'impression que Teemu Laaksonen avait appris à Armi quelque chose de vraiment important, le jour du meurtre. Il lui a de nouveau décrit le chauffard. Et elle a dû se montrer trop imprudente. Une fois Teemu parti, elle t'a téléphoné et t'a fait part de ses certitudes. Tu ne pouvais pas la laisser te dénoncer. Tu as donc couru chez elle et, après avoir vainement tenté de la fléchir, tu l'as étranglée. Tu te trouvais avoir des gants jetables dans ta poche – peut-être qu'un bon médecin en a toujours sur lui. Ils sont sûrement maintenant en cendres ou à la décharge. Tu as eu de la chance que personne ne t'ait vu.

— Tu as l'intention d'aller raconter ces histoires à la police ? Qui te croirait ? Quand les enquêteurs trouveront la lettre d'adieu de Mallu Laaksonen, ils en concluront que c'est elle la meurtrière...

— Est-ce qu'elle t'a confié aujourd'hui qu'elle croyait son mari coupable ? Et tu as confirmé ses soupçons ? »

À la mine de Hellström, j'ai vu que j'avais deviné juste.

« C'est étonnant que tu ne lui aies pas aussi donné des tranquillisants. Mais bien sûr que si, merde ! Le problème, Herr Doktor, c'est que la police ne trouvera pas cette lettre. Je l'ai prise... »

Hellström a regardé autour de lui comme s'il s'apprêtait à me sauter dessus.

« Attends, je n'ai pas fini. Je l'ai prise, mais je ne l'ai plus, elle est en lieu sûr, ai-je menti. Je n'ai pas l'intention de dire où et tu as donc intérêt à ce que je reste en vie. Parce que c'est bien ce que tu te demandes : comment vais-je me débarrasser de celle-là aussi ? »

Hellström a laissé tomber sa cigarette par terre sans même sembler s'en apercevoir. Il paraissait avoir de plus en plus de mal à se maîtriser, comme sans doute face à Armi et à Sanna. Quand deviendrait-il violent ? Pendant un instant, j'ai regretté ma vieille arme de service. Même avec un revolver vide, j'aurais pu lui faire peur.

« Le commissaire Ström, qui est chargé de l'enquête, n'est pas idiot. Quand il saura tout ça et interrogera les témoins nécessaires, tu seras fait comme un rat. Je ne crois pas que Mallu soit en danger de mort, l'oxazépam n'est pas si puissant. Je suis sans doute arrivée juste au moment où elle venait de perdre connaissance. Un lavage d'estomac devrait la sauver. Et quand elle expliquera pourquoi elle a voulu se suicider – parce qu'elle croyait Teemu coupable – la partie sera finie. »

Hellström a machinalement allumé une nouvelle cigarette. L'air de la pièce commençait à être saturé de fumée, je la sentais pénétrer dans mes poumons et imprégner mes cheveux.

« Les racontars de deux hystériques contre la parole d'un honorable médecin ? Qui croira-t-on ? Comment peux-tu être assez stupide pour venir me raconter tout ce que tu sais ! Tu es aussi bête qu'Armi. Elle n'a pas vraiment essayé de me faire chanter, elle m'a juste demandé qui de nous deux irait parler à la police. Je n'avais même pas imaginé qu'elle puisse être au courant pour Sanna, avant ce matin-là. Je croyais qu'il ne s'agissait que de l'accident de Mallu. Personne ne pouvait rien prouver. Mais ma liaison avec Sanna, c'était autre chose. Armi détenait l'avant-dernier carnet de son journal intime. Elle l'avait chipé à Kimmo et l'avait bien sûr lu. Tu savais que Sanna surnommait Armi la Poisse ? Elle avait sacrément raison. »

Malgré le petit rire forcé qu'il a laissé échapper, j'ai vu à l'expression de ses yeux qu'il songeait à me sauter dessus. Je me suis prudemment levée et préparée à courir de toute la vitesse de mes jambes, mais j'avais à peine franchi la porte de la cuisine qu'il s'est rué à ma poursuite. Il était plus grand que moi d'une vingtaine de centimètres et certainement plus lourd d'au moins trente kilos. Quand il s'est jeté sur moi, j'ai sauté de côté. Déséquilibré, il s'est étalé par terre. J'étais plus rapide et en meilleure forme que lui, et il n'imaginait certainement pas la force que j'avais malgré ma petite taille. Nous avons reculé du vestibule de l'étage jusque vers la bibliothèque. Quand il a essayé de m'attraper la jambe pour me renverser à côté de lui, je n'ai eu aucun mal à lui expédier un coup de pied dans la mâchoire. L'épouvantable craquement de l'os ne l'a pas empêché de chercher à me saisir le pied avec une rage décuplée. J'ai envoyé valser ses lunettes et tenté de courir vers la porte, mais il a réussi à s'agripper à ma cheville, décidé à me faire tomber.

Bouillonnante de fureur, je me suis débattue pour échapper à son étreinte. J'étais furieuse pour moi, mais aussi pour Armi, Sanna et Mallu. Pour elles aussi, je devais m'en tirer vivante. Je me suis penchée, j'ai mordu la main qui me tenait, et Hellström m'a instinctivement lâché le pied.

J'ai regardé autour de moi dans l'espoir de trouver une arme avec laquelle je pourrais l'assommer.

Il y avait dans la bibliothèque une sculpture en bronze qui semblait pouvoir faire l'affaire. Hellström a deviné mon intention et essayé de saisir la main que je tendais en direction de l'objet. Je lui ai donné un coup de pied dans le ventre, puis mon poing s'est écrasé sur sa mâchoire déjà malmenée. Sous l'effet de mon uppercut, il s'est écroulé de tout son poids sur le tapis pourpre devant la bibliothèque. Je n'avais plus besoin d'arme.

Je lui ai attaché les mains derrière le dos avec le câble de la chaîne hi-fi et j'ai appelé la police. Il respirait normalement et il ne lui faudrait sûrement pas longtemps pour reprendre connaissance. Le permanencier du commissariat a promis d'envoyer une voiture de patrouille et de prévenir Pertsa.

Hellström ne tenterait sans doute pas de sauter par les fenêtres du premier étage. J'ai ramassé mes affaires – pourvu que mon magnétophone soit indemne ! La clef de la bibliothèque se trouvait sur la porte, côté intérieur. Je l'ai prise avant de sortir et j'ai soigneusement refermé derrière moi, puis je suis partie à la recherche d'une arme quelconque et d'une corde ou d'autre chose pour attacher plus solidement Hellström.

Je venais de trouver dans un tiroir de la cuisine un couteau à pain à l'air redoutable quand j'ai entendu du bruit dans le vestibule. Mon prisonnier avait réussi à se libérer. Zut, je n'avais pas pensé à fouiller ses poches, peut-être y avait-il une deuxième clef. Sans se soucier de moi, Hellström s'est rué en direction de sa voiture, le menton ruisselant de sang, en me claquant la porte d'entrée au nez. Il n'avait pas plus de dix mètres d'avance, mais quand je l'ai rejoint, il avait déjà refermé sur lui la portière de sa BMW. Je me suis instinctivement écartée quand il a accéléré et foncé vers la rue. Au carrefour, il a croisé la voiture de patrouille, dont le conducteur a mis un moment à comprendre la situation. Il a même eu le temps de s'arrêter, mais a aussitôt redémarré quand j'ai sauté sur le siège arrière en lui criant de suivre la BMW.

Hellström tenterait sans doute de fuir par la radiale Ouest vers Hanko. Les rocades et le centre de Helsinki étaient de toute façon bouchés par la circulation. La patrouille a diffusé à toutes les unités la description et le numéro d'immatriculation de son véhicule.

La voix du commissaire Pertti Ström a soudain retenti dans le téléphone de voiture.

« Où est passée cette fouteuse de merde de Kallio ? »

J'ai pris le téléphone sur le siège arrière et, le magnétophone à l'épaule, j'ai bercé les oreilles de Pertsa de quelques passages décisifs. Il les a écoutés en jurant dans sa barbe et je me suis demandé pourquoi je n'éprouvais aucun sentiment de triomphe.

« J'avais moi aussi l'intention de m'intéresser à Hellström, puisqu'on a dû libérer Hänninen, a-t-il braillé quand j'ai eu fini. Putain, Kallio, tu aurais dû me prévenir, tu n'as même pas appris ça, à l'école de police, qu'on ne procède pas sans appui à une arrestation ? »

Notre conversation a été interrompue par l'annonce que la BMW du docteur venait de s'engager sur la Rocade n° 3 en direction de l'est. Pertsa a signalé que sa voiture, qui s'apprêtait à rejoindre la radiale Ouest à la hauteur du centre d'Espoo, partait à sa rencontre. Puis il a ajouté :

« Ça t'intéressera sûrement d'apprendre, Maria, qu'aux dernières nouvelles la sœur de Mäenpää a repris connaissance. On pourra l'interroger dès ce soir. »

Je me suis laissée aller en arrière, retenant mes larmes. Une autre personne au moins s'était tirée vivante des griffes de Hellström. Nous avons continué à rouler en direction de Kauklahti, mais nous étions à peine arrivés sur la Rocade n° 3 qu'on a de nouveau entendu dans la radio la voix excitée de Pertsa.

« Objectif repéré par la voiture 2 à un kilomètre au sud de Kauklahti. Poursuite engagée, appel à toutes les voitures, dirigez-vous vers Kauklahti. »

La radio a crachoté, puis s'est tue. On apercevait devant nous un barrage routier fait d'une herse et de deux véhicules de police, que quelqu'un avait eu le temps d'installer en hâte. Sirènes hurlantes, nous avons dépassé la file d'automobilistes arrêtés. J'ai tenté de repérer Pertsa parmi les policiers qui attendaient dans leurs voitures. Soudain, j'ai entendu sa voix dans un mégaphone :

« Attention, le voilà ! »

Quand la BMW blanche a surgi à toute allure de derrière une petite colline, poursuivie par deux véhicules, panneaux stop et armes de service ont surgi, et trois mégaphones lui ont hurlé l'ordre de s'arrêter. Tout s'est passé très vite. Malgré les forces de police, Hellström n'a pas freiné. En voyant la herse, il a brusquement obliqué vers la forêt. Il roulait à au moins cent cinquante kilomètres à l'heure, et la BMW a labouré une vingtaine de mètres de broussailles avant de terminer sa course contre une paroi rocheuse de cinq mètres de haut.

Quand nous sommes arrivés sur les lieux, il était trop tard pour rien faire. La voiture avait raccourci de moitié et je préférais ne pas penser à ce qu'il pouvait rester de Hellström.

16
Maria Marple

Le soleil filtrait à travers l'épais feuillage des bouleaux du vieux cimetière. Les ombres des branches dessinaient au gré du vent des motifs changeants sur le sable de l'allée centrale. Nous marchions entre les stèles, suivis par un écureuil qui bondissait d'une pierre à l'autre, la fourrure tour à tour teintée de roux ou de brun par le jeu de la lumière et du clair-obscur.

Nous cherchions la tombe de Sanna. Antti, qui était à son enterrement, m'avait assuré qu'il la reconnaîtrait quand il la verrait. Je regardais les inscriptions pâlies sur les flancs des pierres, qui portaient ici ou là des noms familiers. Je me suis assise un instant sur un banc rouillé, laissant Antti poursuivre sa prospection.

Ces derniers jours avaient été un enfer. Aussitôt les restes de Hellström ramassés, Pertsa m'avait soumise à un interrogatoire pour le moins musclé. Il m'avait embarquée dans sa voiture et conduite à Nihtisilta, où j'avais dû tout lui expliquer au moins cinq fois. Il avait ensuite menacé de me jeter dans la cellule que Kimmo avait quittée quelques heures plus tôt.

« Écoute-moi bien, Kallio. Je pourrais t'accuser d'un sacré paquet de délits, dissimulation de preuves, vol d'une lettre de suicide, agression contre Hellström, séquestration arbitraire. Dommage que je ne puisse pas aussi t'enfermer pour mise en danger de ta propre vie. Tu ne pouvais pas laisser la police faire son travail ? Il faut toujours que tu te précipites, si tu avais attendu ne serait-ce que deux jours, on en serait nous aussi arrivés à ce toubib.

— Si j'avais attendu, Mallu Laaksonen serait morte.

— Elle n'aurait peut-être rien tenté si tu n'avais pas été te mêler de cette histoire. Et sans toi, ce foutu gynécologue serait certainement encore en vie.

— Accuse-moi de meurtre, alors ! Je ne m'attendais peut-être pas à des remerciements, mais je commence à être fatiguée. Arrête-moi si tu veux, que je puisse au moins me reposer en cellule.

— Tu ne peux pas t'empêcher de jouer les dures, hein, comme à l'école de police. Écoute, Kallio, tu te trompes de pays. On n'a pas besoin de détectives privés, en Finlande. Si tu veux absolument fourrer ton nez en trompette dans les affaires des autres, pourquoi est-ce que tu ne rempiles pas dans la police ?

— J'ai déjà constaté deux fois que le métier ne me convenait pas. On s'y retrouve à travailler avec des crétins dans ton genre. »

J'avais entendu le rouquin qui servait de secrétaire étouffer un petit rire et vu fumer le cerveau de Pertsa pendant qu'il comptait jusqu'à dix.

« Tu n'écoutes jamais personne, nom de Dieu ! avait-il hurlé, le visage luisant de transpiration. Crois-moi, je ne viendrai pas pleurer sur toi le jour où on te ramassera en morceaux d'un kilo sur le bord de la route parce que tu auras fouillé dans des histoires qui ne te regardent pas. »

Ça avait fait tilt dans ma tête. Je m'étais rappelé la voix d'homme éraillée qui m'avait menacée et interdit de me mêler d'affaires ne me regardant pas.

« Pertti Ström, n'en fais pas trop avec tes accusations. Tu crois que je n'ai pas aussi sur mon magnéto un certain coup de fil anonyme… » À son visage soudain vide, j'avais su que j'avais vu juste.

« Je crois que tu as eu une rude journée, tu as la mémoire qui commence à flancher. Puupponen, ramène-la chez elle », avait-il grogné à Tom Sawyer. Le lendemain, Puupponen m'avait apporté le procès-verbal d'interrogatoire à signer. Pertsa préférait m'éviter, et ce n'était pas moi qui allais m'en plaindre. Je me demandais si c'était aussi lui qui avait pu trafiquer mon vélo. Dans un sens, les menaces verbales lui ressemblaient plus. Peut-être le responsable était-il Hellström. Je ne le saurais sans doute jamais.

À la maison, Antti m'avait accueillie avec un sermon. Lui aussi m'avait reproché d'être irresponsable et de prendre trop de risques, et il m'avait demandé pourquoi je ne l'avais pas au moins emmené pour me protéger.

« Merde, à la fin, je suis capable de me débrouiller toute seule sans garde du corps !

— Vivre avec toi, ce sera toujours le grand huit, alors ?

— Essaie, pour voir ! »

J'avais filé prendre une douche en claquant les portes, arraché mes vêtements sales et même laissé couler quelques larmes dans l'eau avant qu'Antti vienne faire la paix. Nous avions longuement fait l'amour sous la douche, et nous ne nous étions pas disputés une seule fois depuis.

Armi avait été enterrée hier. Une fois Kimmo libéré, l'enquête criminelle avait été vite bouclée. Plusieurs voisins, dont Kerttu Mannila, s'étaient rappelé avoir vu la BMW de Hellström garée devant l'école de Jousenkaari le matin du meurtre. L'avant-dernier journal intime de Sanna avait finalement été retrouvé dans la cave d'Armi, dans un sac plastique, caché derrière des pots de confiture. Il confirmait mes conclusions sur ses relations avec le gynécologue.

Eki avait pu contacter Doris Hellström à Nice. Elle était au courant de la liaison de son mari avec Sanna et c'était même elle qui en avait informé mon patron lorsqu'elle l'avait consulté sur la possibilité d'un divorce. Eki avait alors fait avouer à Sanna que Hellström lui prescrivait des quantités invraisemblables de tranquillisants. C'était d'ailleurs ses notes à ce sujet qu'il avait récupérées dans les archives pour les faire disparaître. Il avait prétendu avoir été certain que cela n'avait rien à voir avec le suicide de Sanna, ni avec le meurtre d'Armi, mais je le soupçonnais d'avoir deviné la vérité et voulu, pour Dieu sait quelle raison, protéger Hellström. Je sentais qu'il me faudrait bientôt aussi décider si je voulais malgré tout continuer à travailler pour le cabinet d'avocats Henttonen. J'avais pourtant l'intention de prendre d'abord mes brèves vacances d'été.

Doris Hellström se trouvait par hasard en Finlande en mars dernier. Elle se rappelait que son mari était rentré à la maison ivre et grippé la veille du jour où il avait été appelé tôt le matin à l'hôpital afin de soigner Mallu Laaksonen. Elle se souvenait aussi de s'être étonnée du châle rose cyclamen qu'il portait autour du cou.

« C'était tout à fait typique d'Armi, de recueillir d'abord des informations et de tout vérifier avant d'agir, avait dit Kimmo à l'enterrement. Je suis sûr qu'elle avait flairé dès le début quelque chose de louche dans la mort de Sanna. Je me rends compte a posteriori qu'elle ne cessait d'y faire allusion. C'est sans doute aussi pour ça qu'elle a subtilisé son journal intime. Elle était là quand nous avons brûlé les papiers de Sanna. Si seulement je l'avais écoutée. »

Ce n'était qu'une fois libre que Kimmo avait vraiment pu pleurer Armi. La douleur ne s'effacerait pas comme par enchantement, elle l'accompagnerait encore longtemps. Quand il avait appris que Hellström avait tué aussi bien Sanna qu'Armi, il avait maudit sa mort à grands cris. Il aurait voulu le tuer de ses propres mains. Sa fureur, bien que déchirante, avait quelque chose de comique : moi qui l'imaginais incapable de tuer qui que ce soit ! Mais sans doute tout le monde en était-il capable. Je m'étais revue en train d'essayer d'atteindre la sculpture de bronze de Hellström pour soi-disant l'assommer.

J'avais tenté d'alléger la culpabilité de Kimmo :

« Armi était sans doute un peu comme moi. Elle aurait peut-être écouté tes conseils, mais elle n'en aurait ensuite tenu aucun compte.

— Elle était plutôt comme moi, je crois, avait dit Mallu derrière moi. Elle avait des idées fixes. Son obsession, c'était de mettre Hellström face à ses responsabilités. Elle était déjà comme ça quand elle était petite. Malgré sa timidité, elle cherchait toujours à défendre les opprimés. Elle voulait sans doute nous venger, Sanna et moi.

— Mais c'est finalement Maria Marple qui s'en est chargée, avait lancé Antti. Est-ce que ta conclusion géniale reposait sur le fait que les mâles chauvinistes sont tous des scélérats ? »

Je lui avais tiré la langue avant de me rappeler qu'un tel comportement n'était pas de mise à un enterrement.

« Non, c'était parce qu'au bout du compte, il ne restait que lui. »

Ce n'était qu'après avoir quitté l'appartement de Mallu que j'avais compris que le scénario que j'avais écrit pour Eki convenait encore mieux à Hellström. Sanna et le docteur, bien sûr. Teemu Laaksonen avait confirmé ma théorie pour le châle. La veille de l'accident, il avait vu Armi le porter. C'était sans doute pour ça que son subconscient lui avait joué des tours. Mallu et lui s'étaient mutuellement soupçonnés, et Hellström avait encouragé les doutes de Mallu.

« Je n'étais plus moi-même, après la mort d'Armi », avait-elle expliqué. Elle avait les yeux rouges et sa tentative de suicide l'avait encore amaigrie, mais il y avait déjà moins d'angoisse dans son regard.

« À la fin, je ne pensais plus qu'à une chose, être débarrassée de tout ça... »

Mais tu savais que je viendrais à cinq heures, avais-je songé sans pour autant faire de commentaires. Mallu et Teemu avaient décidé de réunir à nouveau leurs deux moitiés de mobilier. Fallait-il y voir de la folie ou du courage ? Ils avaient en tout cas l'air d'avoir besoin d'être ensemble et s'accrochaient l'un à l'autre comme un enfant craintif à son nounours.

La maison de Lippajärvi était pleine d'invités en deuil. Dehors, la vie reprenait : on entendait dans le jardin Make jouer au foot avec Matti et Mikko. Il avait eu du mal à encaisser la vérité sur le décès de Sanna. Un soir où nous étions ensemble à la salle de musculation, j'avais presque dû lui lâcher cinquante kilos de fonte sur les orteils pour qu'il admette qu'elle n'était pas morte parce qu'il était soûl et que Hellström aurait de toute façon tôt ou tard essayé de la tuer. Je ne savais pas moi-même, à vrai dire, si c'était la vérité.

Dans son journal intime, Sanna parlait avec beaucoup de tendresse de Make. Le carnet se terminait en janvier, deux mois seulement avant sa mort. Elle le décrivait comme un jeune et pur héros qui la délivrerait d'hommes du genre d'Otso Hakala et de Herr Doktor, Herr Enemy.

« Armi me répétait toujours que j'avais rendu Sanna très heureuse, avait dit Make en se mordillant les lèvres quand je lui avais parlé du contenu de son journal intime. Je lui avais demandé comment elle pouvait le savoir, mais elle refusait de me le dire. Je pensais qu'elle voulait juste me consoler. »

La fêlure ne disparaîtrait pourtant pas de sitôt du regard de Make. Il n'avait d'ailleurs pas besoin d'oublier Sanna, ni Kimmo Armi. Ils devraient juste apprendre à vivre sans elles. Je me suis demandé si j'avais jamais été vraiment amoureuse, pour penser que c'était possible.

« Elle est là-bas. » Antti m'a tirée de mes pensées et conduite par une allée finement ratissée à la tombe de Sanna. Un merle chantait dans l'orme voisin. Un bouquet de muguet encore frais soulignait le noir de la stèle, presque aussi haute que moi. Annamari avait déclaré à l'occasion de l'enterrement d'Armi qu'il était temps de faire graver le nom de Sanna sur la pierre. J'en avais été heureuse : peut-être avais-je réussi à lui donner un peu plus de visibilité.

J'ai disposé sur la tombe le bouquet de pavots que j'avais apporté. Je ne croyais pas que Sanna soit là, sous la pierre, mais je ne savais pas à quel autre endroit j'aurais pu la saluer. Qu'en savais-je, d'ailleurs, peut-être les voyait-elle, ces pavots. Antti s'était éloigné pour distribuer des cacahuètes tirées de sa poche à des écureuils avides qui grimpaient le long de son pantalon.

Sanna est apparue un instant sur ma vidéo intérieure, son éternel mégot au coin des lèvres, ses cheveux noirs ébouriffés, me tendant une bouteille de vin de sorbes. Je voulais croire qu'elle m'en offrait une gorgée en guise de remerciement. En achetant les fleurs, tout à l'heure, je m'étais imaginé être enfin débarrassée d'elle. Debout devant sa tombe, je me rendais compte que rien ne ferait jamais disparaître mon sentiment de culpabilité. Ce que j'avais fait après sa mort ne signifiait rien pour elle. C'est quand elle était en vie que j'aurais dû lui manifester mon amitié.

Comment pouvait-on prendre le risque d'aimer ? Tenir à quelqu'un signifiait devoir craindre le restant de sa vie de le perdre. En me détournant de la tombe de Sanna, j'ai compris que j'avais plus peur de cette éventualité que de faire face à dix meurtriers armés. C'était pour ça que je n'osais pas m'engager vis-à-vis d'Antti, promettre de le suivre aux États-Unis ou de l'attendre en Finlande. Ce n'était pas un sain désir d'indépendance, c'était de la pleutrerie.

Nous sommes partis à pied le long du bord de mer. Il était déjà tard, le cimetière fermerait bientôt. Le soleil brillait encore derrière l'hôpital de Lapinlahti, mais les ombres des arbres s'étaient allongées. Le vent s'était calmé. Un hérisson trottinait dans l'herbe. Quelqu'un lui avait laissé une écuelle de lait près de la haie de sapins.

L'eau de la fontaine coulait encore. Nous avons porté un banc auprès d'elle et nous avons contemplé le scintillement de la lumière sur la baie, la silhouette de l'hôpital psychiatrique et la pleine lune qui cherchait à concurrencer le soleil. Antti a passé son bras autour de moi.

Je songeais à Make et à Kimmo, à la manière dont ils m'avaient serrée dans leurs bras à l'enterrement d'Armi. Apparemment, ils se retrouvaient à la salle de musculation pour une sorte de thérapie de groupe à deux, tentant de se consoler mutuellement. J'ai pensé aux Laaksonen, qui voulaient essayer de prendre un nouveau départ. Ils étaient sans doute plus courageux que fous. J'ai moi aussi rassemblé mon courage.

« Écoute, Antti, j'ai réfléchi… Ton départ aux États-Unis n'est pas la fin du monde. Je peux bien t'attendre, ai-je déclaré, et j'ai vu dans ses yeux qu'il comprenait ce que je voulais dire. Si je m'ennuie trop, je prendrai des vacances pour venir te voir. »

Quand nous nous sommes embrassés, un rossignol perché sur l'érable voisin s'est mis à chanter comme un fou.

9626

Composition
FACOMPO

Achevé d'imprimer en Slovaquie
par Novoprint SLK
le 11 avril 2011.

Dépôt légal : avril 2011.
EAN 9782290027332

ÉDITIONS J'AI LU
87, quai Panhard-et-Levassor, 75013 Paris

Diffusion France et étranger : Flammarion